王妃たちの最期の日々

上

LES DERNIERS JOURS DES REINES

ジャン=クリストフ・ビュイッソン／
Jean-Christophe Buisson
ジャン・セヴィリア 編
Jean Sévillia
神田順子／土居佳代子／谷口きみ子 訳
Junko Kanda　Kayoko Doi　Kimiko Taniguchi

原書房

王妃たちの最期の日々◆上

王妃たちの最期の日々◆下・目次

まえがき

王妃崩御、新王妃万歳![1]

くりかえしとりあげられることで、ある種のイメージが定着して大衆のあいだで知名度を上げ、その分だけ歴史認識の正確さがそこなわれることがある。たとえば、古代ギリシアは「民主主義揺籃の地」として知られる――これも本当であるかは議論の余地がある――が、いわゆる独裁体制が花開いた地でもあった。同様に、フランスは人権と革命だけの国ではない。フランスは、八世紀にもわたって修正や洗練をへて均衡のとれた王政が築かれた国でもあるのだ。現実のフランス国民は王政時代を回顧するのが好きで、ことあるごとに、愛着とまでいわずとも王政への憧れを表明している。フランスの歴史的宿敵であるイギリスの王室にも心を惹かれているのだから、何をかいわんやである! 二世紀前に自分たちの王様の首を斬り落とした国が、イギリス王室のあらゆる祝典、結婚式、洗礼式に熱い関心を示しているのだ。ひょっとしたら、ドーヴァー海峡をへだてた隣国では王政が連綿と続いていることへの賞賛を通じて、国王を殺した自分たちの先祖の罪を贖《あがな》おうとしているのかもしれない……

本人たちも多少とも意識して認めているフランス人の君主制志向は、おそらくは象徴的なレベルにとどまっており、ノスタルジーや歴史的経緯で説明できると思われるが、ある意味では、フランス国民の心に深い疑念が宿っている現代の風潮を鏡のように映し出しているともいえよう。将来の展望がはっきりしないいま、フランス人は過去をふりかえることに安心を求めている。この傾向は、さまざまな形をとって表出している。たとえば、ヴェルサイユ宮殿、ロワール川流域の数々の城、共和制の絶対君主であったドゴール大統領の治世は、今日にいたっても人々の心を強烈にとらえている。さらにあげるならば、ステファン・ベルンやフランク・フェランが司会をつとめる歴史物のラジオ・テレビ番組は高視聴率を上げており、共和主義であることに一点の疑いもない新聞雑誌に君主制の長所を論じる記事が数多く掲載されている。ジャン＝クリストフ・プティフィス、ジャン・デ・カール、シモンヌ・ベルティエールが著す、国王や王妃や王朝にかんする伝記物が例外なくヒットしていることもつけくわえねばなるまい。

二〇一四年、パトリス・ゲニフェイを監修者として複数の歴史研究者が筆をふるった『王たちの最期の日々』が出版され、これまた好調な売れ行きをみせた。ナポレオン評伝でことに名高いゲニフェイはこの本の序文において、フランスの歴代の国王たちが、もっとも強力な君主であったルイ一四世に負けずおとらず（ルイ一四世は「朕は死すとも、国家は永遠に残る」と語った）、死の床においても権力の継承にいかに心を砕いていたかを指摘している。また、宗教儀式に近い、王の「死の作法」

が存在したことも強調している。フランスは女子による王位継承を禁じるサリカ法に従っていたために、フランスの王妃が最期まで権力の継承を案じていたようすを語る本を出版することは考えにくい。中世フランスのアフォリズム、「百合は糸を紡がない」がすべてを語っている［百合はフランス王家の象徴。糸紡ぎは典型的な女性の仕事。全体として、女性は王位につくことができない、を意味する］。とはいえ、玉座につかなくとも実質的に権力を行使した王妃は数多い。すくなくとも、何人かは老練なご意見番として活躍し、ときにはそれ以上の存在であった。夫から意見を尊重してもらえる王妃もいれば（マリー＝アントワネット、ウジェニー・ド・モンティジョ、カトリーヌ・ド・メディシス）、さほど尊重してもらえない王妃もいた（ジョゼフィーヌ・ド・ボアルネ、夫であるアンリ四世に戦いをしかけたマルグリット・ド・ヴァロワ）が。

フランス以外の国々や遠い過去においては、事情が異なる。そこで、さまざまな国の有名な王妃［女王、皇后］二〇人を選び、その最期をかえりみることで、古代から二〇世紀にいたる君主制の歴史を女性の視点から描くことは非常に興味深い、とわたしたちは考えた。わたしたちがとりあげた女性のうちの何人かがたどった悲劇的な運命はときとして歴史の流れに少なからぬ影響をおよぼした。たとえば、オクタウィアヌス（のちの皇帝アウグストゥス）に身柄を預けるより自決を選んだクレオパトラは結果として、史上初の大帝国ローマが欧州の境界線を越えて東方に地歩を築くことを助けた。ドラガ・オブレノヴィチは夫であるセルビア国王アレクサンダルを焚きつけてオーストリアとの同盟を選ばせたことで、人心の乖離と自身の暗殺のみならず、嫁したオブレノヴィチ家の断絶をひき起こし、第一次世界大戦の引き金を引くことになる一〇年におよぶ政治危機の道筋をつけてしまった。

わたしたちは本著を編纂するにあたり、時代の偏りを排するよう心を砕いた。アンヌ・ドートリッシュ、ロシアのエカチェリーナ二世、オーストリアのマリア＝テレジア、スウェーデン女王クリスティーナ——いずれも、親政によって、より正確にいえば、思慮深い首相や顧問（マザラン、ポチョムキン、カウニッツ、オクセンシェルナなど）をきわめて賢く活用して統治することができたまぎれもない「女性国家元首」であった——といったなみはずれた女傑が出現した近世が女性による王政の黄金期であったことは確かだが、古代、中世、そして現代に近い時代でも、何人もの王妃が欧州の歴史に足跡を残している。

わたしたちは、国の偏りを排することにも配慮した。もともとの国籍——およびときとしては宗教——がどの国の玉座につくかを決定するとはかぎらないが（スコットランド人であったメアリ・ステュアートはフランスの王妃となり、ドイツのヘッセン大公の娘であったアリックスはロシアの皇后となり、スペイン人のウジェニー・ド・モンティジョはフランスの皇后となり、ベルギー国王の娘であるシャルロッテはオーストリアの大公妃となったのちにメキシコの皇后となった！）、わたしたちは人選にあたって誕生もしくは死去の地が偏らないことを心がけた。すなわち、ロンドン、サンクトペテルブルク、ウィーン、ローマ、ベオグラード、ナイルのほとり、アウストラシアの森林地帯、エカテリンブルクのイパチェフ館の地下室、パリのじめじめしたコンシエルジュ監獄、と多彩である。歴史はときとして、時空の旅と地理のレッスンをかねることがある。また、それ以上のことを教えてくれる場合もある。国際結婚と国境廃止の利点をたたえるのが政治的に正しいとされる昨今、アンシャンレジームの王室やサロンに見られたきわめて国際色豊かな文化についてふれるのはむだではあるまい。王族や貴族にとって、欧州というコンセプトは絵空事でも抽象的概念でもなかったのだ。彼らにとって欧州とは、七五年前からわれわれが旧大陸での実現をめざしている行政、官僚機構、経済の統合とは別物であった。

大きな歴史の小さな断片に命を吹きこむため、わたしたちはこの本を、中身が濃く、厳密で、学術的な誤謬がなく、しかも活き活きとして実感があり、一般読者にとってわかりやすいテキストで構成したいと考えた。わたしたちはそこで、内容と様式、博識と独自の語り口の両立をはかるというけしからぬ所業におよんだという理由で斯道《しどう》の大御所の一部から無視されたり軽んじられたりすることもある文章の達人たちに声をかけた。そのうちの何人かはすぐれた業績で知られる研究者であるが、その他の協力者は専門家ではないにしても、歴史を専門とするライター、もしくは、歴史への大きな関心を本職はむろんのこと、現代社会にかんする考察に生かしているジャーナリストである。

歴史は悲劇的である、とレイモン・アロンはわたしたちに教えてくれた。そしてホッブズは「人間は人間に対して狼である」と述べた。人間は女性に対しても狼である、とくに権力を行使する女性に対しては…。暴力の試練において、冠をかぶった女性たちはことさらに苦難を味わった。二〇人の王妃の物語のうちには、死にいたる拷問（ブルンヒルド）、自殺（クレオパトラ）、暗殺（シシ、ドラガ・オブレノヴィチ）、母殺し（アグリッピーナ）、斬首（メアリ＝ステュアート、マリー＝アントワネット）、裁判なしの超法規的処刑（最後のロシア皇后）のシーンもふくまれている。彼女たちは報いを受けたにすぎない？　たしかに、アグリッピーナやエカチェリーナ二世の手が血に染まってないとはいえない…。
こうした悲劇的な最期を迎えた王妃たちの多くは堂々と死にのぞんだが、剣やギロチンによって命を絶たれたのではなくとも、個人として死に向きあうと同時に衆人環視のなかで臨終を迎えた王妃たちの負けずおとらず尊厳に満ちた最期にも、関心を向けずにはいられない。また、年齢、疲弊、狂気、政治的不運によって権力から遠ざけられ、孤独や幽閉の苦しみのなかで生涯を終えた王妃たちの姿はわたしたちの胸を打つ（ヴィクトリア女王、ウジェニー元皇后、アリエノール・ダキテーヌなど）。信仰心の強さや、病魔との――ときとしては果てしのない――戦いにおける模範的な態度によって超俗の域に達した王妃たちの、後世に教えを伝えようとする意志の強さには瞠目せざるをえない（カトリーヌ・ド・メディシス、アンヌ・ドートリッシュ、エカチェリーナ二世等々）。王家だけに伝わる死出の旅の作法が存在し、これによってふつうの人間と君主が峻別されるかのようだ。最期が劇的でなくとも、王妃たちは決して「ふつう」ではないのだ。メアリ・ステュアートが処刑台の露と消える前に選んだ格言は、「わが終わりにわが始まりあり」であった。

啓蒙時代が訪れようとも、不可逆的に社会が進化しようと、民主主義化、大衆社会へと時代が動こうと、王政の原則に終止符が打たれることはなかった。消滅することを拒絶する伝統の象徴である君主制は、必要に応じて近代化のよそおいを身にまとう知恵を発揮した。近代化が裏目に出て、君主制の本質や性格を毀損《きそん》することもあったが。かつて君主による権力行使をとりまいていた神秘や黙秘の掟は過去のものとなってしまった。

国民の君主にかんする知識の源が、訓導的な内容の年代記（当人の死後に書かれた年代記もある）に限定されていた時代はすぎさった。女王や王妃にかんする史料が当時の記録（古文書、装飾挿絵入り写本、印刷物）にかぎられていたのが、肖像画が描かれるようになり、次いで日常生活の断片（一七世紀に登場した日記、新聞雑誌、広告）がくわわった。そして一九世紀になると身体が曝《さら》されるようになり（写真）、二〇世紀ともなると声（ラジオ）に続いて姿（テレビ）と、国民は王妃たちとリアルタイムで接するにいたった。

大衆はいまや、王女や王妃の生活、恋愛、死のあらゆる詳細を知ることを当然視し、王室の女性を芸能界やスポーツ界の有名人と同等に扱うこともある。編年史家たちがほんの数行で語っているアグリッピーナやブルンヒルドの死と、生贄を要求する神のごとき大衆に聖なる供物（情報）をもっと早くもっと大量に捧げようと奔走するマスコミがほぼリアルタイムで報じたダイアナ妃の死とのあいだのコントラストは、眩暈《めまい》を誘うほどだ。

こうした現状において、王妃が臣民との違いをきわだたせ、先祖たちと同じようなオーラを発揮することはまだ可能なのだろうか？　おそらくは可能であろう。シュテファン・ツヴァイクがメアリ・ステュアート伝のなかで引用している下記の言葉をエリザベス一世が述べた一六世紀の昔から、王妃の名にふさわしい王妃たちにとって何も変わっていない。

「わたしたち王侯は、まるで檀上にいるかのように世界中の視線と好奇心にさらされている。わたしたちの服についているシミはどのように小さなものでも観察され、わたしたちの行為の弱点はどれほどわずかなものでもたちまち人々の目にとまる、それゆえにわたしたちは、自分たちの行為がつねに正義と名誉にかなっているように細心の注意をはらわねばならない」

ジャン＝クリストフ・ビュイッソン
ジャン・セヴィリア

〈注〉

1　（訳注）フランスでは、国王が亡くなると、Le roi est mort, Vive le roi !（国王崩御、新国王万歳！）と発表された。サリカ法によって女子が王位につくことがなかったフランスでは「王妃崩御、新王妃万歳！」という表現は存在しない。

1 破れた夢

クレオパトラ

アレクサンドリア、紀元前三〇年八月

クレオパトラの死は世界史に残る有名な故事であり、政治と恋愛がからんだ神話的ドラマに終止符を打った。このドラマの主役を張ったのは、熱い血をたぎらせ、男を虜にするエジプトの女王であり、かたわらにひかえているのは、彼女の魅力と酒の誘惑に屈したマルクス・アントニウス。この話が知名度を上げるのに大いに貢献したのは映画産業であったのはまちがいない。なかでも起爆剤となったのは、この二人をもう一つのゴージャスなカップル、リチャード・バートンとエリザベス・テーラーがマンキーウィッツ監督のもとで演じた映画である。しかし、神話［仏語ではmythe、英語ではmyth］が嘘を語源としているように、二人の神話的ドラマが嘘の要素を加味されて流布したのははるか昔にさかのぼる。はじまりは、政治家としてきわめて優秀で、アントニウスを打ち負かしてローマの初代皇帝となるオクタウィアヌスによるプロパガンダだからだ。現実は神話とは異なる。クレオパトラはローマの権力者たちに服従し、彼らの抗争にふりまわされる女王だったのだ。彼女にとって、カエサル、次いでマルクス・アントニウスは、エジプ

トに特権的な同盟国の地位をあたえてくれる強力な保護者であった。彼女の政権と王朝にオクタウィアヌスが終止符を打つまでは。

終わりを理解するには、はじまりをふりかえる必要がある。クレオパトラ七世が紀元前五一年に弟のプトレマイオス一三世とともに共同統治者として玉座についたとき、プトレマイオス王朝のエジプト[1]は、アレクサンドロス大王が築いたつかのまの帝国から派生した複数のヘレニズム王国の最後の生き残りであった。しかし、何年も前から内紛がたえず、存続させたほうが自分たちにとって都合がよいと考えたローマの保護がなければ、王朝だけでなくエジプト自体もとっくの昔に滅亡していたにちがいない。クレオパトラもごく若い頃に歴史から消えさりかけた。紀元前四八年に弟のプトレマイオス一三世と妹のアルシノエによるクーデターで追い落とされたのだ。玉座に復帰できたのは、カエサルの介入――これは偶然に近い天祐《てんゆう》であった――のおかげであった。経緯は以下のとおりである。ファルサルスの会戦でカエサルに負けたポンペイウスは、エジプト王室が味方になってくれると信じてアレクサンドリアに向かったが、そこで彼を待ち受けていたのは死であった。クレオパトラを追放した少年王プトレマイオス一三世の側近たちは、ローマの新たな覇者になることが確実なカエサルに恩を売ろうと思い、さっさとポンペイウスの首を斬り落とした。しかし、彼らの思惑ははずれた。アレクサンドリアに着いてポンペイウスの死を知ったカエサルは、これを機に保護国エジプトを自身の益にかなうように再編しようと意を固め、手はじめにプトレマイオス一三世とクレオパトラの和睦を強制しようとした。納得できないプトレマイオス派は軍事行動に出たが、紀元前四七年三月、ついにカエサルによって鎮圧された。

　カエサルにとって残る課題は、ローマに従順な政権をエジプトに打ち立てることであった。王家の野心的すぎるメンバーを排除したうえで、従順なクレオパトラをかつぎあげればよい。プトレマイオス一三世は戦死していたので、クレオパトラの妹でプトレマイオス一三世の側についたアルシノエを捕虜としてローマに送り、古代からのエジプトの風習に従って幼いプトレマイオス一四世を姉のクレオパトラと結婚させるだけでよかった。こうしてクレオパトラは権力を得た。ただし、駐留するローマ軍団三個の監視下での統治である。おそらくは自身の子ども[2]を宿していたと思われるクレオパトラを残して、カエサルは紀元前四七年七月にエジプトを去る。

　紀元前四六年の夏、若いエジプト女王は自分にとって宗主であると同時に愛人であるカエサルの招待を受けてローマを訪れた。この公式訪問の目玉は、ガリア、ポントス、ヌミディア、そしてエジプトを舞台とする、あわせて四つのカエサルの勝利をたたえる凱旋式である。クレオパトラは、鎖につながれた敗軍の将が車に乗せられ、群衆の嘲《あざけ》りのなかを進むのをまのあたりにしたことになる。ガリアの反乱軍を率いたウェルキンゲトリクス、自殺したヌミディア王のかわりをつとめるわずか四歳のユバ二世、そしてエジプトの敗者を象徴するクレオパトラの妹アルシノエであった。エジプトの女王は自国の没落を直視するために招待されたのである！　クレオパトラとアルシノエは、前者を王位につけ、後者を捕縛した勝者カエサルの意図により、一方は女王の肩書をもつ者として、他方は失墜した女王として凱旋式に参加したのである。どちらも、打ち負かされたエジプトを象徴していた。アルシノエは憎い妹であったが、彼女が第三者に辱められるのを眺めるのはクレオパトラにとっておそろしい教訓となった。一五年後、車に乗せられて見世物にされるアルシノエの記憶はクレオパトラの最終決断に大きく影響したことはまちがいあるまい。

紀元前四四年三月一五日にカエサルが暗殺されると、庇護者を失ったクレオパトラの身は安全でなくなり、ローマから逃げ出さざるをえなくなった。エジプト女王にとって不安な日々がはじまった。カエサル亡き後のローマの内紛のおかげで、エジプトへのしめつけはゆるくなったものの、ローマ内の覇権争いの結果によってはエジプトの政治的地位がこのままではすまない危険があった。

紀元前四三年、カエサルを殺してローマの共和制の伝統を守ろうとした一派の頭目であるカッシウスとブルートゥスは東方を支配下に置いた。ただし、進軍する時間はなかったのでエジプトは例外であった。他方、西方に残った彼らの仲間は敗北を喫した。数多くの紆余曲折のあと、アントニウス[3]は西方を掌握したが、不本意なことに、もう一人の人物と共闘体制をとっての掌握であった。その人物とは、カエサルの姪の息子、オクタウィアヌスである。カエサルが遺言のなかでオクタウィアヌスを養子に指名していることが明らかになると皆が驚いたが、わずか一九歳のこの青年は政治家としての才能におそろしいほど恵まれていることが程なくして明らかになり、無視することはできなくなった。レピドゥス、アントニウスそしてオクタウィアヌスは「第二次三頭政治[4]」とよばれるカルテルを結成した。残る仕事は、カエサルの仇を討つための、共和国派との勝負である。紀元前四二年一〇月、フィリッピ[5]の戦いでカエサル派が勝利、決着がついた。この戦いの真の立役者はアントニウスであった。

三頭がローマを分割統治することがすぐに決まった。オクタウィアヌスはスペインを、レピドゥスはアフリカを担当することになり、威光で二人を凌駕《りょうが》しているアントニウスが残りを手にした。イタリアは分割統治の対象とならなかった。一時的な体制との理解ではじまった三頭政治は一〇年も続くことになる。しかし、当初はアントニウスにとって圧倒的に有利であった力関係はしだいに変化して、オクタウィアヌスが力をつけてきた。紀元前四〇年の終わり、ブルンディシウム協定によって、西方の全域がオクタウィアヌスの勢力範囲となった。イタリアだけが、理論上の共同統治体制を維持した。この協定を確実なものとするため、アントニウスはオクタウィアヌスの姉、オクタウィアと結婚した。その四年後の紀元前三六年、レピドゥスの政治生命が絶たれると、オクタウィアヌスはアフリカを自分の勢力下に置いた。これにより、三頭政治は二頭政治となり、ならび立った二人の巨頭はやがて正面から向きあうことになる。

アントニウスとオクタウィアヌスの対決

ローマ版図を三分割して東方を勢力下に置いたアントニウスは、もっとも豊かなエジプトに基盤を置いて東方諸国の統治を再編しようとした。エジプトの処遇については、属州にするか、ローマに忠誠を誓ってその庇護を受ける国として残すかの二つの選択肢があった。ローマは、抵抗にあうことが少なく経費もかからない後者を選ぶことが多かった。ただし、ローマに対して協力的で有能な君主の存在は欠かせない。その点でクレオパトラはうってつけだった。玉座と影響力を保持するためにはローマに忠実に仕えるほかない、と理解している頭のよい女王だったからだ。フィリッピの戦いで勝利をおさめるとアントニウスはすぐさま、かつてのカエサルに倣《なら》ってクレオパトラを愛人とした。二人が正式に結婚したかどうかはわからない。オクタウィアという妻の存在は、アントニウスが外国の貴人と結婚生活を送ることのさまたげとはならなかった。ローマは一夫一妻制度であったが、禁じられていたのは、第二の結婚をローマの民事上の正式な結婚と認めることだけだった。二人のあいだになんらかの感情が芽生えたことは考えらえるが、アントニウスとエジプト女王はなによりも政治的な思惑で結びついていたのだ。ローマ時代の歴史家、カッシウス・ディオが記したところの「あくことのない情念のヴィーナス」に対してアントニウスが狂わんばかりに恋をした、というのは現実とほど遠い。クレオパトラは色情狂で媚薬の巧みな使い手であった、といった評判は、時間がたつにつれて話がふくらんでいったプロパガンダのテーマである。容姿についていえば、クレオパトラのものと推定される数少ない肖像から判断すれば、「(魅力的で教養がある女性ではあるが)容姿そのものは比類なき美しさとはいえず、見る者の心をときめかすようなものではなかった」と述べたプルタルコスが正しいようだ。

アントニウスは紀元前三四年、〝プトレマイオスとカエサルの二つの威光を合体した〟と形容することができる新王朝をうちたて、東方の統治組織を固めた。クレオパトラは「王のなかの女王」とよばれ、アントニウスとのあいだに生まれた三人の子ども(双子のアレクサンドロス・ヘリオスとクレオパトラ・セレネス、そして末弟のプトレマイオス・ピラデルポス)はいずれも、王の称号とともに東方の領土を分けあたえられた。ヘレニズム国家の解体から派生した国々を治めていた諸侯たちはその地位を保全されたが、アントニウスとクレオパトラの子どもたちを宗主として仰ぐことになった。

一見したところ東方に限定されているとはいえ、この新王朝はローマ帝国全体の統治を狙っていた。なにしろ、頂点にはアントニウスが君臨し、クレオパトラをふくめて東方のすべての君主を従えていた。しかも、故カエサルの愛人であったクレオパトラは〝カエサルの正式な妻であった、二人のあいだに生まれたプトレマイオス一五世（カエサリオン）はカエサルの嫡子である〟と宣言された。カエサリオンというあだ名も、王朝の人気を高めるためにアントニウスが考えたものであった。カエサルの実子とされるカエサリオンは、西方の世論を味方につけるためのプロパガンダのセンセーショナルな一手だったのだ。さらには、これではまだたりぬといわんばかりに、ローマの貴族の娘、フルウィア［アントニウスはフルウィアの死後に、オクタウィアヌスの姉であるオクタウィアと結婚した］との結婚で生まれた長男、アンテュッルス[6]をイタリアからよびよせた。この一四歳の少年を自身の後継者にしようと考えていたのであろう。

こうして新王朝が構築された時期は、オクタウィアヌスとの関係がふたたび悪化した時期と重なる。アントニウスは、東方ローマを脅かすパルティアをたたくために自軍に派遣された兵士がたった二〇〇〇人であり、ブルンディシウム条約で約束された一六〇〇〇人とかけ離れていたことなどを理由にオクタウィアヌスを非難した。オクタウィアヌスも苦々しい思いをかかえていた。カエサルから遺言状のなかで養子に指名され、自分にあたえられた新しい名前の威光を活用して権力掌握をめざしていたオクタウィアヌスにとって、カエサルの実子の出現、そしてプトレマイオスとカエサルの血を引く王朝の誕生は面白くないどころではない。ギリシアのプトレマイオス家とローマのカエサルの結びつきは、西方と東方、カエサルとアレクサンドロス大王の歴史的かつ政治的な合体を意味した。この新王朝もオクタウィアヌスと同じく、ローマ帝国全体に君臨する資格があるとアピールしていたのであり、これこそが問題であった。アレクサンドリアでの新王朝成立を華々しく宣言することでアントニウスが印象づけようと狙っていた相手は、アレクサンドリア市民というよりもローマ市民とイタリアの人々であった。そのために、アントニウスはカエサルをこの王朝の始祖に祀りあげ、自身はクレオパトラの寝室においても、ローマ帝国においてもカエサルの後継者である、と訴えたのだ。

二人の強力なライバルはこうして、西方ローマの人心をつかむためのプロパガンダ合戦をくりひろげた。ローマでの人気はあいかわらず高かったものの、アントニウスはこの宣伝合戦では敗者となった。西方に拠点を置き、抜かりなく足もとを固めたオクタウィアヌスは、カエサル暗殺後の混乱で厭戦的になっていた世論を、雌雄を決する新たな戦いは不可欠である、と説得するのに成功した。オクタウィアヌスは、自分とアントニウスとの対決を、ローマとイタリアに代わって帝国を支配しようとたくらむ不吉で淫乱なクレオパトラを指導者とするエジプトとの戦いである、と信じこませることで、策略家の才能をいかんなく発揮した。しかし、エジプトだけではローマにとって脅威になるとはだれにも信じてもらえないので、〝エジプト人の愛人に骨抜きにされ、その右腕となって軍隊を指揮している堕落したローマの将軍〟という役割をアントニウスにふりあてた。呪われたカップルの神話がここに誕生した。

アントニウスの失敗は、オクタウィアヌスの決意の固さを過小評価したことであった。アントニウスがパルティア侵攻のためにアルメニアに兵力の大半を結集しているのを好機ととらえたオクタウィアヌスは、アドリア海沿岸の大半を掌中におさめた。不意をつかれたアントニウスの状況は不利であった。一般に信じられているのとは違い、紀元前三一年九月二日の有名なアクティウムの海戦それ自体は決定的なものではなかった。アントニウスとクレオパトラは一〇〇隻以上の軍船とともに逃走することができたし、陸上戦力は無傷のままだったからだ。とはいえ、この海戦に敗れたことで、制海権と、決定的な心理的優位をオクタウィアヌスにあたえてしまった。翌日、アンブラキア湾[7]に逃げこんだアントニウスの軍船が降伏した。一週間後に陸上部隊もオクタウィアヌスの軍門に下ると、アントニウスはギリシアとマケドニア、やがては小アジアまでも失った。キュレナイカ[8]のローマ軍団と東方の諸侯たちも次々にオクタウィアヌスに恭順の意を表し、アントニウス包囲網は狭まった。

最後の戦い

アントニウスはもはや自分の命運がつきたことを知っていたが、クレオパトラはヒスパニア（イベリア半島）に攻め入るという、どうやらハンニバルの戦い[9]からヒントを得たと思われる計画を練った。ハンニバルまでさかのぼらずとも、ヒスパニアがカエサルと対立したポンペイウスの牙城であったことが念頭にあった。しかし、アントニウスはポンペイウスとは異なり、ふだんから庇護をあたえているかわりにいざとなれば頼ることができるクリエンテスをヒスパニアにかかえていなかった。第一に、アフリカ沿岸を失っているので、どだい実現不能な作戦であった。クレオパトラはそこで、宝物や軍隊とともにエジプトを去り、ローマの勢力がおよばないアフリカかインドのどこかに安住の地を求める、という思いきった決断をくだした。まずはスエズ地峡を通って紅海まで船を陸路牽引《けんいん》し、オマーン海かペルシア湾へと旅を続ける、という構想であった。信じられない計画であるが、ヒスパニアに向かうという先の計画と比べると実現の可能性はあり、準備がはじまったが、新たな裏切りのために頓挫する。シリア総督のディディウスが、どちら側についたほうが自分の得になるかを理解したからだ。ディディウスは、クレオパトラとは以前から険悪な関係にあったペトラ地方のベドウィンに接触し、クレオパトラの船団がコロの上を転がされて地峡を通るときに攻撃したらどうかと提案した。二つ返事で引き受けたベドウィンの騎馬隊が何回か攻撃をかけただけで、重い船を運搬していた一団は壊滅した。

アクティウムの挫折がひき起こした「ドミノ効果」が完遂した。味方がいないアントニウスとクレオパトラは孤立した。アントニウスはクレオパトラが事後の策を練るのを離れたところから呆然として眺めていたようだ。あれほど陽気で社交的だったアントニウスは鬱状態におちいった。港の突堤の先端に家を建てさせ、アリストファネスの時代の有名な人間嫌い、ティモノスに因んでこれを「ティモネイオン」と名づけ、ここにこもりきりとなり、たまに訪れる数少ない客人を相手に、人間がいかに恩知らずであるかについて長広舌《ちょうこうぜつ》をふるった。やがてオクタウィアヌスはイタリアで生じた問題に対処せざるをえなくなり、アントニウスにも少しの希望が生まれた。アクティウム海戦ののち、勝者オクタウィアヌスが取り組むことになった最初の仕事は、降伏した敵軍がくわわって異常なほどにふくらんだ軍隊の一部を除隊させることであった。内戦と征服が続いたこれまでの一〇〇年、古参兵に土地と報奨金をどうやって分けあたえるかは指導者たちにとってつねに頭痛の種であった。よい条件を出してくれる有力者に鞍替えするのがあたりまえという、武装したプロレタリアの群れは恒常的な危険要因だった。オクタウィアヌスは最初、何もあたえずに古参兵たちをイタリアに送り返した。しかし一一月から一二月にかけて、東方で忙殺されていたオクタウィアヌスのもとに、彼自身がおもむいてただちに処理すべきトラブルがイタリアで発生しているとの報がとどいた。そこですぐさま海路ブルンディシウムをめざし、着くと不満を表明している古参兵たちと会い、不穏な空気を鎮めるために必要な措置にとりかかった。しかし、それだけでは不十分だとすぐにわかった。近いうちに何万人もの兵士が除隊する予定であり、彼らのために転職先と退職金を用意するのは待ったなしの急務であった。

オクタウィアヌスのブルンディシウム滞在は一か月を超えなかった。軍団兵士と古参兵に支払うための資金としてエジプトの財宝をあてにしたからだ。エジプトの「国民総生産」や「積立金」の規模が大きいことは夢物語でもなんでもなかったのだ。ゆえにプトレマイオス王朝にとどめを刺すことは焦眉の急となった。ゴングが鳴り、いよいよアントニウスとクレオパトラの二人と決着をつけるときが来た。

迎え撃つ側の二人は、イタリア国内のごたごたがあたえてくれた猶予期間を利用してエジプトの守りを固めた。むろんのこと、二人のどちらも、いまやオクタウィアヌスが唯一の権力者となったローマを打ち負かせるとは思っていなかった。しかし世論対策として、二人は見かけをつくろった。カエサリオンとアンテュッルスが、ギリシアの伝統に従って軍事教育を受ける青年のリストに登録された10のを祝って、豪華絢爛な公式の祭りが開催された。その一方、内輪の祝い事には、治世の終焉の予感が影を落としていた。栄華の絶頂期、アントニウスとクレオパトラは、数少ない特権的な富豪をメンバーとする社交クラブ、「比類なき暮らしの結社」を立ち上げていた。いまや、このクラブは

「死の友の会」とよばれていた。言い伝えによると、クレオパトラはこのころ死刑囚を使ってさまざまな毒物を試し、エジプトコブラの毒がいちばん穏やかな死をもたらしてくれるとつきとめた。同時に、自身の霊廟の建設をはじめ、完成を待たずに、もっとも貴重で高価な所持品と、敵から脅しを受けた場合は自分の遺骸とともにこれらの宝物を焼きはらうための燃料をなかに運びこませた。

交渉と脅し

実際のところ、一縷《いちる》の望みを託せるのは外交交渉であった。しかし、力の差があまりにも大きいと、弱い側の外交はおおげさな言動と脅しに限定される。国境の守りの強化も、毒の実験と霊廟の建設もこれで説明がつく。当然ながら、後者はオクタウィアヌスに向けたメッセージであったので秘密にはされなかった。オクタウィアヌスの弱点は、古参兵と現役兵の叛乱の原因となりかねない現金不足であった。ゆえにクレオパトラは、〝歩みよって妥協してくれないのであれば、あなたは経費がかかる戦争をしかけざるをえなくなるし、わたしは自害するときに財宝を焼きはらうので、あなたはわたしの流動性資産を手に入れることはできませんよ[10]〟とオクタウィアヌスを脅したのである。ローマの歴史家、カッシウス・ディオによると、クレオパトラはアントニウスを蚊帳の外においてオクタウィアヌスと交渉をはじめた。ありうる話である。そのほうがオクタウィアヌスに聞いてもらえるとの判断で、アントニウスのひそかな合意のもと、クレオパトラが一人で交渉を試みた可能性もある。それはともかくとして、クレオパトラはアントニウスが構築したシステム——その美しい夢はアクティウムの海の藻屑《もくず》と消えた――を認知してもらえるとは考えていなかったが、一定の自治権を維持したままでプトレマイオス王朝がローマ帝国の一員として生き残る可能性に賭けていた。ローマへの恭順の意を示すため、クレオパトラはオクタウィアヌスに権力の象徴である笏《しゃく》、王冠、玉座を送った。

若き権力者オクタウィアヌスはプトレマイオス王朝を終焉させることをすでに決めていたが、自殺して霊廟を焼きはらうというクレオパトラの脅しは真剣に受けとめた。そこで、猫をかぶることにした。表向きには、降伏して退位すれば生命は保証する、との最後通牒をクレオパトラに届けさせた。その一方で秘密裏に、〝アントニウスを殺すことに同意すればエジプト王国の君主の地位にとどまることを認める〟と伝え、〝クレオパトラと恋愛関係を結ぶことを望んでいる〟とすら匂わせた。恋愛という言葉でかんちがいしてはならない。これは純粋に政治的な恋愛関係を意味する。オリエントでは、王家のあいだの結婚や同棲は日常茶飯事であった。このような同盟関係の可能性をちらつかせることで、カエサルとアントニウスにひき続きクレオパトラと褥《しとね》をともにし、クレオパトラに女王の地位を保全する、と約束したことになる。説得にかかったオクタウィアヌスは、交渉上手の解放奴隷チュルソスを派遣し、チュルソスはクレオパトラの信頼を得るにいたった。チュルソスとクレオパトラの長談義はアントニウスの猜疑心をかきたてた。そもそもアントニウスは、自分を見くだした態度をとるチュルソスのことは虫が好かなかった。堪忍袋の緒が切れたアントニウスはチュルソスを鞭打ち、「この件に不満があるのなら、わたしの解放奴隷ヒッパルコスをつり下げて鞭打つがよい。それでおあいこになる」との言葉をそえて主人の許に送り返した。まことに皮肉なことに、アントニウスがもっとも信頼していたこのヒッパルコスこそが、解放奴隷のなかでいちばん先にオクタウィアヌスのもとに走ることになる。

アントニウスがこうした高圧的な態度を示すことができたのは、交渉の余地などほとんどなかったからだ。アテナイに移り住み、たんなる市民として生活するのを認めてほしい、と頼んではみた。女王クレオパトラの身分の保証をひきかえに自死を選んでもよい、とさえ申し出た。彼が天秤の皿に入れることができたのは、昔の友好の思い出と姻戚関係だけだった。そんな情への訴えも、絶対権力を手に入れたオクタウィアヌスが相手では通じなかった。アントニウスは、カエサルの暗殺にくわわったが、アントニウスに兵力を提供して部下となり、アクティウム海戦でも指揮官の一人に任命されたトゥルリウスをオクタウィアヌスに差し出した。これは、無益でぶざまな悪手《あくしゅ》であった。オクタウィアヌスは養父カエサルの仇をすぐさま処刑したが、これを送りこんだ者には返答さえ寄こさなかった。そこでアントニウスは最後の試みに出た。息子のアンテュッルスを黄金とともに代理として派遣したのだ。オクタウィアヌスは黄金を受けとったが、メッセージを託することなくアンテュッルスを送り返した。

オクタウィアヌスは計算にもとづき、クレオパトラと談判する一方でアントニウスを無視した。思ったとおり、クレオパトラとアントニウスのあいだに緊張が生じた。自分の王座を守るために画策するクレオパトラにとって、アントニウスはお荷物になってきたのだ。同時に、アントニウスはクレオパトラがオクタウィアヌスと組んでなにかをたくらんでいるとの猜疑心をいだいた。政治がからんだ夫婦げんかが何回か起こったが、破局にはいたらなかった。とはいえ、気まずさは残り、これをふり払うためにクレオパトラは一月一四日にアントニウスの誕生日を祝って盛大な宴会を開催した。結局、二人はそれぞれの事情で別れることができなかった。クレオパトラは、アントニウスを排除する危険をおかすことができなかった。彼のもとに残っているローマの兵士がいなかったとしたら、エジプトは今頃すでに侵略されていたはずだ。そして、これらの部隊は、自分たちにとって外国人であるクレオパトラが大将を殺したりしたらはむかってくるにちがいない。一方、アントニウスにとってエジプトは将棋盤の最後の枡目《ますめ》であった。詰むのは目前であった。最後の枡目では、希望はなくとも、太陽がまだあと数日は輝いてくれる。

アントニウスの死

戦争の季節、春が到来した。オクタウィアヌスがコルネリウス・ガッルスに指揮をまかせた軍勢がキュレナイカを支配下に置き、パラエトニウムに攻めこんだ。エジプトにごく近いこの港町は、戦略的に非常に重要だった。アントニウスは、取り返そうと試みたがむだに終わった。エジプトの西側の閂《かんぬき》が吹き飛んだのだ。ほぼ同じころ、オクタウィアヌスはエジプトの東側の門であるペルシウムをやすやすと奪取した。抵抗せずに明け渡すように、との指令がクレオパトラから出ていたのだろうか？　ペルシウムを守っていたセレウコス将軍が独断で抵抗しないことを決めたのだろうか？　この点にかんして、古代の歴史家たちの意見は分かれる。クレオパトラが関与していた可能性は高い。むろんのこと、城門の扉を開けるようにとの書面による正式の命令を出したわけではない。そんなことをしたら、アレクサンドリアの世論の理解を得られなかったろう。しかしながら、プトレマイオス王朝の存続にとって、ローマとの良好な関係の維持は以前から不可欠だった。同じ頃、クレオパトラの許にはあいかわらずチュルソスを通じてオクタウィアヌスから宥和的なメッセージがとどいていた。いずれにせよ、敗戦となることは決定的であり、ペルシウムの防衛軍がいかに抵抗したとしてもむだであったろう。オクタウィアヌスが数日後にアレクサンドリアに攻め入るのは確実となった。クレオパトラはおそらく、むだに勝者をいらだたせるのは避けるべき、と判断したのであろう。

オクタウィアヌスはすぐさまアレクサンドリアに向けて行軍した。パラエトニウムから戻ったアントニウスに残された時間はわずかで、残された兵力をかき集めるのがやっとであった。七月三一日の払暁《ふつぎょう》、最後の決戦の用意が整った。アレクサンドリアに近い高台に置かれた指令基地に陣取ったアントニウスは、みずからの艦隊がオクタウィアヌスの艦隊を迎え撃とうと海上を進むようすを眺めていた。自身は地上軍とともに、海戦がはじまるのを機に進撃しようと待ちかまえていた。だが、海戦は起こらなかった。弓矢がとどく距離まで接近したエジプト海軍は、櫂《かい》を高く掲げて降伏の意思を表明し、オクタウィアヌスの海軍から了承の合図を受けとると、くるりと方向転換した。両海軍はいまや、アレクサンドリアに向けてならんで航行していた。アントニウスは海軍力をすべて失った。やがて騎兵隊も彼を見すてた。忠実につき従うのは歩兵隊のみであったが、多勢に無勢で打ち負かされた。アントニウスの勝負は「詰んで」しまった。彼の太陽はもう昇ることがなかった。

アントニウスはわずかに残った手勢とともにアレクサンドリア市内に退却すると、クレオパトラが裏で糸を引いて艦隊を戦線離脱させたのだ、自分だけでなく彼女のために戦っていた者たちすべてを裏切ったのだ、と大声で叫んだ。ついに宮殿に着くと、クレオパトラが霊廟のなかで自害した、との知らせを受けた。アントニウスは、自分も後を追うことを決意した。プルタルコスはその理由として、クレオパトラが死んだと思って絶望したから、とか、クレオパトラよりも潔くないと思われたくなかったから、と述べているが、これは違う。アントニウスはローマの将軍だからであり、オクタウィアヌスが自分を容赦することは不可能だと知っていたからであり、捕囚の辱めを受けることを禁じる名誉の掟に従ったからである。妻死亡の知らせは、決意をあと押ししたにすぎない。

アントニウスは腹に剣をつき立てたが、致命傷とはならなかった。数秒後、アントニウスは意識をとりもどし、自分の周囲にいる人々の姿を認め、とどめを刺してほしいと頼んだが、だれも応じようとはしなかった。一人で自室に残ったアントニウスには、剣をもう一度手にとるほどの力は残っていなかったが、死ぬにはまだ生命力が強すぎた。

アントニウスの自死の試みに立ち会った者たちがとどめを刺さなかったのは、クレオパトラに知らせに走ったからである。実のところ、彼女は死んではいなかったのだ。戦闘の混乱を利用して、二人の侍女と宦官一名とともに霊廟に立てこもったのであった。自殺したとの誤報をアントニウスに伝えさせたのは、アントニウスが自分を探しに来ることなくできるだけ早く自死を選ぶよう仕向けるためであった。ペルシウムとパラエトニウムの降伏と海軍のねがえりを受けての見せかけの自死は、クレオパトラがこれまで続けてきた二股作戦の延長にすぎなかった。アントニウスは邪魔な存在となっていた。アクティウム海戦からこのかた、東方の諸侯が勝者と和平と結ぶために利用した貴重な数か月を、アントニウスのお蔭でむだにしてしまった。そのあいだにオクタウィアヌスは、クレオパトラがアントニウスを排除することを求めつづけた。それがクレオパトラにとって受け入れ不可能だとわかったうえでの要求であった。しかし、いまやアントニウスにできるだけ早く死んでもらうことが不可欠となった。数時間後にオクタウィアヌスと直談判することになるからであった。その前にアントニウスに死んでもらわなければ、自分の運命とアントニウスの運命を切り離すチャンスを逃してしまう。クレオパトラは、妻としての立場よりもエジプトの君主としての立場を優先させたのだ

しかしながら、アントニウスが瀕死の重傷を負っていることを知ったクレオパトラは、秘書のディオメデスにアントニウスを自分の許につれてくるよう命じた。しかし、霊廟の下に着いても扉を開けることはできなかった。扉は一度しまると二度と開けることができないしかけになっていたからだ。そこで、上階12の窓からなかに入れるほかなかった。霊廟はまだ工事中であったので、荷揚げ用のロープが屋根から下がっていた。ロープにアントニウスを結びつけ、クレオパトラと侍女と宦官が引き揚げようと取り組んだ。市民たちがこの情けない作業を見守った。彼らの女王は力仕事に顔を引きつらせ、ロープに括《くく》りつけらえたアントニウスは血まみれの正視に耐えない姿で苦痛に呻いていた。

アントニウスを窓から引き入れて寝かせたあと、クレオパトラは地中海沿岸の泣き女の伝統に従い、顔と胸を引きむしって慟哭した。儀礼にのっとっての哭泣《こくきゅう》であったが、そこには嘘いつわりない悲痛な思いがあった。夫がたった一人で死を迎えるのを放置しなかったことがこれを裏づけている。死の直前にアントニウスはクレオパトラの慟哭を遮って「こうした運命の逆転を嘆くまい。運命は自分にすべてをあたえてくれたのだから。恋も栄光も権力も富も。そして羨望の的となる死までも。なぜなら、ローマ人に敗れたローマ人の死なのだから」と述べた。そして、自身の利益ができるかぎり守られるように交渉せよ、ただし不名誉は避けるように、とクレオパトラに忠告した。クレオパトラ

もそのつもりであった。

腹に傷を負った者の常として、アントニウスは渇きを訴えた。クレオパトラが少量の葡萄酒をあたえると、アントニウスは彼女の腕のなかで息を引きとった。

死に向かって

クレオパトラは要塞のような霊廟に立てこもったままでオクタウィアヌスを待った。それまでに、エジプト侵略の便宜をはかるべく、オクタウィアヌスの要求に可能なかぎりこたえてきたし、和平協定の障害となるアントニウスはもはや存在しない。しかし、オクタウィアヌスが自分を破滅させるつもりであるなら、自害して宝物は焼きはらうつもりに変わりはなかった。オクタウィアヌスは急いで、アントニウスがクレオパトラに敵方だが頼れる人物として名をあげていたプロクレイウスを派遣して安心させようとした。全権を委任されたプロクレイウスは一人で霊廟におもむき、扉越しにクレオパトラとの対話をはじめた。プルタルコスによると、クレオパトラは子どもたちのためにエジプト王国存続を求めた。これは、自身が退位する、すくなくとも共同統治する用意があることを示したのであろう。プロクレイウスは、オクタウィアヌスを信頼すべきだ、と答えてから引き返したが、霊廟のどこを攻めれば侵入できるかを下調べするのを忘れなかった。その後、時をへずしてプロクレイウスは、将軍ガッルスと二人の兵士をひきつれて霊廟を再訪した。今度はプロクレイウスに代わってガッルスが扉越しに交渉を続けたが、そのあいだに残りの三名は梯子を使って窓から霊廟内に侵入した。侍女の叫び声で異変に気づいたクレオパトラがふり向くと、階段を駆け降りるプロクレイウスの姿を認めた。とっさに短刀で自殺しようとしたが、寸前のところでプロクレイウスに阻止された。

オクタウィアヌスは女王も財宝も手に入れた。後者はローマに送られ、利率が一二パーセントから四パーセントに下がるという結果を直ちにもたらした。クレオパトラは宮殿に戻り、オクタウィアヌスの解放奴隷、エパフロディトゥスが四六時中目を光らせているという監視のもとで幽閉された。クレオパトラはこれまでの身分を保ち、エパフロディトゥスは〝女王ができるかぎり快適な生活が送れるよう配慮せよ〟と命じられていた。クレオパトラが出した最初の要望は、アントニウスの葬儀をとり行ないたい、というものであった。諸侯や将軍たちは、自分たちが費用を負担してアントニウスを葬る用意があると申し出たが、狡猾なオクタウィアヌスは、クレオパトラは自分の「客人」であるから彼女の要求をかなえるのは自分のつとめ、という姿勢をつらぬいた。これはプロパガンダの一環であった。アントニウスはエジプト女王の夫となるほどに堕落した軍人であったが、自分は死者や敗者に寛容な態度でのぞんでいる、とのイメージは好都合で、しかも費用はさしてかからない。クレオパトラは自身でアントニウスの遺骸に防腐処理をほどこし、霊廟に埋葬した。

わが身を引っかいた傷跡から感染したために高熱を出したクレオパトラは、ぐったりとしたようすで宮殿に戻った。体力以上に気力が減退していた。オクタウィアヌスはまだ訪ねて来ようとしない。これは、自分を歯牙《しが》にもかけていないことを意味する。クレオパトラは食べ物を口にしなくなり、侍医のオリュンポスに助言を求めた。本心から死を望んでいたのだろうか？　むしろ、オクタウィアヌスとの交渉を早めるための一種のハンガーストライキであろう。案の定、エパフロディトゥスから主人のオクタウィアヌスに事態が報告された。古代の歴史家たちは全員、オクタウィアヌスはクレオパトラを生かしておいて、ダルマチア、アクティウム、エジプトでの三つの勝利を祝う凱旋式の目玉にしようと考えていた、と述べている。しかし、後であらためて論じるように、オクタウィアヌスの本心は古代の史料が述べるところとは違っていたと思われる。

クレオパトラは同時に、子どもたちの行く末を案じていた。とくに、カエサルの実子と宣言されている以上、カエサルの後継者としてのオクタウィアヌスの威光をあやうくしかねないカエサリオンのことが気がかりであった。アレクサンドリアの戦いの直前に、旅費をたっぷりもたせて紅海の港に送り出したのもそのためであった。そこからインドに向けて出港させる積りであった。しかし、家庭教師のロドンから、オクタウィアヌスは若君の即位を望んでおります、と吹きこまれ、アレクサンドリアへと道を引き返してしまった。カエサリオンは宮殿に戻り、厳しい監視下に置かれていたが丁重に扱われていた弟二人と妹に合流した。

数日後、オクタウィアヌスはクレオパトラのもとを訪れた。カッシウス・ディオが伝えるところによると、クレオパトラはオクタウィアヌスを誘惑しようと手練手管のかぎりをつくし、執拗に迫った。しかし、そうした記述は、クレオパトラを呪わしい異国の女王と位置づけるオクタウィアヌスのプロパガンダの極みととらえるべきだ。男をたぶらかす女の魅力も有徳のオクタウィアヌスにはまったく通じなかった、と言いたいのだ。ローマの歴史家のフロルスが「彼女の美しさは、君主［オクタウィアヌス］の潔癖さにはおとっていた」と述べているように。プルタルコスはこのときのクレオパトラを、打ちひしがれているものの、伝説的な魅力が最後の光を放っている女性として描いている。

女王の最期の日々を見守った侍医のオリュンポスの証言を参考にしているプルタルコスの記述のほうが、状況をより正確に反映していると思われる。いずれにせよ、王朝の存続についても、エジプトの今後のステータスについても、クレオパトラはなんの保証も得ることができなかった。オクタウィアヌスは彼女の話を黙って聞き、やっと口を開いたと思うと、〝あなたがいだくあらゆる希望をはるかにしのぐ華やかな暮らし〟を曖昧に約束するだけだった。何日も無視したあげくの、この礼儀正しいが冷たい態度。ほぼ何も期待できない、とクレオパトラは悟った。

この会談がもたらした唯一の効果は、クレオパトラに自殺の覚悟を固めさせたことだった。オクタウィアヌスの凱旋式で見世物になっている自分の姿を想像し、これが脳裏に焼きついた。カエサルの凱旋式に列席して以来、ローマの群衆の嘲《あざけ》りの的となった妹のアルシノエのようすは忘れたくても忘れることができなかった。今度は自分が車に乗せられ、打ち負かされた蛮族の王たちとともに珍奇な動物のように見世物にされるのか。絶対に嫌だ！　クレオパトラには、オクタウィアヌスをあざむくだけの知恵があった。喜んでローマに同行し、オクタウィアの妻のリウィアと姉のオクタウィアに口添えしてもらうために宝飾品を差し上げたい、と申し出た。抜け目のないオクタウィアヌスも、クレオパトラがまだ希望をいだいていて、命を絶つことなくこれからも自分に哀願しつづける、と信じた。以上が古代の歴史家たちの解釈である。もしくは、そのように解釈したふりをしている。

会談のすぐあと、オクタウィアヌスの側近であるコルネリウス・ドラベッラがクレオパトラに〝オクタウィアヌスは三日以内にシリアに向けて発ち、クレオパトラと子どもたちはローマに送ることが決まった〟とひそかに告げた。クレオパトラに友情をいだいていたにせよ、この男がクレオパトラにこのような情報を流す危険をおかし、しかも罰せらなかった[13]、ということは信じがたい。ドラベッラがクレオパトラに耳打ちしたことが知れわたっていた以上、彼がとがめられなかったのはどう考えてもおかしい。一方、オクタウィアヌスが糸を引いた故意の情報漏洩、とすると辻褄が合う。そうだとすれば、これはクレオパトラを自殺に追いやるための計略だったことになり、オクタウィアヌスの真の意図は表向きとは異なっていたことになる。

そして歴史は伝説となった

古代の著述家たちが、クレオパトラをぜひとも生かしておく、というのがオクタウィアヌスの意図であった、と強調しているのは確かだ。彼女が自殺をはかると、蘇生を試みさせることまでした。しかし、クレオパトラが彼にとってお荷物であったことを無視してはならない。どのように処遇すべきか？　処刑？　クレオパトラは、どうでもよい小国の君主ではない。処刑すれば、ローマの新たな権力者であるオクタウィアヌスに抵抗する勢力が殉教者に祀りあげる危険があった。それに、インペラトル（ローマ軍の最高指揮官）にとって、女性を処刑するのはむずかしい。カエサルも、アルシノエを処刑しなかった[14]。軟禁状態に置く？　そうなると、クレオパトラをローマの不倶戴天の敵としてきたプロパガンダとの整合性が問題になるし、プロパガンダを反映した公式の歴史におけるクレオパトラの扱いに矛盾が生じる。クレオパトラが自殺してくれたおかげで、問題が多い処刑も軟禁も避けることができた。オクタウィアヌスは、アントニウスの死にもクレオパトラの死にも責任を負わずにすんだうえ、勝者のオクタウィアヌスが寛容なところを見せたのにクレオパトラが死を選んだことは、彼女が妥協を知らぬ敵であることの究極の証しとなった。
勇敢にみずから死を選ぶ誇り高い女王のほうが、無慈悲な勝者から死をあたえられる落ちぶれた女よりも好ましい。アウグストゥス伝説におけるクレオパトラの役割にふさわしいこの自決について、アウグストゥスの友人であった詩人ホラティウスは韻文四行で以下のように説明している。

決してへりくだることができなかったこの女人は
自死を覚悟したゆえに、いっそう頑《かたく》なになり
容赦のないガレー船が落魄《らくはく》した自分を
傲岸《ごうがん》な凱旋式につれてゆくのをこばんだ。

となると、オクタウィアヌスの温情とは、クレオパトラを自死に追いやるための心理操作を隠す仮面ではないだろうか。証明することは不可能だが、おそるべき知性と策略の手なみをいかんなく発揮したこの男のことだ、大いにありうる。彼にとってクレオパトラの自殺がどれほどの利点をもたらしたかを考えると、なおさらである。
死を決意したクレオパトラは、彼女のそうした思いをつゆとも知らなかった（ことになっている）オクタウィアヌスから、アントニウスに香油を捧げる供養を行なう許可を得た。宮殿に戻ったクレオパトラは入浴し、人生最後のぜいたくな食事を用意させた。その後、オクタウィアヌス宛ての手紙を

書いてエパフロディトゥスに託した。こうして監視人を追いはらうと、霊廟にもつき従った侍女、イラスとカルミオンとともに自室にこもった。二人の侍女は、女主人と死をともにすることになっていた。

手紙を読んだオクタウィアヌスは、何が起こったのかすぐに理解した。手紙のなかでクレオパトラは、自分をアントニウスのそばに葬ってほしい、と頼んでいた。オクタウィアヌスが宮殿に駆けつけると、王妃の装束をまとったクレオパトラが黄金の寝台に横たわり、イラスがその足もとに倒れ、足元もおぼつかないカルミオンが最後の力をふりしぼって女主人の冠を整えていた。クレオパトラがどのような毒を、どのように使用したのかはだれもわからない。エジプトコブラの咬み跡、もしくは毒針を刺した跡を思わせる二つの浅い刺し傷が片方の腕にあった、との話が伝わっている。しかし、体には服毒の症状である斑点は一つもなく、部屋のなかで蛇は一匹も見つからなかった。オクタウィアヌスの命令により、医師たちは解毒剤をクレオパトラにあたえ、蛇の毒に耐性をもつと信じられていたキリキアの蛇使いが傷口から血を吸いとった。

オクタウィアヌスの努力にもかかわらず、死はクレオパトラを手放そうとしなかった。プルタルコスは、〝その高貴な心映えを高く評価していたこの女性〟の死をオクタウィアヌスは大いに悲しんだ、と述べている。勝者は最後まで完璧に仕事をやりとげることになる。すなわち、このような場合に通例の荘厳な儀式をとり行なって、クレオパトラを夫であったアントニウスのかたわらに埋葬した。けなげにも女主人と死をともにしたイラスとカルミオンにも立派な葬式を出してやった。むろんのこと、凱旋式の目玉を欠いたことは腹立たしかった。しかし、腕に蛇をからめたクレオパトラの肖像をパレードにくわえることでうっぷんを晴らした。

オクタウィアヌスは、クレオパオラの死を望んでいたか否かにかかわらず、アントニウスの公式葬儀にはじまった〝温情の芝居〟を続けることで、エジプト女王の死をみごとに利用した。まずは、なかば喜劇的、なかば悲劇的なクレオパトラ蘇生の試みである。次は、クレオパトラの公式葬儀。とどのつまりは、夫婦の生前の希望をかなえての、アントニウスのかたわらへの埋葬。これらすべては、その後に流布することになる官製歴史のクライマックスであり、終止符であった。これ以降、ローマの将軍にして国家元首の一人でもあったアントニウスには、ローマにとって不倶戴天の敵であるクレオパトラの尻に敷かれた夫、彼女のかたわらに葬られた男というイメージが定着することになる。

残るは子どもたちをどうするかだ。彼らの運命が明暗を分けたことは、寛容の精神を発揮するのは死者よりも生者に対してのほうがむずかしいことを示している。最初に殺されたのはアンテュッルスであった。一六歳もしくは一七歳であったアンテュッルスはフルウィアを母とするアントニウスの長男であった。父親アントニウスとの絆が非常に強かったこの青年をオクタウィアヌスが生かしておくことができなかったのは、やがて自分を蹴落とそうとするライバルになるおそれがあったからだ。不幸な青年は神格化されたカエサルの神殿に逃げこみ、統治権力がおよばない聖所の特権によって身を護ろうとした。これはなんの恩恵ももたらしてくれなかった。その場で青年を斬首しなかったことだけが、追っ手が聖所に示した敬意であった。

次はカエサリオンの番であった。カエサルの息子と目されているだけあって、その存在はアンテュッルスよりも危険であった。カエサリオンの処分についての議論の席で、アレクサンドリアの哲学者、アリオスはイーリアスの一節をもじって「カエサルが何人いても無価値だ」[15]と述べた。カエサルから養子に指名されたオクタウィアヌスが、これほど邪魔な弟を排除するのに他人の忠告を必要としたとはとうてい信じられないが。

一〇歳そこそこの双子、アレクサンドロス・ヘリオスとクレオパトラ・セレネは、オクタウィアヌスの凱旋式で母親の代理をつとめた。女の子はオクタウィアに託され、長じてはマウレタニア国王のユバ二世に嫁いだ。運命からいってお似合いの夫婦であった。ユバ二世は、妻よりも一六年前に、自殺した父親の代理をカエサルの凱旋式でつとめたのち、オクタウィアに育てられた。一方、双子の男の子のほうと、末っ子のプトレマイオス・ピラデルポスがどうなったのかはわからない。子どもの頃に病死したのだろうか？　プルタルコスとカッシウス・ディオは、二人は命を助けられ、大切にされた、と述べており、オクタウィアに託されたことをうかがわせる。しかし、確かなことはわからない。

オクタウィアヌスはプトレマイオス王朝の終焉をエジプト国民に告げるために、数日アレクサンドリアにとどまった。ことは非常に簡潔に進められた。アレクサンドロス大王の墓を訪れてミイラにふれたが、プトレマイオス王家の墓所を詣でることは拒否した。カッシウス・ディオが伝えるところによると、エジプト人の従者たちが〝ぜひとも〟と勧めると、「わたしは王に会いたいと思ったのだ、死者ではなく！」とぴしゃりと返答した。アレクサンドロスは大帝国を打ち立てたが、これはつかのまの帝国であり、彼が若くして亡くなると将軍たちが遺領を分割した。そしていま、大王の帝国はローマを通じてよみがえった。プトレマイオス王朝の存在理由はなくなった。

紀元前三〇年八月のこの日、最後のヘレニズム大国が消滅した。エジプトはローマの属州となった。そしてクレオパトラは伝説の人物となった。

ピエール・レヌッチ

〈参考文献〉

当時とクレオパトラにかんする古代のおもな文献

アッピアノス『内乱記（2～5編）』

カッシウス・ディオ『ローマ史（38～51編）』

フラウィウス・ヨセフス『ユダヤ古代史（14編と15編）』『ユダヤ戦記（1編）』

フロルス『歴史概説（2編の13～21）』

プルタルコス『アントニウスの生涯』『カエサルの生涯』『ブルートゥスの生涯』

スエトニウス『皇帝伝（ユリウス・カエサル　アウグストゥス）』

ウェッレイウス・パテルクルス『ローマ史（2編の41～89）』

クレオパトラの最後の日々と自死に関して　プルタルコス『アントニウスの生涯（84―86）』／カッシウス・ディオ『ローマ史（51、13―14）』／フロルス『歴史概説（2、21、10―11）』／スエトニウス『アウグストゥス伝（17、7―8）』／ウェッレイウス・パテルクルス『ローマ史（2、87、1）』

現代の著作

Bengtson, Hermann, *Marcus Antonius, Triumvir und Herrscher des Orients*, München, C.H. Beck, 1977.
Grant, Michael, *Cleopatra*, London, Weidenfeld& Nicolson, 1972.
Martin, Paul M., *Antoine et Cléopâtre*, Bruxelles, Complexe, 1995.
Renucci, Pierre, *Marc Antoine, un destin inachevé entre César et Cléopâtre*, Paris, Perrin, 2015.
Schiff, Stacy, *Cléopâtre*, Paris, Domat, 1956.
Volkmann, Hans, *Cléopâtre*, Paris, Domat, 1956.
Weigall, Arthur, *Cléopâtre, sa vie et son temps*, Paris, Payot, 1934.
Wertheimer, Oskarvon, *Cléopâtre*, Paris, Payot, 1981.

〈注〉

1　ヘレニズム王国としてのエジプトは、アレクサンドロス大王の将軍の一人であるプトレマイオスを開祖とする。

2　カエサリオンの名前で歴史に残る、クレオパトラの男児の父親と誕生年については諸説がある。

3　マルクス・アントニウスは、カエサルの副官としてガリア平定の戦いやポンペイウスを相手にした内戦などで活躍した。元前四四年には執政官をつとめており、カエサル暗殺後はその継承者となる好機をつかみかかっていた。

4　カエサルがポンペイスとクラッススと組んだ「第一次三頭政治」と区別するために、「第二次」とよばれる。

5　ギリシアの地名。現在のカヴァラ市に近く、エーゲ海北岸に位置する。

6　アンテュッルスは、アレクサンドリア市民がアントニウスの長男につけたあだ名である。本名は父親と同じマルクス・アントニウスである。彼の弟のユッルスは父の再婚相手のオクタウィアの許に残った。
7　現在はアルタ湾とよばれる。
8　キュレナイカは、現在のリビアの東部に相当する地方。
9　第二次ポエニ戦争（紀元前二一八―二〇二年）
10　一六歳になったばかりのアンテュッルスはこの機会に、成人の男性が着るトーガをまとった。
11　霊廟には、すぐさま換金できる財宝（金、銀、貴石、真珠、黒檀、象牙、シナモンなどの香料等々）がきわめて大量に運びこまれていた。
12　ヘレニズム文明の大多数の記念碑的な墓所と同じく、クレオパトラの霊廟も数階ある塔のような造りであったと思われる。
13　ドラベッラがクレオパトラに情報をもらした話を伝えているプルタルコスは、ドラベッラの処罰についてはふれていない。
14　アルシノエはカエサルによって軟禁状態に置かれた。アントニウスが、親密となったクレオパトラの求めに応じてアルシノエを殺させた。
15　イーリアスの詩句は「大将が何人いても無価値だ。一人だけがよい！」である。

2 殺された殺人者 アグリッピーナ

ナポリ湾にて、五九年三月

アグリッピーナは野心家で、意志強固な、残忍な人間だった。男のみが皇帝の地位をめざすことのできたローマ帝国において、自分が決して君臨することはできないとわかっていた。そこで息子ネロを介してローマ帝国を支配することを心に決める。息子が誕生するや、わが子が皇帝の座へ少しでも容易にたどり着けるよう、ひたすら画策してライバルたちを排除させた、ときにはこの世からも。自分の顧問官たちを息子の側近くに配置し、はじめは目立たぬよう陰から、そしてしだいに遠慮なく彼女は姿を現しローマを動かしはじめた。ネロはすぐにそんな状態に嫌気がさし、母親を遠ざけることを決意する。そして次に息子が心に決めたのは、母を亡き者にすることだった。あらゆる手段を使って…

彼はアグリッピーナをどうしようというのだろう。息子、ローマ皇帝ネロ・クラウディウス・カエサル・アウグストゥス・ゲルマニクスはいったいなぜ、五九年三月一九日から二三日まで繰りひろげられる、ミネルヴァの祭典「クゥインクワトリア」をバイアエ［現バイア。ナポリの西約二〇キロにある］でいっしょに祝いましょう、と愛情あふれる招待の手紙を母に送ったのだろうか。彼女を抹殺するための罠なのか。それとも和解をはかろうとする試みなのか。

アグリッピーナは躊躇する。四四歳になっていたが、そのなみはずれた美しさはいまだおとろえを知らなかった。ラティウム［イタリア中央西部地方。ローマ市を州都とする現在のラーツィオ州にほぼ一致する］南部の海辺にある、アンティウム［現アンツィオ］の屋敷で暮らしていた。ローマ貴族たちがよく訪れる豪華な海の別荘が立ちならぶ瀟洒な邸宅地域である。アグリッピーナの兄カリグラはその地で一二年に生まれた。彼女自身が最初の結婚でのちのネロとなる子を三七年に産んだ場所でもある。難産であった。赤子の星占いの天体配置図からはおそろしい予言がたくさん読みとられた。息子の将来を知るため占ってもらった占星術師の一人は、この子は統治者となるが母を殺すだろう、と告げる。その時彼女は「殺されてもよい、息子が天下をとりさえすれば」と返事をしたという。

アグリッピーナは息子を統治者とするためならば、ありとあらゆる手段を講じていくことになる。この野望は二重のものだった。息子のため、そして自分自身のため。彼女は、権力を行使する何がしかの権利が自分にはあると思っていた。ローマにおいては女が最高権力を手に入れるなどまったく考えられないことだったから、それはわが子に仕えるという間接的な方法によって実現することを意味した。なぜなら、人々の助力と神々の承諾を得て世界の主《あるじ》となることを要求しうるのは息子のみなのだから。彼女がみずから書き記した『回想録』のなかには、ゆっくりと忍耐強く、道徳をかき乱し慣習をくつがえして権力を獲得していった様が記されていたのであろうか。これについてはわからない。何も残っておらず、彼女の生涯のどの時期に書かれたのかも定かではない。五四年一〇月一三日に息子が帝位についてすぐ後のことかもしれないし、翌年に起きた彼女の失脚以降のことかもしれない。とにかくたしかに『回想録』は存在した。博物誌編纂者であり提督であった大プリニウス[1]がそれを読んだとされており、またタキトゥス[2]はその『年代記』のなかで「この書物は彼女（アグリッピーナ）の生涯と家族の不幸を後世に伝えた」と記している。この偉大な歴史家がくだんの書物を参考にしたのはおそらく事実だろうが、彼の作品に対するその影響を判断することはむずかしい。タキトゥスにスエトニウス[3]とディオ・カッシウス[4]をくわえた三人が、五九年の春に起こったドラマについてわれわれに教えてくれる主要な情報源である。これらの著者たちはだれひとりとして出来事の証人ではなく、前者の二人はそれにかかわる著作を二世紀初頭に書いた。三人目はさらに一世紀後なのだが、彼の『ローマ史』のなかの［現存する］関連部分は、東ローマ帝国の修道僧たちによって要約されたものである。細かい点に差異はあるものの、これらの資料からは、アグリッピーナの生と死隣りあわせの生涯が、稜線のつらなりのように彷彿として見えてくる。

死をまぬがれて

アウグストゥス帝が一四年八月九日に死去し、ティベリウス帝の治世となった二年目、一五年一一月六日にアグリッピーナは生まれた。生地はライン川のほとりに位置するオッピドゥム・ウビオルム［ゲルマン人の一部族であるウビイ人の町を意味する］であった。初代皇帝によって現在のケルンの位置に築かれたこの集落は、九年に起きたトイトブルクの戦い[5]での凄惨な敗北までは、ローマの新しい属州ゲルマニアの中心地であったにちがいない。時が移り、五〇年にクラウディウス帝の妃となったアグリッピーナは夫に働きかけて、この町に退役軍人やローマ市民を派遣して植民市《コロニア》をつくらせ、そこに自分の名前をつけて、コロニア・クラウディア・アラ・アグリッピネンシウムとさせることに成功する。

アグリッピーナの父親ゲルマニクスはティベリウスの甥であったが、叔父は舅であるアウグストゥス帝の圧力により彼を養子とした。アウグストゥス帝から、いずれはローマ帝国の帝位後継者と期待され人気もあったゲルマニクスは、ゲルマニア派遣軍を指揮してトイトブルクの戦いの勝利者アルミニウスを打ち負かし、かつての激戦で命を落としたローマ兵たちの亡骸を埋葬した。壊滅した三軍団《レギオン》のうち二軍団の鷲章旗も回収した。アグリッピーナの母親はアウグストゥスの孫、大アグリッピーナ[6]である。その母親はユリア、父親はアウグストゥスの頼もしい相棒であり、紀元前一二年に死去する前には帝国の共同統治者であったアグリッパである。大アグリッピーナは頑固一徹な性格で妥協を知らない人間だった。ティベリウスは彼女に「あなたはなんでも自分の意のままにならないと腹をたてるのですね」と言ったらしい。ゲルマニクスと結婚した大アグリッピーナは夫の任地に同行した。すでに息子が三人（ネロ、ドルスス、ガイウス――幼少期に軍団の兵士たちからつけられた「小さな長靴」を意味するあだ名カリグラの名でより知られている）いたが、さらに娘が二人生まれる。一九年、ゲルマニクスはシリアで死亡するが、その死は謎に包まれていた。幼いアグリッピーナはテッラキナ［ローマの南東約六〇キロにあるティレニア海沿岸のまち。現テッラチーナ］でアンティオキアから夫の遺灰をもち帰った母と再会する。おそらくは濡れ衣と思われるが、ゲルマニクスの毒殺を命じた張本人であると非難されたティベリウスは、後継者一人を指名するにあたり、実の息子とゲルマニクスの息子たちのどちらにするか躊躇する。

それ以降、皇帝家は継承をめぐる争いの毒にまみれていく。当時まだパラティヌス［現パラティーノ］の丘に宮殿はなく、新旧の建物が隣りあって集まり、丘の上に一つの地区を形づくっていた。幼いアグリッピーナはただなすすべもなく、自分の理解を越えたさまざまなくわだての気配を察知するだけだったが、そこから一つの教訓を得た。最高権力をめぐるしのぎあいが行なわれているとき、陰謀・うわさ・徒党・密告の渦巻くただなかにあって生き残ることはむずかしいことだと。したがってこの時代を専門とするもっとも洞察力のある歴史学者の一人、ミリアム・グリフィンによる次のような考察はうなずけるものだ。「両極端のあいだをゆれうごく運命に弄ばれたアグリッピーナの幼少期と青年期は、どんなに楽観的な性格をも変質させるものだったろう」。アグリッピーナは二九年に、皇帝家のさまざまな血筋のあいだに一定の平衡が保たれるよう気を配っていたアウグストゥス帝未亡人リウィアの八六歳での死を体験する。そして母がティベリウスを心の底から憎んでいるのを敏感に察知した。その母は、みずからが中心になって反ティベリウス派閥を集結したが、度をすごし、結局は皇帝によってパンダテリア島に流刑となってしまった。（のちに飢餓により衰弱死したと言われている。）アグリッピーナはまた近衛軍団長官セイアヌスの陰謀の一部始終をも見た。この男はしだいに野望をあらわにしていったが、自身もあやつられていたのかもしれず、果ては三一年に支持者と家族とともに死刑に処される。たえずゆれうごく短命な政治的協力関係のなりゆきのままに、結婚や離縁がくりかえされるのも彼女はまのあたりにした。二六年には、ティベリウス帝がカンパニア地方やカプリ島やミセヌム［現ミゼーノ。ナポリの西約一八キロ、ナポリ湾の北西端に面した、ローマ時代最大の軍港］の別荘で隠遁生活をはじめたことを伝え聞く。そしてアグリッピーナの二人の兄、ネロとドルススが元老院で公敵と宣言された後、不可解な状況下で死亡したことを知らされる。不敬罪の裁判がひんぱんに行なわれるようになり、もっとも注目される人物たち、なかでも自分の父や母に忠実だった人たちが標的にされたことも耳にする…。こうしてアグリッピーナは自分を非情、忍耐、冷酷の鎧《よろい》で身を包んでいった。その一方で、皇帝家において女たちが重要な役目を担っていることを理解した。世継ぎを産むだけでなく、帝位継承候補から一人を選ぶ際に自分なりの方法で介入することもできたし、陰謀の支援者となることも、また自分の意志によるか否かは別として、野望をもつ者を排除する際の道具にも、なりえたのである。

　二八年にティベリウスはアグリッピーナをグナエウス・ドミティウス・アエノバルブスと結婚させる。帝はみずから「孫」［アグリッピーナの父ゲルマニクスはティベリウスの養子となっていた］を婿に紹介することを強く望んだ。孫娘は一三歳、花婿は四〇男であった。彼の家は共和政ローマ以来の裕福な貴族の名家で、伝説によるとゼウスの息子たちであるカストールとポルックスにまでさかのぼるというが、あまり評判はよくなかった。執政官[7]を多く輩出した家系で、彼らの家族名であるアエノバルブスが意味するブロンズ色[8]の髭をたくわえていることで有名だった。ドミティウスは高慢で不遜、残酷な性癖があった。アウグストゥスの血筋であると同時に、そのライバル、マルクス・アントニウスにも血の繋りがあった。アウグストゥスの姉オクタウィアがマルクス・アントニウスと結婚しており、この二人を祖父母にもつのである。アグリッピーナたちの結婚には政治的計算が働いていた。これにより、大アグリッピーナとその息子ネロ9の派閥の力を弱体化させようというのである。したがって、結婚九年後に男児が生まれたとき、アグリッピーナがその子に輝かしい将来を思い描いたとしても、それはむりからぬことだったといえよう。ただし、この危険な世の中で息子をうまく導くことができれば、という条件つきであった。

さて、政情は、ようやく二二歳となったこの若い女性にほほえんだかのようだった。ティベリウスが死去し、二五歳の兄カリグラが三七年三月一八日に帝座につく。彼は人気という大きな強みをもっており、ローマの民衆と元老院から歓呼の声で迎えられた。帝国全土で、軍人も文官もこのゲルマニクスの息子に忠誠を誓った。それから四年たらずの後、四一年一月二四日、カリグラは妻と唯一の子どもであった一歳の女の子とともに暗殺される。彼の死に涙する者、惜しむ者はだれひとりいなかった。それまでのあいだにカリグラは、帝位継承者として自分と同時に指名されていた、ティベリウスの孫であるティベリウス・ゲメッルスを排除していた。そして母と兄ネロの骨壺をアウグストゥスが築造した家系の霊廟に安置し、自分への忠誠を誓わせる臣従の宣言のなかに妹たちの名を挿入するとともに、彼女たちに敬意を表する通貨を発行して三人の妹［上からアグリッピーナ、ドルシッラ、リウィッラ］を一括して公の場でたたえた。このようにして仲睦まじい皇帝家の外見を示して見せたのだが、のちに身内に対し（三八年六月に死去するお気に入りのユリア・ドルシラは例外だが）偏執狂的な迫害を行なった。迫害は姦通の告発――皇帝家の女性の信用を失わせるためによく使われた手――

および、真実にしろ捏造にしろ、皇帝に対する謀議をはかったという告発を理由に行なわれた。かくしてアグリッピーナとリウィッラは、屈辱的な仕打ちを受け、全財産を没収されたあげく、三九年にポンティアエ諸島に流罪となったのである。アグリッピーナの息子ネロは叔母のドミティア・レピダ［夫アエノバルブスの妹］のもとに引きとられ、スエトニウスによれば「二人の教師、舞踊家と理髪師によって養育された」。ネロの父親は四〇年の暮れにエトルリアで過水症により死んだ。

皇妃

カリグラ亡き後、ユリウス・クラウディウス家[10]に成人男子は一人しか残っていなかった。紀元前一〇年にリヨンで生まれたクラウディウスである。ゲルマニクスの弟であり、カリグラとアグリッピーナの叔父であった。近衛軍団の兵士たちは彼の姿を求めてパラティヌス宮殿中を探しまわり、一人の兵士が偶然に彼を見つけた。クラウディウスは恐怖におびえて、扉の前にたれていたカーテンの襞のあいだに身を隠していたのである。兵士は彼の前にひざまずき、「最高司令官《インペラトル》[11]」とよんであいさつした。クラウディウスは兵士一人あたり一五、〇〇〇セステルティウス[12]を下賜金として渡すことを約束し、近衛軍団からまず公認されたはじめての皇帝となる。彼に敬意をはらう者はほとんどいなかった。実の母アントニアのわが子に対する評価は、皆の共通の認識となった。「不格好なことといったら。自然が作りかけて仕上げていない、人間のできそこないですよ」。実際、宮廷ではクラウディウスの大食い・酒好き・女好きの性向は皆の物笑いの種だった。その上、歩行がなめらかでなく、吃音症があり、解放奴隷たちといっしょに皆から離れて暮らしていた。彼はしかし正真正銘の学識豊かな人間であり、文献研究と歴史に情熱をそそいでいた。人々は皆、その知能を疑っていたのだが、「生きながらえるためにバカをよそおっていたのさ」と本人は言うだろう。思いがけず帝位についたこの皇帝は、さまざまなハンディキャップにもかかわらず、内政面でも外政面でも質の高い政策を行なった。彼の三人目の妻、まだ年若いウァレリア・メッサリーナは子どもを二人産んだ。三九年ないし四〇年に娘オクタウィアが、そして四一年二月、クラウディウスが皇帝と認められてからおよそ二週間後に男児、すなわち帝位継承者のティベリウス・クラウディウス・ゲルマニクスが生まれた。この息子には、ブリタンニア（現在の大ブリテン島）の征服を祝して四三年秋にブリタンニクスという通称が贈られ、その名前で知られている。クラウディウス家のいちばん若い末裔であったが、ネロのようにアウグストゥスからの直系の血筋を誇ることはできなかった。

皇帝となったクラウディウスが最初に行なった決定の一つは、流罪にされた人々をよびもどすことだった。アグリッピーナはローマに戻り、財産を取戻し、兄カリグラの丁重な埋葬を行なうことにより自分のイメージ作りに気を配った。息子ネロをふたたび自分の手もとに引きとり、マトローナ――ローマ市民で子どものいる既婚夫人――としての社会的地位を保証してくれる配偶者探しをはじめる。自分にふさわしい大物の貴族、それもできれば裕福な人物を。彼女はもち前の色気を最大限発揮して迫ったのだが、後年つかのまの皇帝となるガルバを射止めるのには失敗した。ガルバは既婚者でありその妻を失った。「妻レピダと二人の娘に先立たれた」、美貌の未亡人アグリッピーナが彼に言いよったことにその義母が憤慨。怒りのあまりマトローナたちの会合の席上で彼女に手を上げたという。アグリッピーナは次に狙いをC・ルスティウス・パッシエヌス・クリスプスに定めて接近する。彼は世渡りがうまく、四四年には二回目の執政官に就任することになる。ガルバほどの輝かしい名家の出ではないものの、莫大な資産をもっていた。ネロの父親の上の妹で、アグリッピーナには義妹にあたるドミティアと結婚していた。それがどうしたというのだ！　彼は妻と離婚し、四一年にアグリッピーナと結婚する。妻と息子ネロとを相続人に定めたのち、四七年には死去するという気のきいた男だった。

流刑から戻って来た後、ふたたび未亡人になるまでのあいだに、アグリッピーナは新たな敵を発見した。ドミティア・レピダの娘、皇妃メッサリーナである。アグリッピーナはふたたび流刑に処せられてしまう妹リウィラとは違い、皇妃と直接対決するようなまねはしなかった。もっと巧みに、あっと驚くようなニュースを念入りに作り上げた。メッサリーナが幼いネロを絞殺するために刺客を放った！　しかし一匹の大蛇が彼らを追いはらった。証拠は？　ネロの枕のまわりに蛇の抜け殻が見つかり、ただちにアグリッピーナはそれを金の腕輪に埋めこませ、息子の右腕につけさせた。そしてこのときとばかり支持者に噂を喧伝させた。その結果、四七年に行なわれた世紀祭大競技会[13]のなかで、ローマの貴族の若者たちが複雑な動作図形の騎馬パレードを演じたとき、ローマの平民たちはゲルマニクスの孫ネロに嵐のような喝采を送り、それは幼いブリタニンクスの分《ぶ》を悪くした。アグリッピーナは直ちにこの少年を息子のライバルと感じた。一方で彼女はクラウディウス帝の側近の元老院議員や解放奴隷たちに対して、目立たないように得意の色香を活用した。

四八年にクラウディウスはやもめとなる。メッサリーナが、愛人の一人で、次年度の執政官に指名されていた美男のガイウス・シリウスと結託し、四八年の八月に結婚あるいは偽装結婚をして、彼を帝位につける計画を練っていたというのだ。シリウスはブリタンニクスを養子にしようと考えたのか？　陰謀か？　帝位簒奪か？　中傷なのか？　だれの利益のために？　いずれにしても、解放奴隷の一人ナルキッススから報告を受けたクラウディウスは、シリウスと彼の仲間およびメッサリーナの支持者たちを即刻処刑する。メッサリーナは少し後に処刑された。アグリッピーナにとって邪魔者はほとんどいなくなった。

まずやるべきことは、皇帝に新しい妻を迎えるために主だった解放奴隷たちが推薦していたお妃候補を一掃することだった。次に、クラウディウスを誘惑すること。これはもうお手のものだった。最後に、ローマ人の考え方のなかに根強くあった、姪と叔父が結婚することはできないというタブーをなんとかしなければならなかった。これは近親相姦とみなされ、都全体に災厄をもたらす驚愕すべき行為とされていた。なぜならパクス・デオルム、すなわち神々と人間たちとの平和を壊すものだからである。しかるべき宗教的儀式のみがふたたびこの平和を回復させることができた。そこでクラウディウスはこの点にかんする法律を変更する元老院令を採択させ、兄の娘と結婚できるようにした。婚礼は四九年一月一日にとり行なわれた。第一の目標――権力――は部分的に達成された。しかし、ネロが権力の座に組み入れられていないかぎりは、まだ完全ではなかった。言い換えれば、彼がクラウディウスの後継者として明確に指名される必要があった。

アグリッピーナは四九年のはじめに、数年前から流刑になっていたセネカ[14]をコルシカ島から帰還させ、息子の家庭教師に登用し、雄弁術にとりわけ力を入れた教育をさせた。これは賢明な人選だった。高い教養があり雄弁で、宮廷人、教育者であり名士であったセネカは、確たる影響をこの生徒にあたえることができただろう。その上、元老院の一員でもあった彼は議員のなかに新しい皇妃の支持者を増やした。一方でアグリッピーナはネロをオクタウィアと婚約させ、五〇年二月二五日に首尾よくクラウディウスの養子にさせることに成功する。タキトゥスは次のように記している。「このときを境に首都ローマは一変した。すべてが一人の女の思うがままになった。彼女はメッサリーナのように自分の官能を満足させるためにローマの権力を弄んだりはしなかった。それは男主人が奴隷を完全な支配下に置いたときと同様の厳しい隷属状態であった。アグリッピーナは公の場では厳格に、しばしば傲慢にさえふるまい、家庭のなかでは、自分の支配欲から役立つと考えた場合以外には、いかなるみだらなようすも見せなかった」

一年がたった。アグリッピーナにはアウグスタの尊称が奉られた。ふつうより一年若くしてトーガ[15]をまとった息子は、アウグストゥスの孫たちと同じく「青年の第一人者」の称号を得る。同時に首都以外における代理執政官としての軍事的支配権をあたえられ、まだ年齢が満たないにもかかわらず、五八年に執政官職に就任する約束がなされた…。彼に祝意を表す競技会にかんして、タキトゥスが服装について詳しく描写しているが、そこからはネロとブリタンニクスの将来が予測される。「ブリタンニクスはトーガ・プラエテクスタ[16]を着て行列したが、ネロは凱旋服を着用していた。その結果、じっと見つめる民衆の目には、皇帝の出で立ちをしたネロの姿と、子ども用の服を着ているブリタンニクスの姿とが映った…」

五三年、ネロはオクタウィアと結婚するが、それには法律の手直しがともなった。クラウディウスの養子となったため、花嫁は異母兄妹になってしまっていたからだ！　アグリッピーナは、その一方で味方を配置し、自分に対して敵意をもっている人間たちを追いはらい、ときには二度と日の目を見ることができないようにした。このようにして信頼のおけるアフラニウス・ブッルスが唯一人の近衛軍団長官[17]となった。かつてネロを引きとって育てた彼にとっては叔母にあたるドミティア・レピダは、ブリタンニクスの祖母であったため、アグリッピーナに対する呪術的行為を行なったかどで処刑された。

帝位と血

残る問題は、クラウディウスが依然として予測しがたい人間、つまり頭がはっきりしていたことだった。五四年、彼は妻に対して不信をいだいているようすを示し、ブリタンニクスに対して、すくなくともネロと同等の帝位継承順位をあたえたいように見えた。五四年一〇月一三日、六四歳で皇帝は急死する。公式説明では熱発作によるもの、非公式にはキノコによる中毒死といわれた。古代の歴史家たちは口をそろえて、その首謀者はアグリッピーナだと言っているが、現代の歴史家にはそれを疑問視する向きもある。いずれにしても、ネロは近衛軍団から歓呼をもって最高司令官《インペラトル》であると宣言され、元老院から承認された。いささかの支障もなく即位はとり行なわれた。シナリオは完璧に準備されていたのだ。ネロは一七歳。これまでもっとも若い君主であった。統治をするのはいったいだれなのか？

統治をはじめての数年間、若い皇帝は人気者になることと、すぐれた芸術家になりたいという願望とに駆られてはいたが、国政をなおざりにすることはなかった。しかし新しい皇帝が行なった理性的な政治は、疑う余地なく、アグリッピーナが選んだ二人の顧問官、セネカとブッルスの影響力の産物であった。これがアウレリウス・ウィクトル（四世紀の歴史家）以降、「ネロの五年間」Quinquennium《クゥインクゥエンニウム》 Neronis《ネロニス》とよばれる時期の政治である。治世の初期は順調な滑り出しで、元老院と君主とのあいだに目立った対立はなかった。あたかも若い君主が、セネカが著した論考『寛容について』（五五年末から五六年初め）を実践に移しているかのようだった。

しかしながら、黄金期の再来を告げるかにも見えた、大いに喜ばしいこの光景には影の部分があった。ナルキッススをはじめとするブリタンニクスの公然たる支持者や、ライバルとなる可能性のあるその他の人物の支持者、たとえばユニウス・シラヌスなどはただちに抹殺された。アグリッピーナのしわざであることは明らかだった。彼女には次々に名誉が積み重ねてあたえられていく。「マーテル・アウグスティ」つまり「皇帝の母君」という新規の称号でよばれるようになった。また、元老院が発令した皇帝神格化の儀式によりクラウディウスが神に列せられ、その女祭司にもなった。先導警吏を二人つける権利も得た。慣習に従って皇帝に対し歩哨の合言葉を要求した近衛軍団の将校に、ネロは「最高の母」という合言葉をあたえる。慣例で認められた枠を越えることこそなかったが、この母はあらゆる場面に顔を出したがった。アウグストゥス以来の伝統で、ときどき元老院議員たちが宮殿に招集されることがあったが、彼女は姿が見えないようしつらえた戸口の後ろで討議を聴いた。またネロとともに公衆の面前に姿を現したが、しばしば同じ輿《こし》に乗っていた。これが原因でのちに近親相姦のうわさがたてられる。彼女はあらゆる人、庶民、高官、国王たちに書簡を送った。五四年、アグリッピーナの姿が帝国全土において、通貨、皇帝礼拝の神殿のなか、カメオやインタリオ[18]にもきざまれた。

彼女がどこにでも姿を見せることにブッルスとセネカはいらだった。平民か貴族かをとわず、およそローマ人の感情をそこなう危険があった彼女の地位を引き下げたい、という共通の願望を二人ともほとんど隠しはしなかった。アルメニア使節の謁見のおり、アグリッピーナが使節団を迎えるため皇帝の高座のある壇にいまにも登ろうとしたとき、セネカはネロに耳打ちし、彼に母親を迎えに行かせ、外交上のトラブルや政治的スキャンダルを回避した[19]。二人の顧問官はネロを徐々に母親から引き離した。クラウディウス帝の治世下で帝国の財政のトップにいた帝室の解放奴隷パッラスが五五年にはアグリッピーナから遠ざけられ、彼女はその支えを失う[20]。同じ年、彼女の肖像は帝国の通貨から姿を消した。

ネロはしだいに勝手気ままにふるまうようになる。妻のオクタウィアに対しては嫌悪感をつのらせるばかりだった。ネロは母に内緒で解放奴隷のアクテを愛人にする。セネカには支持されたこの選択はアグリッピーナを激怒させた。「――しかし結局は、自分にそむき離れていくネロの心をつなぎ止めるため、方針を転換して息子に迎合し[21]、」アクテを喜ばせるための資金を莫大な自分の財産のなかから渡そう、と提案する…。しかしなんの効果もなかった。そこでアグリッピーナは、今度は威嚇《いかく》しようとする。ブリタンニクスこそ父クラウディウスにふさわしい唯一の後継者だと称賛し、彼が近衛軍団から最高司令官《インペラトル》として歓呼の声で迎えられるようにしようかと考えているのだ、と告げる。脅しだった。しかしこの言葉は、ほどなく（まさに一四歳の誕生日を目前にしていた）成人用のトーガに身を包んで政治の世界に入ろうとしているクラウディウスの実子が、自分にとって危険な存在になるのだ、という事実にネロの関心を向けさせた。五五年の二月なかば、家族が集う会食の席で、ブリタンニクスは冷たい水を入れて冷やした飲み物を飲んだ。と、突然意識を失って倒れ、そして息絶えた。てんかんの発作なのだ、とネロは説明する。実際、たしかに彼はこの持病に悩まされていた。しかし、食事に同席していたアグリッピーナとオクタウィアは理解し、戦慄する。ネロが毒を盛ったのだ。現代の歴史学者でこの点を疑問視する人はほとんどいない。

地味な葬式、元老院でのネロの立派な演説、顧問官たちの気まずい沈黙。ブリタンニクスの殺害はすぐにすんだこととしてかたづけられた。母后アグリッピーナにとって、これは明らかな警告だった。彼女は息子を非難し、彼に対抗するライバルをかつぎ出しそうな軍人や貴族のなかに自分を支持する者を探し求め、オクタウィアに接近し、軍資金のようなものも狩り集めた。ネロは母に仕えていた身辺警護の者たちを解除し、母を宮殿から退去させる。祖母アントニアの住まいであったパラティヌスの私邸に居を移したアグリッピーナは、だれの目から見ても一介の上流既婚夫人にすぎない地位に落とされていた。タキトゥスは次のように描写している。「アグリッピーナの館の玄関はたちまちにして閑散とした。慰める者はなく、訪れる者もなかった。ごくたまに婦人の出入りはあったが、それが愛情からなのか、もしかすると憎悪からなのか、知る由もない」。それもそのはず、彼女には多くの敵がいた。五五年の暮れ、皇帝暗殺をたくらんでいる、と敵側によって告発される。セネカとブッルスのお蔭で、またみずから抗弁した甲斐もあって、アグリッピーナは無罪となり、宮殿内で一応の信頼を回復する。彼女の『回想録』は五五年から五八年にかけての、そのような平穏な日々に「だれよりもネロに宛てて書かれた」とタキトゥスは記している。

水と剣

五六年以降、皇帝ネロは二人の顧問官の目を盗んで行動するようになる。夜間、変装をしたネロは少人数の仲間とともに、金品を巻き上げ、盗みを働き、人々を脅かしたりした。五八年、彼は絶世の美女、ポッパエア・サビナに夢中になる。金持ちで頭がよく、良心のとがめをもたない女性だった。出生は三二年頃、生家はおそらくポンペイの出身で、ユリウス・クラウディウス家の人々と事あるごとに対立し、そのために手痛い試練を味わってきたローマ貴族であった。道徳心は皆無。目をみはるほどの魅惑的な容姿と、――彼女は『美の仮面《マスク》22』を発明した――愛嬌のある話しぶりであった。タキトゥスが遠まわしに言っているように、おそらくはアグリッピーナの権威が復活するのをはばむためだったのだろう、セネカとブッルスはこの激しい恋情を支援した。しかし、ポッパエアはアクテとは違った。彼女は、ネロと結婚し皇妃となるのを邪魔立てする者が二人いることをすぐに理解した。オクタウィアとアグリッピーナである。オクタウィアはネロの子を産んでいなかったから、一種の大義名分を自分に保証してくれている。しかし、アグリッピーナのほうは、ローマでその姿を見かけることは減り、トゥスクルムの別荘かアンティウムの領地に引きこもっていることが多かったのだが、息子とオクタウィアとの結婚生活を重要視しているのだ。ポッパエアが出現してからというもの、息子との関係は激しく悪化していた。

そんな状況だったからネロは人々に金を払って、母のローマ滞在中には、彼女に対する訴訟を起こさせ、またあざけりの言葉や罵詈雑言を浴びせかける嫌がらせをさせた。タキトゥスは次のように断言している。「これ以上母親には我慢がならないと感じたネロは、ついに彼女の殺害を決意するが、躊躇したのはただ一点。毒にするか剣にするか、それともなにかほかの手荒い手段にするかを迷ったのだった」

毒殺は試したのだろうか。三回試みた、とスエトニウスは主張する。「それは不可能だった」とタキトゥスは反駁する。「アグリッピーナは解毒剤を常時飲んでいたし、その召使たちを買収するのは困難だった」。では剣で？　そのような使命を遂行する信頼できる志願者など、いったいどうやって見つけられただろうか？　アグリッピーナの寝台の上の天井を崩壊させることや、船のブリッジを落下させることも計画した。結局、偽装した小船による方法が採用された。沖に出たときに船体が真っ二つに割れ、狙いの犠牲者が海に落ちた後、ふたたび閉じて、あたかも海ではめずらしくない事故が起きたかのようにする、というものだった。巧妙な計略だが、発明者がだれかはわかっていない。プテオリ湾［現ポッツォーリ湾。ナポリ湾の北西入口にある］の西端に位置するミセヌムの艦隊長であり、提督であった解放奴隷アニケトゥスだろうか。この男はネロの子ども時代に世話係をしていたが、アグリッピーナを嫌い、アグリッピーナからも嫌われていた。この計画を彼がネロに説明したと思われる。ネロとポッパエアは、彼ら自身が難破の場面が出てくる劇を観ていたときに、この種のしかけを目にしたのだろうか。それともアレクサンドロス大王の生涯にかんするエピソードのなかにある、皇太后オリンピアスの敵が、偶然起きた難破事故のなかで彼女を殺すことを思いついた、という話がヒントになったのか。

この計画を成功させるには、まずなにより皇太后アグリッピーナの登場が必要だ。彼女をひっぱり出すための策は一つしかなかった。和解をもちかけるのである。そこで五九年三月、例の愛情あふれるミネルヴァ祭への誘いの手紙が送られ、アグリッピーナは結局招待を受けることにする。アンティウムからバイアエまで軍船の三段櫂船でやって来た。ネロは彼女を海岸で迎え、抱擁し、海の別荘につれていった。申し分のない晩餐であった。アグリッピーナを主賓席に座らせて、ネロはあるときには親しみをこめた口調で、またあるときは真面目な面もちで語り、その言葉はすっかり母を魅了する。そして母への贈り物である豪華な船へと案内し、腕のなかに抱きしめる。「芝居を完璧にするためのふるまいだったのか、あるいは死に行く母の最期の姿だと思うと、いくら残酷とはいえ、さすがの彼にもその程度の心が残っていたのか」とタキトゥスは解説する。

星の輝く、穏やかな夜、海は静かだった。船はゆっくりと遠ざかっていく。合図とともにアグリッピーナが居た船室の屋根が、重い鉛の荷重によってくずれ落ちる。側近の一人が押しつぶされた。しかしアグリッピーナと、友であり話し相手であったアケロニアはベッドの支柱によって守られた。船の接合部がはずれて、二人は海にはまり、水のなかを動きまわる。アケロニアは不用意にも、わたしはアグリッピーナだ、皇帝の母を助けに来なさい、と叫ぶ。水夫たちが彼女を櫂《オール》と鉤竿《かぎざお》でめった打ちにして息の根を止めた。一方、アグリッピーナは一言も発せず、泳いで岸辺にたどり着く。その後は漁師の小舟に乗ってバウレスの邸宅まで帰り着いた。罠から間一髪で命びろいしたことを悟ったアグリッピーナは、ただちに筋書きを作り上げる。あたかも単に事故が起こったかのようにふるまい、息子にそのことを知らせる…。彼が自分を殺さずにおくことを期待して。

真夜中、ネロは母親が難破から生き残り、軽傷を負ったことを知る。詳細についての陳述は古代の歴史家たちのあいだで異なっている。ネロは打ちのめされたのか腹をたてたのか？　どう決着をつけるかを決めるにあたり、アグリッピーナ襲撃を知らされていなかったと思われるブッルスとセネカをネロはよんだのだろうか？　この不幸な女性の息の根を止めるために兵隊や水夫たちが、おそらくはアニケトゥスの指揮の下に送りこまれた。彼らが到着したときアグリッピーナは一人きりになっていた。百人組隊長が剣を抜くのを見たとき、彼女は事態をのみこみ言い放った。「腹をつくがよい」。まるで、自分を殺させるような息子を宿して彼女を裏切った、身体のその部分を罰することを望んだかのように。

何人かによれば、ネロは母の遺骸を見ることを望み、それは食卓用の寝椅子にのせられ焼かれたという。遺灰は塚も囲いも設けることなく埋められた。ミセヌムに通じる街道沿いにアグリッピーナのために小さな墓が建てられたのは、ネロが死んでから後のことだった。

ブッルスとセネカは母后の死にかんする公式説明を作成した。彼女は息子の謀殺に失敗したのち自害した、ネロに事故を知らせるため遣わした使者は暗殺者だった、ということにしたのである。元老院で読み上げられた演説もセネカが起草したものだった。セネカは、ピエール・グリマールの言葉を借りるならば、「策略に対しては策略」を以て対抗したのであり、アグリッピーナはまだ内戦の火蓋を切ってはいなかったものの、そうなることはまず不可避だった、と主張したのだった。アグリッピーナの誕生日は不吉な日とされ、彼女を記憶にとどめることは禁じられた。ローマに戻ったネロはほとんど凱旋将軍のような出迎えを受けた。カピトリヌス［現カンピドリオまたはカピトリーノ］の丘に上り、神々に感謝した。しかし、スエトニウスによれば、「兵士たちや、元老院そして民衆からの祝いの言葉に慰められはしたものの、当時ものちの日々にも、決して良心の呵責を押し殺すことはできなかった。そして、母親の亡霊や、復讐の女神《フリアイ》たちの鞭や燃え盛る松明に追いまわされる、と打ち明けることがたびたびあった」。ネロは母の死から一〇年もへずして非業の死をとげる[26]。

ジャン＝ルイ・ヴォワザン

〈参考文献〉

Barrett, Anthony A., *Agrippina. Sex, Power and Politics in the Early Empire*, Londres, Routledge, 1996.
Croisille, Jean-Michel, *Néron a tué Agrippine*, Bruxelles, Complexe, 1994.
Girod, Virginie, *Agrippine. Sexe, crimes et pouvoir dans la Rome impériale*, Paris, Tallandier, 2015.
Griffin, Miriam T., *Néron ou la fin d'une dynastie*, Gollion, Infolio, 2002
Grimal, Pierre, *Sénèque ou la conscience de l'Empire*, Paris, Les Belles Lettres, 1978.
Renucci, Pierre, *Claude*, Paris, Perrin, 2012.
Voisin, Jean-Louis, *«Mourir en exil sous les Julio-Claudiens : mort volontaire ou assassinat?» dans Exil et*

relégation.Les tribulations du sage et du saint durant l'antiquité romaine et chrétienne (Ier-VIe siècle ap. J.-C.), Paris, de Boccard, 2008, p.133-145.

ネロの治世が舞台となっている漫画、Philippe Delaby et Jean Dufaux, *Murena,* Paris, Dargaud, 9 vol., 2001-2013も参考になる。

〈注〉*のついたものは訳注。

1 *(二三―七九年)提督としてローマ最大の軍港ミセヌムに勤務のおり、ヴェスヴィアス火山の大噴火にあい、調査および住民救助のために現地に急行、海岸で窒息死す。博識で天文・地理・植物・医学・芸術などあらゆる分野を網羅した三七巻からなる『博物誌』を一人で著した。

2 *(五五頃―一二〇年頃)ローマの歴史家。騎士階級の家の出で、元老院議員となり執政官やアジア総督などをつとめる。著作には『年代記』のほか『雄弁家についての対話』や大著『歴史』などがある。共和政時代を理想化し、専制政治を憎悪した。

3 *(六九頃―一四〇年頃)ローマの歴史家。カエサルからドミティアヌスにいたる一二人の『皇帝列伝』や『名士伝』などを著す。多数の資料から公正な態度で叙述したと評価され、歴史的伝記作家として後世へ強い影響をおよぼした。

4 *(一五〇頃―二三五年頃)ローマの政治家・歴史家。後半生を歴史叙述にあて、二二年をかけ年代記的歴史書『ローマ史』八〇巻をギリシア語で著す。うち一九巻および要約・断片が現存。

5 クィンクティリウス・ウァルスが率いる二万人からなる三軍団が、アルミニウスの指揮するゲルマン人の一派ケルスケスにより、オスナブリュックの北北東二〇余キロにあるトイトブルクの森で壊滅した。

6　*ローマ時代には同名の二人の人物（ローマ人またはギリシア人）を区別するため、ラテン語では先に生まれたほうを大～、後に生まれたほうを小～とよぶ場合がある。

7　*ローマ共和政時代の最高の行政軍事の長官。毎年二名が一年の任期で元老院により選出された。帝政時代には任期は二から四か月となった。

8　*ブロンズは青銅を意味するが、ブロンズ色は、陽に焼けた肌を形容する褐色系である。したがって『赤ひげ』といってもよく、決して『青ひげ』ではない。

9　*一族のなかでも同名の者が頻出してややこしいが、もちろん後出の有名なネロではなく、アグリッピーナの兄。

10　*アウグストゥスは、ユリウス・カエサルの遺言で養子に迎えられ、名門ユリウス家の一員となったが、後継者となったティベリウスは、妻の前夫の子でクラウディウス家からの養子であった。ティベリウス以降ネロまでクラウディウス家の者が皇帝となり、系譜上二つの氏族が並立している。

11　*スエトニウスの『ローマ皇帝伝』のラテン語原文にインペラトルとある。従来は戦勝後に、ローマ軍兵士が最高司令官を歓呼してよんだ敬称。初代皇帝アウグストゥスにより、「皇帝」の軍事的権威を強調するため称号の一部としてとりいれられた。ラテン語からのフランス語訳はこの語を語源とするempereurであり、フランス語からの和訳である本書では「皇帝」とも訳せる。しかし、このコンテクストでは国原吉之助氏のラテン語原書からの訳語「最高司令官」が適当だと考えた。当時「皇帝」という一つの公職はなかった。詳しくは帝政ローマにかんする専門書を参照されたい。

12　*当時ローマでは年収二万四〇〇〇セステルティウスでつましく暮せたという。（『タキトゥス年代記（下）』国原吉之助訳、岩波文庫、付録参照）

13　建前としては、大昔からあるとされるこれらの祭典競技は三日三晩続き、一〇〇年ないし一一〇年の間隔をおいて催される。実際には、最終的にそのような名前と内容・形式が定まったのは紀元前一七年にアウグストゥスが開催したものが第一回であった。クラウディウスは四七年にこれを催したが、それはアウグストゥスによる開催には日時の誤りがあったので、ローマ建国八〇〇年を記念した祭りをとり行なう必要があると考えたからである。

14　*（前二頃―六五年）ストア派の哲学者、政治家、劇作家。流刑前は元老院議員だった。ネロの家庭教師・相談役をつとめるが、のちに不和となり隠遁生活に入る。最後は反逆罪に問われ自殺。

15　*ローマ市民が公の場で着用した白い一枚布でできた長衣の礼服。下にはトゥニカとよばれる半袖でひざ下まである短衣をつけていた。

16　*緋色の縁飾りがついたトーガ。執政官や神官のほか、貴族の少年も着用した。

17　アウグストゥスによって創設された九つの近衛兵の歩兵隊。皇帝をエスコートし安全を守る精鋭部隊。当初はラティウムに駐屯していたが、ティベリウス帝が宿営地をローマに移した後は、その政治的役割が増大した。ふつうは二人の近衛軍団長官により指揮された。

18　*カメオは貝殻、めのう、琥珀などの縞目を利用して精緻な浮彫をほどこした宝石細工。インタリオは同じく沈み彫り細工をほどこしたもの。

19　*セネカは、外国の使節がローマの援助を求めにやって来たとき、ローマが一人の女性の権威に服従していると知れば、帝国の威信がそこなわれると考えた。

20　アグリッピーナの愛人といわれている。

21　*タキトゥス『年代記』邦語訳第一三巻一章一三節参照。

22　大プリニウスの『博物誌』によれば、ポッパエアは雌ロバの乳から、顔のしわを消し、肌をすべすべにする一種の湿布のようなものを発明した。ただし一日に七回塗らなければ効能は得られないとのことだったが…

23　ネロ皇帝が『芸術家』の道を歩んでいた六八年の春、（現在のリヨンを中心都市とする）ガリア・ルグドゥネンシス、イベリア半島、アフリカで蜂起が起こる。ひざもとのローマでさえ、近衛軍団が六月一一日に蜂起し、元老院はネロを公の敵と宣言する。皆から見放されたネロは、逮捕の寸前に自害する。最後の言葉「わたしとともになんというすぐれた芸術家が消えさることだろう！」は有名である。

3 責め苦を受けて果てた王妃

ブルンヒルド

ルネーヴ、六一三年

フランク族の一人の王妃が四〇年以上にわたり、ローマ帝国の灰から生まれたメロヴィング朝の世界を支配した。この王妃、ブルンヒルドについては何世紀ものあいだ暗黒の伝説が語り継がれたが、今日では彼女の統治が再評価されている。二度結婚し、二度寡婦となり、二度捕囚の身となり、二度摂政となり、二度王妃となった、気骨ある女性による治世の再評価である。政治、権力、戦争が男性の専権事項であった時代の犠牲者ともよべるこの女性は、その時代のイメージと合致する最期を迎えた。暴力的で野蛮な最期である。

「ブルンヒルドはすべてに見すてられた。大貴族たちは［…］彼女を憎んだ。王の娘、王の姉妹、王の母、王の祖母であった老女ブルンヒルドは、残忍で野蛮な仕打ちを受けた。髪、片方の足、片方の腕が荒馬の尻尾につながれ、ずたずたに引き裂かれた」

史学の泰斗《たいと》であるジュール・ミシュレは、フランス史上はじめて権力をふるった王妃の最期を以上のようにかなり簡略に描いている。たしかに残忍な死であるが、暗黒で野蛮との定評があるメロヴィング朝時代、こうした処刑はめずらしいものではなかった。

とはいえ、もう少し掘り下げてみると、ブルンヒルドのなみはずれた死は、なみはずれた治世の代償であったとわかる。彼女の罪状とは？　引き裂かれ細分化されたフランク族の世界において、妻および王妃であることにあきたらず、まだ胎生期にあったフランスに君主国家のさきがけとよべるものを打ち立てようと試みたことである。彼女の処刑人は？　メロヴィング朝の野蛮なフランク族である。一世紀から三世紀にかけて、ローマ帝国にスカウトされて国境防衛の任についたフランク族は、四七六年にローマ帝国が崩壊するとあっというまに、権力の空白ができた土地の覇者となった。ローマ時代の属州ガリアにほぼ相当する一帯にさまざまなフランク王国が誕生したのち、クロヴィス（四六六—五一一年）とクロタール（四九七—五六一年）が多くの血と戦争という代償を支払って天下統一にこぎつけたが、いずれも長続きしなかった。五六一年にクロタールが死去すると、フランク族の慣習に従って息子たちが遺領を分割相続した結果、三つの王国が生まれた。アウストラシア、ネウストリア、ブルグントである[1]。

ブルンヒルドはフランク王国の再統一を試みたが、これは分割相続という蛮族の掟に反する重罪を犯したことになり、ただ物理的に排除するにとどまらず、肉体をふくめて「絶対的に」、暴力的に完全に排除されることになった。彼女の統治の記憶が地表に残ってはならないので、政治的に抹殺し、消しさり、跡を平らにならす。これが彼女の敵の狙いであった。こうして、波乱万丈の悲劇の女主人公ともよべるブルンヒルドの統治と人生が人々の記憶から抹消された。いや、彼女の場合は、人生というより、サバイバルのための戦いであった！　はじめて王妃となって以来、驚くべき出来事、運命の逆転、偶然の要素に富んだ運命（五六六―六一三年）を生きたゆえに、ブルンヒルドは例外的でなみはずれた女性であった。第二のチャンスがつねにまわってくることが多い人生であり、それゆえに彼女は自分の望みが実現する可能性が残っていると最後まで信じていた。なにしろ、二度結婚し、二度寡婦となり、二度捕囚の身となり、二度摂政をつとめ、二度王妃となったのだから！　つねに自分をつけ狙う死から執行猶予をもらって生きていたこの王妃は、フランク王国という狭すぎる舞台にはおさまりきらぬ大きな役柄を演じたのである。

二度生きた人生

五六六年、芳紀《ほうき》まさに一六歳のブルンヒルド姫がギリシア・ローマ文明の最後の灯りがともっていたイベリア半島［6世紀、東ローマ帝国はイベリア半島の一部を征服して支配下に置いていた］を去り、アウストラシア王のシギベルトのもとにお輿入れしたとき、当時の年代記作者たちは口をそろえて彼女をほめたたえた。生まれ故郷でローマ文化の残り香を吸収して育ったブルンヒルドは美しくて賢く、おちついた節度ある物腰の下で人々を魅了したが、気骨があることは隠しようもなかった。初期メロヴィング朝について貴重な記録を残したトゥールの司教、グレゴリウスは「シギベルト王は、兄弟たちが自分たちにふさわしくない女性を娶《めと》っているのを見て…、外交使節をスペインに送り…ブルンヒルドに求婚した。…立ち居ふるまいが優雅で、行ないが賢明で、話術が巧みな娘であった」と記している。厳格な宗教家であったグレゴリウスが慎重な物言いを忘れ、これほど賞賛の言葉をつらねているほどであるから、王妃ブルンヒルドが周囲の人々の心をつかんだことは想像にかたくない。混沌とした政治が渦巻く、野蛮なフランク族の諸国のなかにあって、彼女は掃き溜めに鶴のような存在であった。イタリア出身の詩人ウェナンティウス・フォルトゥナトゥスも、若き花嫁を「(彼女は)スペインが産出した新たな宝石である。一人の王の心をとらえるのにふさわしい美貌…。彼女は美しく、つつしみがあって思慮深く、敬虔かつ寛大で善良で、その心映えと顔《かんばせ》と気高さで群を抜いている」とたたえた。ブルンヒルドは、ビザンティン文化が深く浸透していたイベリア半島の西ゴート族の宮廷で育ち、発見された彼女の手紙が示すように、法学、神学、地理の基本的知識をそなえていた。また、父親の宮廷は彼女にとって、政治の実践について直に学ぶことができる学校であった。スペインではアウリス派キリスト教徒として育ったが、彼女は迷うことなくカトリックに改宗した。崇敬の的であるあの有名なクロヴィス王が四九六年にキリスト教に改宗したように。嫁ぎ先の宮廷における彼女の役割は時間をへるにつれて大きくなり、息子が誕生すると、アウストラシア王国は軍事衝突にたやすく勝利して将来はフランク族諸国の統一の要《かなめ》となるだろう、との期待が彼女の胸に宿った。

残念ながら、破廉恥で人なみはずれて抜け目のない人物が、アウストラシアが三つの王国の頂点に立つことを許さなかった。それは、隣国ネウストリアのキルペリク王［ブルンヒルドの夫であるシギベルトの弟］であった。トゥール司教のグレゴリウスが、暴君として知られるローマ皇帝ネロになぞらえて「新ネロ」とよぶキルペリクは、五六八年に結婚したブルンヒルドの姉を殺害した。ブルンヒルドは姉の仇討ちを望んだ。夫のシギベルトは軍隊を率いてネウストリアに攻め入り、キルペリクをトゥルネの町に追いこんだ。しかし、勝者にお目通りを願う人々にまぎれこんで近づいた二名の刺客に胸をつらぬかれて落命した。当時の諸侯や戦争を指揮する者は、どのような汚い手を使うことも躊躇しない勝負師であり、政治と戦争の境目はなかった。こうしてキルペリクは第一戦の勝者となった。寡婦となったブルンヒルドは、故郷トレドの宮廷で吸収した知識と経験をもとに、まったく異なる手法でキルペリクに反撃することになる。

五七五年、ブルンヒルドはキルペリクによって包囲されたパリで捕囚の身となったが、たいした危険はなかった。修道院に入れられ、修道女となるのがせいぜいだ（それが、離縁された、もしくは位を追われたフランク族の王妃たちの常であった）。死が彼女の人生の幕を引くのはまだ先のことであり、ふたたび捕囚の身となるときまで待たねばならない。とりあえず、キルペリクのように狡猾な敵を相手にどのような手が打つことができるのだろう？　パリからルーアンに移送されたブルンヒルドは、あろうことか、キルペリクの息子の一人、メロヴィクとひそかに結婚した。ブルンヒルドに恋したメロヴィクは父親の軍隊を脱走して、ブルンヒルドのもとに走ったのだ。新たなトロイア戦争の勃発である。怒ったキルペリクは、息子の嫁となったブルンヒルドを、危害をくわえることなくネウストリアに移送し、息子を僧院に閉じこめた。メロヴィクは脱走し、新妻と合流しようと試みたが、父が張った罠に落ち、絶望して死を選んだ［後述の邪悪な継母、フレデグンドに殺されたとの説もある］。ブルンヒルドはふたたび未亡人となった！　しかし、ふたたび自由の身となり、アウストラシアに戻ることができた。そしてまたも勝負に出て、まだ若い息子キルデベルトの摂政となり権威を確立しようと努めた。だが、権益拡大を狙う貴族たちが徒党を組んでこれに反発した。宿敵であるネウストリア王キルペリクは、こうしたアウストラシア国内の紛糾を利用して勢力を伸ばした。その結果、三つ巴の玉つきゲームがはじまった。ブルンヒルドは、自分が排除されるのとアウストラシア王国が滅亡するのを避けるため、三番目のフランク王国に頼った。弟二人の国のあいだの争いをこれまで一歩下がって眺めていたブルグンド王のグントラムは仲介役を引き受け、キルペリクとブルンヒルドのあいだに割って入った。五七七年から五八七年にかけて、ブルンヒルドは地中海へと開けた豊かなブルグンド王国との接近を優先した。跡継ぎがいないグントラムは、アウストラシアとの緊密な関係の象徴としてブルンヒルドの息子キルデベルトを養子に迎えることを決め、アンデロ条約（五八七年）にもとづいて二つの王国はグントラムの死後に正式に合併することになった。なお、この条約のなかでブルンヒルド王妃は「いとも栄えある貴婦人」とよばれている。ブルンヒルドはものに憑《つ》かれたかのように、クロヴィスやクロタールの先例にならってフランク王国を統一しようと、着々と手をうった。いまや、勢力がぐっと見おとりするネウストリアは壁際に追いつめられ、新たな強国に押しつぶされそうになった。キルペリクは、憎きブルンヒルドが勝利するのを見る前に寿命がつきた。五八四年のことであった。父キルペリクの仇を討つ使命を託され、――まだまだ先の話だが――これを果たすことになるクロタール二世が王位を継いだ。

そのころ、ブルンヒルドはローマ法王グレゴリウス一世とさかんに書簡をやりとりしていた。法王はブルンヒルドを高徳の王妃と認め、「あなたは、多くの人々の称賛に値する手法で統治されています」と書き送った。王国には次々と教会や修道院が建てられ、王家の篤い庇護、とくに財政的な援助を享受した。ブルンヒルドは、東ローマ帝国とその皇帝マウリキウスに対しては慎重なレアルポリティークでのぞんだ。東ローマ帝国の首都で捕囚の身となっている孫息子を皇帝が解放してくれるように、遠いアウストラシアから皇后にとりなしを頼んだ。「キリストの力添えをもって、あなたのご命令によりわたしが孫を再会できますように。わたしの魂が平安を得ることができますように［…］、孫の不在のためにわたしは断腸の思いを味わっております」。しかし、孫は返してもらえなかった。自分に代わってイタリアのランゴバルド王国を攻めることを孫解放の条件としたマウリキウス帝の脅しを蹴ったからである（ランゴバルド王国は毎年、ブルンヒルドに金貨一二〇〇〇枚を貢物として届けていた）。息子のキルデベルトが五九六年に亡くなっても、ブルンヒルドは支配力を維持した。ただし、王国はふたたび分割され、二人の孫が分けあった。すなわち、アウストラシアはテウデベルトが、ブルグントはテウデリクが継承した。ブルンヒルドはまたもや摂政として実権をにぎり、ブルグントに住むローマ帝国の末裔であるガリア人を役人として重用し、彼らの行政能力を生かすことでローマ法の適用を進めた。こうして誕生しつつある中央集権国家の前身のようなものを機能させるために、新たな税が制定された。ところが、二人の若い孫たちの協調関係は続かず、対立が表面化した。ネストリア王にあやつられたアウストラシア王のテウデベルトはテウデリクに長期にわたる戦争をしかけたが、トルビアックの戦いで大敗を喫した。その後にテウデベルトは殺される。こうした悲劇にもかかわらずブルンヒルドは二つの王国の実権をにぎりつづけるが、今回の骨肉の争いには王妃の権力終焉の萌芽がふくまれていた。ウェナンティウス・フォルトゥナトゥスがよぶところの「ガリアの塔」は倒壊する直前であった。

フレデグンドおよび大貴族たちとの死闘

ブルンヒルドの治世には一貫して二つの脅威が影を落とし、死にいたらしめる拷問門道具のように彼女をしめつけていた。一つめは、キルペリクの妻でクロタール二世の母であるフレデグンドであった。二つめは、ブルンヒルドが摂政として実権をにぎる二つの王国で台頭しつつある貴族たちであった。

フレデグンド（五四〇—五九七年）は、逆さに描かれたトランプのクイーンのような女であった。召使いから成りあがってキルペリクの妃となった彼女は、暴力を手段として夫の側近をすべて遠ざけた。お気に入りの武器は、毒を塗った短刀をおびた刺客であった。後釜を狙って王妃ガルスヴィント［ブルンヒルドの姉］をキルペリクに殺させたのも、夫の兄であるシギベルト［ブルンヒルドの最初の夫］を殺させたのも、すくなくとも二度（五八四年と五九〇年）ブルンヒルドを暗殺しようと刺客の一団を送りこんだのもフレデグンドであった。ミシュレが示唆するように、フレデグンドは暴力的なゲルマン系王妃の典型だったのだろうか？　真実はそれほど単純ではなかったと思われるが、フレデグンドが生涯をとおしてブルンヒルドに強烈な憎しみをいだいていたことは確かだ。

台頭しつつあった貴族たちもブルンヒルドの平安をかき乱す存在だった。夫が殺されたのち、キルペリクによる抑留から解放されてアウストラシアに戻ったときも、摂政としての権威を認めさせるのに貴族らを相手に奮戦せねばならなかった。五八一年には命の危険もかえりみずに、激しく対立する二つの徒党の刃傷《にんじょう》ざたを止めた。剣を佩《は》き、鎧《よろい》に身を包んだブルンヒルドは男まさりにも、雌雄を決しようといきり立つ二派のあいだに割って入り、「戦士たちよ、王国の平和を無に帰すこうした災禍は断念なさい」とよびかけたのだ。しかし、領地の分けあたえにかんするトラブル、共通の先祖をもつ系属集団の結束、貴族も免除されない課税の強化に対する不満を背景に、貴族たちはたえずブルンヒルドの失脚を願い、そのために陰謀をめぐらすことになる。このような状況のなかでブルンヒルドは、不可避となったみずからの失墜をできるかぎり遅らせることに力を傾注した。

六一三年の春に、残っていた孫息子、テウデリクも亡くなる。またも、すべてを初めからやりなおさなくてはならない！　権力の空白を利用して貴族たちが勢力を強め、彼女の二つの王国の鍵をネウストリアに渡すのを避けねばならない。そのために、すでに六〇代に入っていたブルンヒルドは、いちばん年上の曾孫であるシギベルトを王位につけた。シギベルト二世はまだ一三歳であったが、ブランク族のあいだでは成人男性の年齢であった。弟たちとは年齢の差があったので、ブルンヒルドは後継者選択にさほど迷うことはなかった。とはいえ、一〇二七年にカペー王朝の敬虔王ロベール二世が周囲の反対を押しきって次男を王太子に立てるまで「長男はすでに亡くなっていた」定着することがない長子相続が、フランスの歴史にはじめて登場したのはこのときだったことは注目に値する。

ブルンヒルドはメッスの王宮を後にして、王国の最東端の国境に近いヴォルムスに向かった。ヴォルムスで何をしようとしたのか？　この旅について、歴史資料は何も語っていない、もしくは虚偽を語っている。ミシュレがそれとなく非難しているように、隣国のゲルマン部族に支援を求めるつもりだったのだろうか？　王国の貴族たちをまきこむための紛争をくわだてていたのだろうか？　いずれにせよ、貴族の一部はそれからまもなく、ネウストリア王クロタール二世によるアウストラシア侵略に手を貸すことになる。クロタール二世へとねがえった貴族のうち、アルヌルフ[2]と大ピピン[3]がとくに名高い。台頭しつつあった小貴族階級に属する彼らは、三つの王国が統一されると失うものが多かった。

こうした貴族たちが自分の懐に飛びこんで来たら懐柔してやろうと手ぐすねを引いていたクロタール二世は、フランク王国間の国境紛争を解決するための貴族会議の開催をブルンヒルドに提案した。このような明らかな罠に引っかかるようなブルンヒルドではない。それどころか、クロタール二世を完膚なきまでにたたきつぶすために軍勢を整えようとした。年老いた王妃は、潮が引くように有力貴族たちが自分を見すてようとしていることに気づいていなかった。彼女が影響力を行使していた二国、ブルグントとアウストラシアの主だった有力者は、出世と高収入の可能性にひかれて王妃を裏切ろうとしていた。アウストラシアの宮宰であったワルナカールまでもが裏にまわって王国軍の将兵の離脱を画策し、挙兵を阻止した。

自分を裏切ったアルヌルフとピピンを罰しようといきり立ったブルンヒルドは、冷静な判断ができなくなっていた。フランク族の二つの軍隊が対峙した。ブルンヒルドの曾孫でまだ若いシギベルト二世の軍隊と、ネウストリアのクロタール二世の軍隊である。戦闘開始の合図とともに、宮宰ワルナカールと諸侯はブルンヒルドを裏切って戦列を離れた。壊走がはじまった。シギベルト二世は逃げようとしたがたちまちクロタールに捕らえられた。ブルンヒルドはオルブで捕縛され、ソーヌの近くのヌネーヴに陣をかまえたクロタール二世に引き渡された。

クロタールはただちにシギベルトとその弟の一人を殺した。もう一人の弟については、自分が名づけ親であったために命を助けた。末弟は奇跡的に逃げ出すことに成功した[4]。残るのは、兄弟たちの曾祖母、クロタールの長年の憎悪の対象であり、ライバル一族の母とよぶべき老王妃、いまのような事態——分裂と復讐——の再来を避けようとあらゆる努力を傾けてきたブルンヒルドである。ブルンヒルドと彼女の不倶戴天の敵はこれを最後と向きあった。

復讐

突出して残虐な王であったとは思われないクロタール二世が年老いたブルンヒルドを処刑したのには、複数の要因がからんでいた。まずは、ブルンヒルドの曾孫の一人が逃走に成功したことを考慮にいれねばならない。この曾孫が王国の継承者として正当性を主張する可能性があり、ブルンヒルドを生かしておいたなら、失墜した身とはいえ力添えする可能性があった。しかしクロタール二世はそれよりもなによりも、ブルンヒルドに恨みをいだいて自分のもとにねがえった貴族たちの圧力を感じていた。ブルンヒルドは、こうした大貴族たちのゆっくりとした政治的台頭に敢然と立ち向かい、何人かを処刑することもいとわなかった。こうして手荒い扱いを受けた貴族たちが、王妃が死ねば没収された財産をとりもどせる、と期待していたのは当然である。クロタール自身も、母のフレデグンドとブルンヒルドのあいだにあった猛烈な敵意を忘れたはずがなく、血の報復を求める貴族たちの声に無関心ではいられなかったろう。第一、アイルランドから渡ってきてアウストラシア各地に僧院や修道会を設立した聖コロンバヌス[5]がブルンヒルドとその子孫の滅亡を予言していたではないか。これでブルンヒルドの物理的排除を十分すぎるくらいに正当化できる。しかし、これだけでは、裁判でブルンヒルドにかぶせられた虚偽の罪状と処刑における執拗な責め苦を説明することはできない。クロタールは、ブルンヒルドに対する当時の世論に迎合するためにも、自分がブルンヒルドにいだいていた積年の恨みをことさら劇的に演出して見せる必要があったのだ。同時に、ブルンヒルドの処刑は、ものごとをもとの鞘《さや》に戻すことを可能としてくれる。女による独特の政治手法による統治という、異例な一幕の終焉を告げることができるのだ。

クロタールは、ブルンヒルドを以前から憎んでやまなかった貴族を主だった審判とする法廷を急ごしらえで用意した。彼女は、フランク族の王一〇人の死の責任がある、と非難された。彼女の夫であったシギベルトもふくめた一〇人の王や王族の暴力的な死の責任を彼女に着せるというばかげた告発であった。周囲の圧力に同調せざるをえなかったクロタールにとってもこれは、実の母であるフレデグンドが仕組んだいくつもの犯罪の責任をブルンヒルドに転嫁する絶好の機会であった。勝者が敗者に罪をなすりつけて事実を捻じ曲げることは、人間の歴史では少しもめずらしくない。

たんにこの告発だけで、しかも被告に弁明の機会があたえられないまま、ブルンヒルドはあたりまえのように位の剥奪と死刑を宣告された。ブルンヒルドが頭の切れる女性であったことを忘れてはならない。深い教養があり、文学と歴史に詳しかったので、もし弁明の機会をあたえたとしたら、他人に頼らずに自身を弁護し、法廷に居ならぶ人々の確信をゆるがすことができたであろう。彼女は王妃の服を脱がされ、三日間も残忍な拷問を受けたが、立ち会った者たちの証言によると、断固として沈黙をつらぬいた［拷問は、罪の自白を引き出すためのものであった］。嘆いたり、怯《ひる》むようなようすを見せたりしたら、処刑を正当化するために彼女にとって不名誉な記録を残すことを義務と心得た年代記作家たちが書きとめなかったはずがない。

ブルンヒルドは次に駱駝《らくだ》の背に乗せられ、クロタールの将兵たちのあいだを引きまわされた。唾を吐きかけられ、罵倒を浴び、残飯を顔に投げつけられたブルンヒルドを「この動物のコブの上に置かれた血まみれの塊」と形容する証言が伝わっている。ベネディクト会修道士、ボッビオのヨナスは、彼女が「醜悪に」見世物にされた、と述べている。これは、全裸であったことを意味すると解釈してまちがいあるまい。全身が傷でおおわれ、血まみれであった。駱駝が選ばれたのにも悪意が感じられる。ビザンティンとの交易により、ゲルマンの土地でも駱駝はめずらしいものではなくなっていた。東ローマ帝国には、愚かしい動物とされる駱駝の背に追放者や名誉を剥奪される者を乗せて市中を引きまわす習慣があった。野蛮なフランク族がこの習慣を借り受け、ローマの文化や精神との絆が強く、ローマ帝国にならった中央集権政治をめざしたブルンヒルドに適用したのは偶然ではあるまい。

それでもブルンヒルドはまだ生きていた！　あのような扱いにもかかわらず、彼女を辱め、品位を奪い、殺すためにくわえられたあのような暴力にもかかわらず、年老いたブルンヒルドはまだ呼吸し、その心臓は鼓動していた。なんという意志の強さ！　なんという抵抗力！　加害者たちの鼻を明かすこの生命力は、ブルンヒルドの信じがたいほどの闘争心の証しである。六〇代という高齢にもかかわらず（このころの平均寿命は四〇歳であった）、これまで続けることを余儀なくされた長い闘争、自分と子孫の命を守るための戦い、ときとして運命に逆らえず行なった選択に疲労困憊していたにもかかわらず、彼女は駱駝の上で背筋を伸ばしていた。

最後の責め苦

クロタールはもう終わりにしたいと思った。そのために彼が選んだ手法は残酷なものであった。荒馬が瀕死のブルンヒルドの前に引き出された。彼女の髪と片方の足が馬の尾に結ばれた。槍で尻をつかれると、馬は駆け出した。ブルンヒルドの体は馬に蹴られて文字どおりぼろぼろに引き裂かれた。『フレデガリウス年代記』には「馬の蹄に蹴られ、馬の疾走によってひきずられ、彼女の手足の関節ははずれた」との記述がある。なぜ喉をかき切らなかったのだろうか？　もしくは、フランク族が愛用したスクラマサクス[6]とよばれる鋭利な短刀を脇の下に一気につき刺さなかったのだろうか？　駱駝に続いての荒馬の使用は、当時の慣習にはないものだ。隣国のテューリンゲンでは馬を死刑に使うことがあったらしい。また、二〇〇〇年よりも少し前にヨーロッパを蹂躙《じゅうりん》し、その記憶が皆の記憶にまだ焼きついていたフン族も使ったのかもしれない。しかし、フランク族は馬を死刑の道具に使うことはなかった。

彼女の敵たちは、彼女の肉体が象徴する政治体制をこなごなにしようと考えたのである。無傷の遺体は聖遺物と化し、彼女を殺害した者たちにとって耐えがたいシンボルとなるおそれがあった。砕いていくつもの塊にしてしまえば、フランク族が非常に重視していた王権の威厳や聖性は消えさる。こうした品位の貶め、女性の肉体への侮辱はおそらく、この女は簒奪者、犯罪者にすぎなかった、という後世へのメッセージだったのだろう。ブルンヒルドを簒奪《さんだつ》者、犯罪者として扱う必要があったのだ。フランク族のあいだでは、簒奪や裏切りの罪に問われた者は、手足を切り落とされて町の外に放り出された。位を奪われた王妃の体をバラバラにして、人々に衝撃をあたえるように見世物にすることは、前代未聞の復讐と辱めの手法であったのだ。

しかしクロタールはこれでも満足しなかった。遺体を焼き、墓を作らないことを決めた。先例は一つだけある。クロタール一世の息子で、父に謀反を起こしたために焼き殺されたクラムヌスである（五六〇年）。ブルンヒルドも謀反を起こしたのであろうか？　〝男性だけに許される任務を、妻の分際で、それよりもなによりも母親の分際で担った女〟であったブルンヒルドは当時のロジックに対して謀反を起こしたといえるのかもしれない。領土の細分化と短期的な利益の追求に明けくれるゲルマン的な権力のロジックの高まりに対する謀反であった、ともいえよう。いずれにせよ、彼女の遺体を焼くことでクロタールはブルンヒルドが崇敬の対象となることを避けることができた。政治の実権をにぎっていたブルンヒルドは長年にわたって僧院や教会を庇護し、建立し、寄進しただけに用心しなくてはならなかった。彼女が聖女となったら、クロタールにとって耐えがたい屈辱である。彼女の存在が忘れさられることは必須であった。墓を建てさせなかったことも、フランク王国の伝統に反していた。すべての王と王妃は、在りし頃に建立した教会だから、パトロンをつとめた教会だから、もしくは象徴として大きな意味がある教会だから、といった理由で慎重に選ばれた聖所に丁重に葬られていたからだ。サンジェルマン教会や、もっとのちの時代のサンドゥニ教会は、王や王妃の記憶をとどめて後世に伝えるための王家の墓所となった。あの邪悪なフレデグンドでさえサンジェルマン教会に葬られたのである！　歴史家、ロジェ・グザヴィエ・ランテリがいみじくも述べているように「墓所として風を」あたえることは、ブルンヒルドの記憶が彼女の遺灰のように消えさり、フランク王国唯一の偉大な王妃について歴史に何も残さないためであった。

黒い伝説から名誉回復まで

「正義がなければ、王国は盗賊の集まり以外のなにものでもない」。これは、九年前に死去したためにブルンヒルドの最期を知ることがなかった法王グレゴリウス一世の言葉であるが、彼女の「絶対的な」処刑における基本的正義の否定をこれ以上ないくらいにみごとに表現している。また、続く一〇〇年間にメロヴィング朝が陥《おちい》る、後世がよぶところの「無為王」時代「宮宰に実権をにぎられ、国王は何もすることがなかった」の本質を、これ以上ないほど的確に言いあてた言葉でもある。メロヴィング朝にまつわる暗黒の伝説である。

　メロヴィング朝はこの日、その君主制の象徴的な柱であったムンディウムの正義を失ってしまった。ムンディウムとは、ローマ帝国においてパトロヌス《庇護者》とクリエンテス《被庇護者》のあいだに結ばれた相互扶助関係の伝統を引き継ぐものであり、国王のムンディウムは君主のみがあたえることができる家父長的な庇護であり、ローマ法をとりいれた契約書によって公式化された。服従の拒絶のみが死刑で罰せられた。ゆえにブルンヒルドは不服従であったことになる。彼女は、「ひかえめで貞節で子どもをたくさん産む」（ブリュノ・デュメジル）というメロヴィング朝の王妃の役割のみを引き受けることを望まなかった。野心的なヴィジョンをいだき、自分で君臨することを望んだのだ。そのような彼女の記憶を容赦なく消すために、徹底した処刑が行なわれたのである。

その後、メロヴィング朝は一世紀以上にわたって衰退の一途をたどり、歴史の皮肉であるが、ローマ帝国と同じように消滅してしまう。弱小な王たちは貴族の徒党に牛耳られ、よりダイナミックな新王朝にその座を明け渡すことになる。当時の政治勢力の新たな関係から生まれたこの新王朝は、カール・マルテル帝という大人物を輩出し、後世の人々からカロリング朝の名前でよばれることになる。ゆえに、ブルンヒルドの死は中世のはじまりを象徴しているといえよう。

ブルンヒルドが死にいたるまで暴れ馬にひきずられたように、彼女の記憶が泥まみれにされたのは驚くにあたらない。処刑後、彼女のすぐれた統治能力を弁護する声はいっさいあがらなかった。それどころか、フレデグンドの子孫たちが、大貴族や聖コロンバヌスの教えを受け継いだ聖職者たちの支持を受け、ブルンヒルドを否定する歴史を定着させた。六六〇年ごろに書かれた『フレデガリウス年代記』はブルンヒルドの治世を完全に改竄《かいざん》し、彼女の行為や所業をけなしている。メロヴィング朝の足元がぐらつきはじめたころに書かれたこの年代記のなかで、ブルンヒルドの治世は瑕疵《かし》として貶《おとし》められている。本物の統治とは、男性である王が貴族階級とともに国を治めるものであるべきなのに、ブルンヒルドは女だった、というのが理由である。「スペインから黒い髪の女がやってくる。彼女の姿が見えるところでは、多くの人々が命を落とすであろう」といった調子のにせの予言が引用されている。この書物は信憑性があるとはとてもいえないが、ブルンヒルドの最期を知るためには不可欠で、問題はあっても必見である。ボッビオのヨナスが記した『聖コロンバヌス伝』も同様であり、ブルンヒルドを冷酷な王妃として描いている。ガリアに渡来し、アイルランドの僧院をモデルとして大小の僧院を設立した聖コロンバヌスの生涯をたたえるために、ブルンヒルドは対照的に邪悪な女、「第二のイゼベル〔旧約聖書に登場する古代イスラエルの王妃。バアル信仰を導入し、ユダヤ教の予言者たちを迫害した。非業の死をとげる〕」に仕立てられている。しかしながら、以上の書物はブルンヒルドの業績を捻じ曲げることで、著者たちの意図に反して彼女に独特の知名度をあたえて伝説化した。

初期カロリング朝では、こうしたブルンヒルドの捻じ曲げられたイメージが公認された。七二七年に執筆された『フランク史書』は、史実を脚色した一種の歴史小説である。一例をあげると、処刑される前にブルンヒルドは、自分の殺害者であるクロタール二世との結婚を承諾した、と書かれている！　困ったことに、この本は広く読まれ、何度も版を重ねた。これによって、淫乱で残酷な王妃というブルンヒルドというイメージが固まってしまった。

ゆっくりとではあるがブルンヒルドの名誉回復がはじまったのは中世のまっただなか、一一世紀のことであった。アウストラシアにおけるキリスト教信仰の拡大に彼女が果たした役割が強調されるようになったのだ。修道僧エモワン・ド・フルリは、教会のためにつくした彼女の業績をたたえ、「彼女がすべての点で悪人であったというのは違う。先人たちが建立した、神とその聖人たちの教会を彼女はうやうやしく崇敬し、彼女自身も敬虔な気持ちで新たな教会を数多く建立した」と述べている。聖王ルイ（ルイ九世）が一二五〇年にサンドゥニ首座司教に執筆を命じた『フランス大年代記』はフランス史を語るはじめての本であるが、ブルンヒルドに言及してその治世を見なおしている。また、ボッカッチョ（一三一三―一三七五）もブルンヒルドに関心をいだき、『高貴な男女の実例』のなかで彼女に自身の処刑について一人称で語らせている。この著名な作家の筆をとおして、彼女は象徴的に自身の物語をわが手にとりもどし、みずからのどす黒い伝説に文学をとおして立ち向かった。

しかしブルンヒルドが完全な名誉回復を果たすには、一九世紀に史料批判にもとづく近代史学が成立するのを待たねばならなかった。その立役者は、まずはミシュレ、続いてエルネスト・ラヴィスという「国民史」の旗手であった。二人は、それぞれの『フランス史』においてブルンヒルドを擁護し、フランスの歴史において彼女が果たした役割を評価した。

たとえば、ラヴィスは次のように書いている。「ブルンヒルドは、〔…〕気ままな思いつきや情念に身をまかせていた野蛮なメロヴィング王家の人々とは異なり、その生涯をとおして一つの考えを指針としていた。彼女は絶対主義の王政により、秩序とすぐれた行政の原則を維持したいと思った」。王政支持者であるとか、過激なフェミニズムに賛同しているといった疑いとは無縁の二人が、ブルンヒルドの治世の重要性を認め、ローマの統治組織の遺産をキリスト教の影響でつき固めた制度を定着させようとしたその時代錯誤的な試みに注目したのである。しかも、これを試みたのは一人の女性であり、時は、西ローマ帝国が象徴的な終焉を迎えてから二世紀がたった、古代末期とよばれる長い黄昏《たそがれ》のさなかであった。ミシュレは「蛮人の目に〔彼女の罪のなかで〕もっとも重いものと映ったのは、ローマ帝国流の行政組織を復活させたことであった。税制、司法制度、力に対する知恵の優位にこの時代の人間は反発して、古代ローマ帝国の概念を受けつけなかった」と述べている。二人の史家は、細分化された野蛮なメロヴィングの世界において未完成形の「絶対的」権力がブルンヒルドのもとで胎動《たいどう》したことを見抜いたのである。これは、封建制度の遠心的な力によって長いあいだ続くことになる政治形態とは正反対のモデルであった。

グザヴィエ・ド・マルシス

〈参考文献〉

フランク時代の文献

ボッビオのヨナス『聖コロンバヌスとその弟子の生涯』

フレデガリウス『メロヴィング時代年代記』

トゥールのグレゴリウス『フランク史』

ウェナンティウス・フォルトゥナトゥス『頌詩』

メロヴィング朝時代のフランク族についての研究

Geary, Patrick J., *Naissance de la France. Le monde mérovingien*, Paris, Flammarion, coll. «Champs-Histoire», 1989.

Heuclin, Jean, *Les Mérovingiens*, Paris, Ellipses, 2014.

Lebecq, Stéphane, *Nouvelle histoire de la France médiévale. 1. Les origines franques*, Paris, Seuil, coll. «Points-Histoire», 1990.

Lot, Ferdinand, *La Fin du monde antique et le début du Moyen Âge*, Paris, La Renaissance du Livre, 1927.

Mériaux, Charles, *La Naissance de la France. Les royaumes des Francs*, Paris, Belin, 2014.

Riché, Pierre, *Dictionnaire des Francs*, Paris, Bartillat, 2013.
Thierry, Augustin, *Récit des temps mérovingiens*, Paris Bartillat, 2014.

ブルンヒルドにかんする研究

Berne, Anne, *Brunehaut*, Paris, Pygmalion, 2014.
Dumézil, Bruno, *Brunehaut*, Paris, Fayard, 2008.
Lantéri, Roger Xavier, *Brunehilde*, Paris, Perrin, 1995.

〈注〉

1　これらの呼称が定着するのは一世以上後のことであるが、メロヴィング朝フランク王国の位置関係をわかりやすく理解してもらうために使用する。クロタールの死後は四つの王国に分割されたが、早い時期に三つに集約された。アウストラシアは、現在のフランス北東部、ベルギー、およびドイツの西端にまたがる広大な領土である。ネウストリアはずっと小さく、トゥルネからアンジェにいたる一帯である。ブルグンドは、ブルゴーニュ地方から地中海までをふくむ広範な面積を占めていた。

2　トゥール司教グレゴリウスの親族の一人であるグンドルフ公爵の庇護を受けて出世し、高位の官職についたアルヌルフは、かなり身分が高い貴族とみなされていた。アイルランドの修行僧、聖コロンバヌスの影響下にある聖職者や貴族たちとの関係が深かった。

3　大ピピンは大地主で、官職にはいっさいついていなかった。妻となる富裕な女相続人イッタは、ブルンヒルド失墜後に大きな影響力を行使することになる。大ピピンはダゴベルト王の統治下（六二九―六三九年）で宮宰をつとめる。娘のベッガはアルヌルフの息子アンゼギゼルと結婚し、その子孫がカロリング朝をひらく。

4　シギベルト二世と弟のコルボはただちに処刑された。ライバルとなる男性を始末することは、フランク族の慣習であった。末弟のキルデベルトは逃げ出し、おそらくはアルルに避難した。クロタールを名づけ親とするメロヴィクはぶじであった。七世紀においては、名づけ親と名づけ子の絆は重要かつ神聖であった。

5　五四〇年頃に生まれた聖コロンバヌスは、六世紀終わりに数人の弟子をつれ、ローマ時代にガリアとよばれていた地に渡来した。リュクスイユ修道院を創立したコロンバヌスは、ブルンヒルドの孫であるテウデリクの子どもたち（正式な妻の子どもではなく、庶子であった）を祝福するのをこばんだためにブルンヒルドによって追放され、ネウストリアに亡命してクロタール二世の庇護を受けた。聖コロンバヌスの人柄、およびその修道会の厳しい戒律はメロヴィング時代の貴族たちに大きな影響をあたえた。大修道院を設立したボッビオ（イタリア）で六一五年に死去。

6　二〇センチほどの長さの短刀。

4 高齢の力

アリエノール・ダキテーヌ

ポワティエ、一二〇四年三月三一日

フランス王妃にして、英国王妃、二人の王をふくむ一〇人の子どもの母で聖王ルイ九世の曽祖母ともなる女性にとって、ほんとうの人生がはじまったのは七五歳という高齢になってからだった。愛するフォントヴロー修道院に引退したアリエノール・ダキテーヌは、最後の一〇年でその途方もない政治的、外交的センスを見せたのだが、それは息を引きとるまでおとろえなかった。

問題なのは、アリエノール・ダキテーヌの「最期の日々」がいつはじまったとみるべきかがわからないことだ。この類いまれな気質の女性は、一二〇四年三月三一日あるいは四月一日、八二歳（あるいは八四歳）で訪れた死のときまで、活動的だった。中世の王妃としての伝統的な役割と王朝を永続させるために子孫を残すという役割を、すでに果たしおえてかなりたっていた。彼女がその歳で、また中世という極端に荒々しい世界のなかで示した力は、母親としての本能の泉からくみとったものだった。彼女が最後まで戦ったのは、王妃としてより母親としてだ。これはほんとうに立派だった。と

いうのも、彼女がその利益を守ろうとした二人の息子は、模範的な徳の持ち主とはいえなかったからだ。その二人、リチャード獅子心王とジョン欠地王はたいそうな虐殺を行なったし、プランタジネット家の伝統にもれず兄弟同士互いに憎みあっていた。

アリエノールは実際、引退などしていなかった。たしかに息を引き取った場所は、一一九四年から身を置いていたフォントヴロー修道院だが、それはうわべだけの引退だった。この年老いた女性は旅に出ることをやめず、戦闘にくわわることさえあった。王妃としての役割は、一五歳のときにはじまって七〇年近く担いつづけている。フランス王妃（一一三七年）、それから英国王妃（一一五二年）として。そして一〇人の子どものうち二人は王になったし、ひ孫は聖王ルイとなる。自分の役割を十二分にまっとうし、そのあいだには軋轢も不幸もあった。だが、ほかの王妃たちとは逆に、アリエノールがもてる能力を真に発揮したのは、最後の一〇年である七四歳から八四歳（あるいは七二歳から八二歳）になってからだった。フォントヴローに入って、世の中から引退したと見えたとき、ほんとうに役割を果たしはじめ、さまざまな出来事が起こって、静かで敬虔な引退を楽しむわけにはいかなくなる。アリエノールの「最期の日々」は、彼女の人生のなかでもっとも激しい一〇年となった。

欲求不満のフランス王妃

フォントヴロー修道院に入るまでの人生も、波乱に富んではいたが、ほんとうに自分で決めたものではなかった。副次的で表面的な役割のなかで、当然のことながら二人の夫に従っていた。一一二〇年あるいは一一二二年に生まれ――なかには一一二四年説を唱える向きもあるが、それはまずありそうにない――アリエノールは一一三七年に男子後継者なしで没したアキテーヌ公ギヨームの娘として、アキテーヌ公爵領とポワティエ伯爵領を継いだが、それはロワールからピレネー、ジロンドからオーヴェルニュの東にまたがるじつに広大な領土――フランス王国のほぼ四分の一にあたる――だった。この若い娘の運命は即座に決まった。このような跡とり娘には引く手あまただ。フランス王ルイ六世の封臣であるからには、彼女の結婚を決めるのは王である。サン＝ドニの司祭シュジェール［またはスュジェ］の助言を受けて、まだその頃は一族の領地としてイル・ド・フランスしかなかったカペー朝の王は、うってつけの花婿を身近に見つけた。みずからの跡とり息子である一六歳のルイ王子だ。結婚式は一一三七年七月二五日にボルドーであげられたが、その一週間後、父王ルイ六世が崩御、ルイはフランス王ルイ七世となった。一五歳だったアリエノールにはたった一つのことだけが要求された。後継者を産むことだ。彼女は喜んで義務を果たそうとする。問題は夫がその任務に対処する能力がなかったらしいことだ。信心に固まった彼は、若く、情熱的な妻の官能的な欲求を満足させない。「修道士と結婚したみたい」と彼女が言ったと伝えられる。七年も不妊が続いたので、彼女は、その時代の偉大な精神的権威で、一一四四年にサン＝ドニ大修道院付属教会の献堂式に臨席した聖ベルナールの助言を求めた。聖人の助言はめでたく実を結び、一年後にアリエノールは女の子、マリーを出産した。

これでまず第一歩だったが、十分ではない。男の子がほしい。アリエノールとルイ七世の不和は、一一四七年から一一四九年の十字軍遠征のあいだにより深刻なものとなった。夫婦はともに参加したのだが、王妃はそこで不適切な行動で目立つこととなった。彼女が二五歳で非常に美しく、楽しむことが好きで、じつに自由なようすだったので、尻が軽いとか、妻を家に置いて来ている諸侯たちと少し親しくしすぎているといった評判が立った。とくに叔父のレーモン・ド・ポワティエとの仲を怪しむうわさは執拗だった。年代記作者ギヨーム・ド・ティールによるとレーモンは「背が高く、同時代人のだれよりも体格がよく美し」かったようだ。非難は明快だ。「王妃は結婚の掟をないがしろにし、王家の威厳をそこねている」そして「不貞を働いている」というものである。いずれにせよ、十字軍から戻って、一一五〇年に彼女は二度目の出産をした。だが、またしても女の子だった、アリックスだ。

やはり年代記作者であるサン＝ジェルマン・デ・プレの修道士はこう語っている。「一一五二年、王の親族が数人、王と王妃のあいだに一定程度の近親関係があることを告げに来た。［…］それを聞いた王は、これ以上教会法に反して婚姻を続けるのを望まなかった」サンスの大司教は、ボージャンシーの司教を数人集め、婚姻の無効を宣言した。教皇はそれを黙認した。だが年代記作家たちや歴史家たちはだまされない。夫婦が四親等、あるいは五親等にあることに気づくのに一五年もかかるはずがない。ほんとうの理由は、その時代の記録は決して大っぴらに言ってはいないが、王の懸念である。アリエノールは女の子しか産まないようだし、しかもなかなか産まない。それにもし男の子が生まれたとしても、王妃の不品行の噂のせいで、父親はだれかという問題がつきまとうだろう。それは王にとって、ふつうの人間にとって以上に耐えがたいことである。王朝の持続には、血の純潔さが求められる。つけくわえていえば、夫婦のあいだは気質の点でも性欲の点でもあきらかな不一致があったため、この無効宣言は双方の望むところだったのだ。

政治的に見れば、この決定はアキテーヌを手放さなければならないカペー朝にとって大損害だった。さらに悪いことに、自由になったアリエノールは二カ月後若いヘンリー（アンリ）・プランタジネットと結婚したが、ヘンリーはアンジュー伯かつノルマンディ公であり、ブロワ伯エティエンヌ（英国へ渡ってスティーヴン）とイングランドの王位を争っていたマチルダ王妃の息子だった。アリエノールにとってこれは、最初の結婚と違って自由な選択、女公爵としてより一人の女としての選択だった。ヘンリーはその時二〇歳そこそこ、彼女より一〇歳ほど年下で、男らしい気性だった。二人はあきらかに肉体的に強く惹きつけあった。だが背景にはきな臭さも残っていた。アリエノールは、噂によると、まだフランス王妃だった頃、ヘンリーの父と関係をもったことがある、というのだ。「ジョフロワ・プランタジネットはフランス地方行政官だったとき、彼女を用いた」と年代記作家は書いている。そしてシトー派修道士であり詩人であったエリナン・ド・フロアモンが見るところ、アリエノールは「王妃のようにではなく売春婦のようにふるまった」。彼女の評判はそんなふうにできてしまっていた。いずれにせよ、修道士のベッドからライオンのベッドへ移った彼女は、以後次々に子どもを産んだ。一一五三年に生まれたギヨーム（ウィリアム）を頭に、ヘンリー（一一五五年）、マティルダ（一一五六年）、リチャード（一一五七年）、ジェフリー（一一五八年）、アリエノール（一一六一年）、ジョーン（一一六五年）、ジョン（一一六六年）と続いた。彼女は四五歳になった。だが、この驚くほどの「多産」から想像されるのと逆に、夫ヘンリーとの関係は急速に悪化していた。

とらわれのイングランド王妃、やがて子どもを守る母妃に

一一五四年、スティーヴンの死によってイングランド王となったヘンリー二世・プランタジネットは、その時代もっとも強力な支配者となった。イングランド、スコットランド、ウェールズ、アイルランドの一部、くわえて、ノルマンディからメーヌ、トゥーレーヌ、アンジューをへてガスコーニュにいたるフランスの半分、そして一一五八年にはブルターニュまで支配下に置いた。威圧的であふれんばかりのエネルギーに満ち、ひっきりなしにイギリス海峡を行き来し、アリエノールにはいっさいの決定権をあたえなかった。「三五年間、彼女はまったく影が薄かった。[…] アンジュー伯ヘンリーとの結婚は、政治的に、ヘンリーと結婚する前から全権の女公爵および王妃として当然自分に属すると思っていた権力も影響力も彼女にあたえなかったように見える」とヘンリー二世の最高の伝記作者であるW・L・ワレンが書いている。大陸へ渡って留守のあいだ、王が王妃に摂政をまかせることはときおりあったが、厳しい監視つきであった。一五年間欲求不満の王妃だったアリエノールは、二〇年間監視下の王妃となり、その後の一五年間は幽閉された王妃となる。ヘンリーは彼女にいっさいの政治的決定権をあたえないだけでなく、この自分より年上すぎる妻に急速に嫌気がさし、一一六〇年ごろからウッドストックの祭りに若い妾ロザモンド・クリフォードをともなって現れるようになった。

以後、アリエノールはアキテーヌ公領のポワティエに住むことが増えた。そこに才気あふれるとりまきを集め、トルバドゥールの王妃のイメージを作り上げた、表面的な歴史はそう書きとめることに

なる。だがこれはあくまで表面的である。というのも、心のおもむくまま、宮廷の愛の戯れを賞賛しているように見えて、アリエノールは裏で息子たちを父親と対立させようと画策していたからだ。とくにいちばん可愛がっていたリチャードを一一七〇年に、ポワティエ伯およびアキテーヌ公領の後継者とした。ヘンリー二世がカンタベリー司教トマス・ベケット[1]暗殺で、難儀した年だ。このときから、王妃は妻ではなく母として行動するようになり、一一七三年には、息子のうち三人、ヘンリー、リチャード、ジェフリーは、ルイ七世を支持することで、父親に対し公然と反旗をひるがえすようになる。アリエノールがフランス王である前夫の陣営に与し、イングランド王である二番目の夫に対抗するという、いっぷう変わった状況となった。その状況は危険でもあった。プランタジネットは手強い相手だったからだ。一一七四年、近習に変装してポワティエの北部を旅していたアリエノールは、ヘンリーの兵士に捕らえられる。最初シノン城に幽閉されたがその後イングランドにつれていかれ、いくつか場所を変えながらもとらわれのままで一五年すごすことになる。活動を禁じられ、アキテーヌの権利もリチャードにゆずった状態で、一一八三年には長男のヘンリーの死[2]を知り、夫とほかの息子たちとの争いの展開を見守ることになる。

一一八九年に解放される。ヘンリー二世は息子たちに裏切られ、シノン城で死去したのだ。アリエノールは七〇歳に近くなっていた。二人の夫がいなくなったところで――ルイは一一八〇年に死亡――、彼女はほんとうの治世を開始する。まずは、獅子心王といわれる、新王である最愛の息子リチャードを助け、彼の戴冠式を準備し、イングランドをかけめぐって各地の忠誠を確保した。一一九〇年、リチャードは十字軍に参加するが、それは彼自身にとっても王国にとっても危険な試みであった。なぜなら、彼は三二歳になるのに未婚で、したがって跡継ぎがいなかったからだ。彼はよく知られた同性愛者だった。ともに参加したのは元愛人［といわれる］フランス王フィリップ二世で、彼は何度もくりかえしてこの「罪」を公に懺悔した。どうしても女性が必要だった。そこで、こんな驚くべきエピソードが生まれる。アリエノールは高齢であるにもかかわらず、ナヴァールまでサンチョ王の娘、ベレンガリアを迎えに行った。彼女とともにアルプスを越え、イタリアを強行軍で南下して、シチリア島のメッシナで十字軍と合流した。そこで、息子に若いスペイン娘を引きあわせたのだが、年代記作家アンブロシウスが彼女を形容している「賢い処女、優しい女性で、勇敢かつ美しい」。リチャードとしては「賢い処女」をどうしようもなかったが、母に従い、数週間後にはキプロスで、ベレンガリアと結婚する。体面は守られたが、何もだますことはできない。この「結合」から一人として子どもが生まれることはなかった。

ベレンガリアを送り届けたアリエノールは、四日後の一一九一年四月二日、シチリアを去り、ローマへおもむいて、新教皇ケレスティヌス三世に会い、六月二四日にはルーアンに戻った。この過酷な遠出の後、すでに十字軍から戻ってリチャード獅子心王の留守を利用しようとしていたフィリップ二世の陰謀に対して、イングランドの強化に着手する。さらにリチャードがオーストリア公[3]の手中に堕ちたことを知った彼女は、それを利用して王位を狙っている弟のジョンの策略に対抗して、リチャードのために王国の貴族たちの忠誠を維持することに骨を折った。イングランドの高級貴族を何度も招集し、王国のフランス側地方行政官に指令を発し、教皇に辛辣な非難の手紙を送った。「猊下は未だ一人の副助祭も、侍祭でさえ派遣してくださっていません。わたしの息子を貶めようと地の王や王子たちが共謀し、彼を鎖につないでいるというのに、［…］そして、そのあいだずっと聖ペトロの剣［中世における国王に対する教皇の権威］は鞘におさまったままです」。ジョンが裏で策動するかたわら、アリエノールはリチャード救出のために要求された一五万マール、つまり三四トンの銀［マールは中世の金額の単位。金属の重さを表し、地方によって多少違うが、トゥールでは一マール二二七グラムで、ちょうど三四トン］を集めた。そして真冬の一一九四年二月二日、自身でマインツまでそれを届けたのである。三月一二日には、息子とともに勝ち誇ってイングランドに帰った。そして二カ月後には、息子とともにノルマンディに上陸する。リチャードには昔の同盟者であり愛人でもあったフィリップ二世尊厳王から大陸における所有地を守るという目的があった。だが、七二歳（あるいは七四歳）の老婦人となったアリエノールはもう闘う年齢をすぎている。ポワトゥーの地にあるフォントヴロー修道院におちつき、敬虔な引退生活を送るつもりだった。しかしそれから起こった出来事が別の道をとらせた。彼女のいわゆる「最期の日々」は一〇年続くだろうが、そのあいだ、彼女は自分の能力を最大限発揮することになる。アリエノール・ダキテーヌにとってほんとうの人生は七五歳のときはじまった。

フォントヴローへの見せかけの引退

彼女がフォントヴローを選んだのは、この修道院がとりわけ心にかかっていたからだ。フォントヴローは前世紀の一〇九九年、ブルターニュの行者ロベール・ダルブリッセルによって設立された男女併設の修道院で、副院長が統率する男子修道院と、女子修道院があり、女子大修道院長が全体で最高の地位にある。修道士の祭司が、男女が仕切りをへだてて出席するミサを行ない、聴罪師や説教師のかわりもつとめる。だが、修道院全体の最高責任者はあくまで女子修道院長なのだ。一人の女性によって指揮される混合施設で、その女性に男性が従うという仕組みは、アリエノールの気質に沿うものがあり、彼女はごく若い頃からフォントヴローへの愛着を表明するとともに、たびたび訪問して、あふれんばかりの恩恵をほどこしてきた。たとえば一一四七年に十字軍へ出発するとき。そして一一五二年、ヘンリー・プランタジネットとの再婚の直後には、新しい夫の叔母である修道院長マティルド・ダンジューに迎えられ、寄付証書に次のように記している。「フランスの偉大な王ルイ殿と近親婚の理由で離婚し、高貴なるアンジュー伯ヘンリー殿と婚姻によって結ばれたのち、神の啓示によって、わたしはフォントヴローの女子修道会を訪ねたいと願うようになり、心にあった望みをこうしてかなえることができました。わたしは神の導きによって、フォントヴローに参りました。修道女が集まっている修道院の入り口を跨ぐと、心は感動に満たされながら、そこに、わたしの父や先祖が神とフォントヴローの教会に捧げたものを承認し、確認しました。とくにポワティエ貨幣五百スーの寄進は、わたしの夫であったときのフランス王ルイと私自身がいたしたものです」

一一八四年、彼女がイングランドでとらわれの身であったときも、ポワティエの高位聖職者への百リーヴルの永久年金、さらにブノンのぶどう園を寄進した。さらに、一一九〇年、リチャードが十字軍出発の準備をしているとき、新たな寄付がなされ、リチャードはそれまでの寄進を承認するとともにに、ロンドン財務省からの三五リーヴルの年金の受けとりを追加している。一一九三年、リチャードが捕虜になっているときは、アリエノールはウィンチェスター、ついでウェストミンスターで、修道院に対し新たな特権を認めた。また一一九九年には修道女たちの衣服購入にあてるための、毎年百リーヴルの年金をあたえているが、これは、その年崩御した「リチャード王の魂に捧げ」るものだった。

このように、人生の重要な出来事のたびに、このロマネスクの大修道院は、現在われわれが見るのと同じ姿で一一九四年にここへ入ったとき、アリエノールはフォントヴローのほうを向いた。彼女が完成して四〇年がたっていた。約二百人の修道女が居住する部分や「十字軍遠征のイスラム文化の影響を受けた」めずらしい形の巨大な台所をふくむほかの建物も同様である。そこには二番目の夫、ヘンリー二世プランタジネットの墓があり、仕上がったばかりの石灰土でできた極彩色の横臥影像も置かれていた。イングランド人というよりはアンジュー人だったヘンリーもこの土地を愛していて、ここがプランタジネット家の墓所となる。フランス王家にとってのサン＝ドニのようなもので、ヘンリー二世にくわえて、まもなく、リチャード獅子心王、その姉のジョーン・オヴ・イングランド、その息子のトゥールーズ伯レーモン七世、ジョン欠地王の心臓、その妻イザベラ・オヴ・アングレームとその息子アンリ三世の心臓、そしてもちろんアリエノールその人の亡骸も迎えることになる。

アリエノールはフォントヴローで、住居とともにかなりの額の年金を自由に使うことができた。この年金は「王妃の金貨」というべきもので、王に百マールの罰金が入るたびに、王妃に一マール金貨がわたることになっていた。この収入は、ヘンリー二世によって一度とりあげられたが、リチャードはそれをとりもどしただけでなく、さらに相当な資産を補充した。リチャードは、アリエノールにとって、あいかわらずもっとも愛する息子〈カリッシムム〉だったが、その弟のジャンのほうはたんに、儀礼上ふつうに愛している〈デレクトゥム〉、というだけだった。この下の息子の狡猾な性格を信用できなかったのだ。

アリエノールは最初、この引退生活に満足しているように見え、国内での経済的もめごと以外にはもはや介入しなくなった。たとえば、自分の土地にかかるワインの十分の一税の徴収に難儀しているブルグイユ大修道院長や、イングランドのレディングの修道士たちに助けを求められたりしている。年代記作家のリチャード・オヴ・ディヴァイザズはこの時期の彼女を「類まれな女性、美しくて優美で、意志が強くて愛想がよく、つつしみ深くて慧眼である、それは女性にはめずらしい…」「いままもまだ疲れを知らず、そのエネルギーには皆驚かされる」と語っている。だが、男好きで尻軽だという評判はあいかわらずついてまわった。人は彼女の昔の不品行を忘れていなかった。年代記作家は言う。「大勢の人が、わたしが知らないでいてほしいと思うことを知っている。この同じ王妃が、最初の夫のときエルサレムにいたことを。知ってはいるがこれ以上は言わないことにしよう、シー！」アリエノールが半世紀も前に、叔父のレーモンやのちの義父となったジョフロワとのあいだにした恋のまねごとを揶揄しているのだ。彼女の破廉恥ともいえる行動が、しっかりと人々の心にきざみこまれていた。だが年老いた王妃の波乱の過去は、きっぱりした性格、独立心の強さ、なみはずれた活力とあいまって、フォントヴロ－のような宗教的環境にあってもむしろ人々を魅惑した。人は彼女にいわゆる女傑とよぶような人物像を見ていた。

その評判を彼女はいまや非常に華々しい形で証明して見せた。一一九九年四月初め、息子のリチャード王が、リムーザンでシャリュス城を包囲している際、矢を受けて瀕死の傷を負った、彼女に会いたがっている、との知らせがあった。シャリュスまで直線距離ですくなくとも二百キロはある。「風よりも早く」と年代記は言う。彼女は四月六日にはすでにそこに到着し、同日リチャードは母の腕のなかで息を引きとった。一一日にはフォントヴローに戻り、次のような息子の遺志に従って、葬式の手配をした。「自分の犯した過ちの報いを受けるとき、神の慈悲と、フォントヴローのキリストのしもべである修道女たちの祈りがなければ、地獄の罰をまぬがれるのがむずかしいだろう。生前私は彼女たちをたいへん愛した。いま、死におもむきながら、わたしは彼女たちに自分をゆだねたい。それゆえ、とるにたらないわたしは、わたしの遺体をそこへ運び、不適格ではあるが父の足もとに置くことを命ずる」

葬儀はリンカンのユーグ司教が主宰し、ポワティエとアンジェの司教、チュルプネーとル・パンの大修道院長が出席した。ル・パンの大修道院長はリチャードに臨終の秘跡を授けた。それに続く日々、フォントヴローには王に最後の敬意を表する人々が列をなした。そのなかには教皇特使のピエトロ・カプアーノもいた。その間もアリエノールは一瞬もむだにしない。まず、息子の側近にできるかぎりの恩恵をほどこした。料理人のアダムとその妻、ジャンヌ、酒倉官エンゲラン、もう一人の料理人ロジェ、さらにルノーという給仕係には「われわれとわれわれの息子リチャードに対し忠実につくしてくれたことを考慮して」ポワティエのかまどをあたえる。それから彼女はアキテーヌ巡行をはじめた。ルーダン（四月二九日）、ポワティエ（五月四日）、モントルイユ＝ボナン（五月五日）、ニオール、アンディイー、ラ・ロシェル、サン＝ジョン＝ダンジェリー、サント、ボルドー（七月一日）スラック（七月四日）と、末の息子である欠地王ジョンのために支持を集めるのが目的だった。この巡行で、彼女はあふれんばかりの活力を見せつけ、とりわけ民心を得るため、正義を行なうことに心を砕いた。モントルイユのサント＝クロワの修道女たちには狩猟のために奪いとられていた森を返し、封土の移転、たとえばタルモンの領地とひきかえにラ・ロシェルの地を断念したラウル・ド・モレオンの便宜をはかるなどし、サントのサン＝ウトロープ、ラ・ソーヴ、ボルドーのサン＝クロワ、モンティエヌフの宗教施設への寄進を安定的に行ない、とくに、若い頃とは反対の態度で、自治都市《コミューン》設立の多くの特許状を承認した。こうして、六〇年前にポワティエが自治を制定しようとしたときは、彼らの子どもたちを二百人も人質にすると脅して住民と激しく対立したのに、いまは自治の自由を認め、ほかの何十もの都市にも同じことをし、それらは旅に同行していた秘書のジョスランやルヌールや彼女の司祭であるロジェに口述された。オレロン島で承認した特許状は、都市に多くの自由を認めた「ルーアン都市法」を手本にしている。ある種の税を廃止するかわりに、住民に彼ら自身で町を守ることを義務づけ、そこから一種の都市民兵隊が創設された。

最後の戦い

一一九九年、ラ・ロシェルにおいて、彼女は初代市長ギヨーム・モンミレイユの選出に立ち会う。彼女が承認した市の憲章のなかには、その意図がはっきりと述べられている。「われわれはラ・ロシェルのすべての住民およびその子孫に、ラ・ロシェルの自治をゆずる。それによって彼らは自分たちの権利をよりよく守り、より完全に自分たちのものとできるだろう。また彼らの自由な習わしが侵されることなく守られ、それらを維持し、彼らの権利とわれわれそしてわれわれの子孫の権利を守るため、必要なときには何人《なんぴと》に対しても自治都市《コミューン》の力と能力を行使するように。われわれの忠実さが守られますように」

「彼らの権利とわれわれとわれわれの子孫の権利を守る」とは、ジョン欠地王のために国民を集めることにあった。リチャードは結局彼を後継者に指定したが、彼は兄ジェフリーとコンスタンス・ド・ブルターニュの息子、ブルターニュ公アルチュール（アーサー）と深刻な競合関係にあった。王朝のまともな論理からすれば、アルチュールのイングランド王位の権利はジョンより優位にある。なぜなら一一八六年に他界した父親のジェフリーはリチャードの弟であり、ジョンより八年先に生まれていたからだ。その上アルチュールは、リチャードの死を利用してフランス王国における封地をプランタジネットからとりもどそうとしていたフィリップ二世尊厳王《オーギュスト》の支持を得ていた。さらに、問題の多い人格と予測不能な行動によって、ジョンには敵が多かった。そんなわけでリチャードの死を知ったアンジェ領主ギヨーム・デ・ロッシュがアンジェの町をコンスタンス・ド・ブルターニュとアルチュールに引き渡した。それをとりもどすために、メルカディエ[4]とガスコーニュ人の傭兵隊を送らなければならない。ヒューバート・ウォルター[5]やウィリアム・マーシャル[6]といった騎士たちのゆるぎない忠誠にもかかわらず、ジョンの立場は悪化し、イングランドに渡って一一九九年五月二七日王位を授かるが、あいかわらず不安定のままだった。

またしてもアリエノールが介入した。彼女はジョンを少しも愛していないし、彼のほうも同じだったが、これが生き残った最後の息子だったので、すきなく支えてやるのが母親の義務だと思ったのだ。アキテーヌ巡行から戻るやいなやトゥールへおもむき、そこで七月一五日ごろフィリップ二世に対しアキテーヌの公領とポワトゥーの伯爵領につき、臣従の誓いをして、没収の口実を取り上げる一方で、九月には、ジョンをその地の相続人に指定した。それに続く数年間、彼女はフランス王の軍隊に対し特に軍人メルカディエの兵士たちを使って、ポワトゥーとアンジューの防御に積極的に関与する。彼女はまた息子の不手際を補うためにも介入した。一二〇一年、彼女はジョンが罷免しようと準備していたアンジューおよびトゥーレーヌの地方行政官アモリー・ド・トゥアールを説得してその忠誠を維持した。同時に息子に手紙を書いて自分の道理を説明し、ジョンがそれを老婆のたわ言だと考えるのをおそれて、自分の言うことを側近の一人ギー・ディヴァに確認させた。もっとも、ジャンは結局感謝の意を表し、特許状の一つで宣言する。「彼女は生涯ポワトゥーを所有する。[…]またわれわれのものであるそれらの土地だけでなくわれわれの、われわれのすべての土地の、われわれのすべての所有物の主人《ラ・ダーム》である」

一一九九年から一二〇〇年にかけての冬のあいだ、ジョンの立場がますます悪化しているのに気づいたアリエノールは、ジョンとフィリップ二世の戦いの休戦を利用して平和をとりもどすための大胆なかけひきを試みようと、以前の交渉の際にもち出された構想を再度提案した。フィリップ二世の息子、ルイ王子とヘンリー二世の孫娘の結婚である。彼女は八〇歳という高齢で、悪天候の季節に、ピレネーを超えてカスティーリャにいたる長く危険な旅をした。そこに彼女の娘のアリエノールがカスティーリャ王国の王アルフォンソ八世に嫁いでいたが、この結婚から子どもが一一人生まれていて、当時三人の娘が結婚適齢期にあったからだ。レオン王国の王太子の許婚者となっていたベレンゲラ、ウラカ、そしてブランカ（ブランシュ）である。そのうち一人をつれ帰って、王太子ルイと結婚させようというのだ。順番からいえばウラカとなるべきところ、アリエノールはブランシュを選んだ。理由はわからない。側近が、ウラカのようなエキゾティックな名前はフランスでは歓迎されないからと王妃を説得したのだろうか、いやそれは本当とは思えない。フィリップ二世は［デンマーク出身の］インゲボルグと結婚しているし、ほかにももっとエキゾティックな名前の王女がいくらでもいる。ブランシュは一二歳という、この結婚に理想的な年齢だった。一三歳の王太子ルイとのあいだに子どもを産める時間がすくなくとも三〇年ある。こうしてのちの聖ルイ［ルイ九世］はウラカではなくブランシュ・ド・カスティーユを母とすることになった。

死が彼女をこばむ

アリエノールとブランシュの帰国は一二〇〇年四月、結婚式は五月二三日にノルマンディであげられた。フランス王国は当時フィリップ二世の結婚にかんするもめごと[7]のせいで聖務が停止されていて、婚姻の秘跡を行なうことができなかった。しかしアリエノール・ダキテーヌはいずれにせよそれに出席しない。数週間にわたる難儀続きの旅に疲れて、彼女はフォントヴローにとどまった。往路ではリュジニャン一族に足止めされて、譲歩せねばならず、帰路には随員の隊長だったメルカディエが、ボルドーでの乱闘で命を落とした。彼女は衰弱しはじめ、一二〇一年春、ついに病に倒れた。アモリー・ド・トゥアール事件のときだった。

だがまだ死んではいられない、息子のジョンがまた問題を起こしていたのだ。一二〇〇年リュジニャンの領主ユーグ・ル・ブリュンと一四歳だったイザベル・ダングレーム(イザベラ・オヴ・アングレーム)との婚約式に招かれたジョンはユーグの婚約者が気に入ってつれさり、最初の妻イザベラ・オヴ・グロスターを追放した後、八月二四日に彼女と結婚した。この無礼な行為の結果、ポワトゥーの貴族の一部が彼に反感をもち、彼らの封主フィリップ二世尊厳王に訴えた。フィリップ二世はジョンに法廷への出頭を命じたが応じなかったので、ジョンは裏切り者とされ封地を失った。それで一二〇二年ふたたび戦争となった。フランス王はアンジュー、メーヌ、トゥーレーヌ、ポワトゥーをブルターニュ公アルチュール(アーサー)にあたえ、アルチュールは、アリエノールがポワトゥーの正統な女伯である事実を尊重することなく王に臣従を誓っていた。フィリップ二世がノルマンディの征服を開始すると、アルチュールはリュジニャンと同盟を結び、ポワトゥーに兵を進めた。アリエノールはもはやフォントヴローにいては安全とはいえず、小軍団とともにポワティエにのがれたが、アルチュールに追跡されてミルボー城の主塔に逃げこむことを余儀なくされ、そこからル・マンにいたジョンに使者を送った。

息子の対応は驚くほど迅速だった。伝言がとどいたのが七月三〇日だが、八月一日には軍隊を率いてもうミルボー城の前にいた。百キロメートルを二日もかけずに進んできたのだった。アルチュールは不意打ちにあって部下とともに捕らえられ、ジョン欠地王は母親を解放した。この手柄を非常に誇りに思い、イギリスの貴族への手紙で自慢した。「わが母妃がミルボーで攻囲されていると知って、可能なかぎり急いで聖ペトロの鎖の記念日に到着した。そして甥のアルチュールを捕らえた…」、そして一二〇三年四月、彼の殺害を命じた。

それがアリエノールの最後の冒険だった。フォントヴローに戻ったが、最後の数カ月は戦争の悲惨な報告で、悲しみに満ちたものとなった。二度王妃になり、二人の王の母であり、女公であり女伯であったこの老いた女性はすべてを失った。長い人生のあいだには、一七人の教皇が代わった。二回の不幸な結婚の後、二人の夫を、そして一〇人の子どものうち八人を見送った。ウィリアムは一一五六年、ヘンリーは一一八三年、ジェフリー一一八六年、マティルダ一一八九年、アリックス一一九五年、マリー一一九八年、リチャードとジョーンは一一九九年に世を去っていた。彼女にはもうカスティーリャにいる娘アリエノールと息子ジョン欠地王しか残っていない。ジョンの統治はいまにも破綻しそうだった。

一二〇四年三月六日、フィリップ二世は有名な砦、リチャード獅子心王の誇りで攻略不可能との評判のあったガイヤール城を奪取する。それがとどめの一撃だった。アリエノールは三月なかばにその知らせを聞き、三一日あるいは四月一日に世を去った。八二（あるいは八四）歳だった。フォントヴローに葬られ、そこでは夫と妻、息子と父親、兄弟同士、つねに分裂しつづけていた家族全員が死のなかでまた一カ所に集まっている。

彼女の横臥彫像は本を手にしているが、それが宗教的な本なのか宮廷小説なのかはわからない。王妃のイメージは時代とともに変わってきた。彼女はまず世のひんしゅくをかう奔放な女性の典型として、宮廷詩人たちのインスピレーションの泉となった。最初の夫であるフランス王を裏切り、二番目の夫であるイングランド王に反抗し、多くの愛人をもったのだから。ロマン主義の時代には、反対に教養豊かで、宮廷風恋愛の霊感の源であり、時代の粗暴な慣習をやわらげてくれるような王妃の模範とされ、そしてもっとのちの時代になっては、フェミニストたちの戦いの先駆者として、解放された女性の規範となった。

ジョルジュ・ミノワ

〈参考文献〉

アリエノールにかんする基本情報

Alison Weir, *Aliénor d'Aquitaine, reine de cœur et de colère*, Aline Weill仏訳, Laval-Nantes, Siloë, 2005によった。英語オリジナル版、*Eleanor of Aquitaine. By the Wrath of God, Queen of England.*

Régine Pernoud, *Aliénor d'Aquitaine*, Paris, Albin Michel, 1966（レジーヌ・ペルノー『王妃アリエノール・ダキテーヌ』福本秀子訳、パピルス、一九九六年）は古典ともいえるが、やや思いが入りすぎている感があり、次のものが有益である。E.R. Labande, «Pour une image véridique d'Aliénor d'Aquitaine», dans le *Bulletin de la Société des antiquaires de l'Ouest*, 4e série, II, 1952 およびAmy Kelly, *Eleanor of Aquitaine and the four kings*, Cambridge, Harvard University Press, 1950. Martin Aurell, *Aliénor d'Aquitaine et l'essor de Fontevraud*, Nantes, Revue 303, coll. «Les carnets de Fontevraud», 2013.

資料として«The letters and charters of Eleanor of Aquitaine», *English Historical Review*, n°CCXCI, vol. LXXIV, 1959.

〈注〉

1　数年前から王と軋轢を生じていたトマス・ベケットが聖堂内で暗殺されると、犯人たちをそそのかしたとみなされたヘンリー二世は、教皇をなだめるため懺悔しなければならなかった。
2　フランス南西部マルテルで赤痢により死亡。
3　［十字軍としてともに戦っていたイスラエル北部の］アッコの要塞において、リチャードに侮辱されたオーストリア公レオポルト五世は、十字軍から戻るリチャードを捕らえて、敵である神聖ローマ皇帝ハインリヒ六世に引き渡した。ハインリヒはイングランドに対し、リチャードを引き渡すのと交換に身代金を要求した。
4　傭兵隊長、南西部においてリチャード獅子心王に一一八四年以来仕える。一二〇〇年死去。
5　カンタベリーの大司教、騎士でもあり、リチャードの不在中ジョンの策動と敵対していたが、リチャード死後は新王ジョンを支持した。［フランス語名ユベール・ゴーチエ］
6　ウィリアム・マーシャル［フランス語名ギヨーム・ル・マレシャル］、ペンブルック伯（一一四五―一二一九）はヘンリー二世、ついでリチャードとジョンに忠実に仕えた。その後は幼いヘンリー三世の教育係かつイングランドの摂政となった。
7　フィリップ二世は一一九三年にデンマーク王女インゲボルグと結婚［前妻の死後、再婚］したが、アニェス・ド・メランと結婚するためまもなく彼女に離婚を宣言した。しかしこれが認められず二〇年続く（一一九三からデンマーク王や教皇の要求によりインゲボルグをよびもどす一二一三年まで）ローマ教皇庁との対立の原因となる。

5 敬虔なキリスト教徒としての死

カトリック女王イサベル一世

メディナ・デル・カンポ、一五〇四年一一月二六日

夫であるアラゴン家のフェルナンド二世とともに二九年間にわたってカスティーリャとレオンを統治したのち、栄光のきわみにあったイサベル一世は五三歳で死去した。多くの人は、彼女の子どもたちのうちの二人の早すぎる死と、一五〇四年四月五日にアンダルシアを襲った大地震に、女王にしのびよる死と祖国を襲う大きな不幸の予兆を感じとっていた。地震の翌日に発熱したイサベルは、疲労と不安にさいなまれ、しだいに生きる意欲を喪失していったようだった。敬虔なキリスト教徒であったイサベルの最後の数カ月は、キリストの十字架の道行きの様相を呈した。彼女は、内部抗争に引き裂かれ、南部はいまだにイスラム教徒に占拠されていたスペインを、自分の代で強国へと変身させた。孫のカール五世が栄華の頂点へと導く世界の大国スペインの礎を築いたのである。

人文主義者ペトルス・マルティルはある日のこと、イサベル一世について「昨今をとわず、この比

類なき女性とならび称されるに値する女性をわたしは一人も知っておりません」とシスネロス枢機卿に述べた。女王の聴罪司祭であった枢機卿は、なみはずれたこの女性君主の生活を細部にわたって知っていただけあって、全面的に同意見であった。

イサベルは、アビラに近いマドリガル・デ・ラス・アルタス・トレスで一四五一年四月二二日に生まれた。約八〇年前に継承戦争に勝利したエンリケ二世が始祖となったトラスタマラ朝のもっとも名高い、しかし最後の君主となる女児の誕生であった。父親はカスティーリャ＝レオン王国の君主ファン二世で、母親はその二番目の妻、ポルトガル王家出身のイサベル・デ・ポルトガルであった。ファン二世は先妻マリア・デ・アラゴンとのあいだに男子をもうけていたので、イサベルが王位につくのは想定外であり、一四五四年に父王が死去すると、腹違いの兄エンリケ四世が即位した。

まずはマドリガルで、次いで、これもアビラに近いアレバロの陰鬱《いんうつ》な城ですごした幼少時代は悲しいものであった。なかば精神錯乱状態におちいって一四九六年に亡くなる母親と、弟のアルフォンソとによりそう日々であった。異母兄のエンリケ四世とは異なり、イサベルは早い時期から生真面目で一徹、エネルギッシュかつ断固とした性格を示し、優柔不断や弱々しいしいところは微塵もなかった。また、よきキリスト教徒が守るべき原則を教えこまれ、ゆるぎのない信仰心を育んだ。

一四六二年、異母兄である王の命令により、イサベル王女と弟はアレバロから宮廷が置かれたセゴビアへと移された。表向きの理由はよりよい教育を受けさせるためであったが、本音は違った。二番目の妻、ファナ・デ・ポルトガルが正統性の怪しい子ども[1]を妊娠し、出産が間近となったため、王位継承権をめぐって悶着が起きる場合にそなえて母親違いの妹と弟を監視するのが目的だった。

イサベルとアルフォンソは問答無用で母親から引き離され、イサベルはたいへん辛い思いをした。エンリケ四世の妻が女児（ファナ、あだ名はベルトラネーハ）を産み落とすと、一四六二年五月九日にマドリードでコルテス〔身分制会議〕が開催され、もっとも反抗的な者たちをふくめて貴族全員が賛同してファナ王女を王位継承者として承認、忠誠を誓った。イサベルと弟もマドリードに足を運び、幼いファナに忠誠を誓った。

玉座までの長い道のり

マドリードのコルテスで示された表面上の団結には時をへずして亀裂が入り、ベルトラネーハ〔「ベルトランの娘」を意味する。彼女の実の父親は王妃の公然たる愛人であったベルトランだといわれる〕は、国王にとっても、彼女の正統性を疑う貴族たちにとっても有毒な存在となった。

エンリケ四世が一四七四年に亡くなるまで、ベルトラネーハを支持する陣営とイサベルをかつごうとする陣営がそのときどきの状況に応じて離合集散をくりかえしたためにまれにみる複雑な状況が続いた。さまざまな事件が次々と起こったが、そのうちで重要なものを日付とともに紹介しよう。一四六四年九月二八日、貴族たちが国王に圧力をかけてアルフォンソをカスティーリャ王位継承者と認めされた。翌年の六月五日、一部の貴族たちはエンリケ四世を笑いものにする儀式をとり行ない、これは『アビラの笑劇』とよばれて歴史に残ることになる[2]。『笑劇』が終わると、有力貴族たちは群衆が喝采するなか、エンリケ四世の異母弟を舞台に上げてカスティーリャ王アルフォンソ七世の肩書をあたえた。

　三年後、軍勢を率いてトレドを攻囲する矢先、アルフォンソは七月五日に急死する。ペストか？それとも毒殺か？　弟が死の床で苦しんでいた三日間、イサベルはその年齢の娘に似つかわしくないほどの毅然とした態度と粘り強さを見せた。何通もの手紙をしたため、このなかで自分にはアルフォンソの後継者となる権利がある、と主張した。そうした手紙の一通では、おそれている事態が起きた場合、自分は正当な相続人であり、国のすべての都市はコルテスにおいて自分に忠誠を誓わねばならないだろう、と躊躇することなく述べている。しかしながら、自身の正統性を意識しつつもイサベルはあくまで慎重で、カスティーリャの王女の称号で満足し、七月いっぱいは外交交渉に努めた。

　このときのイサベルは一七歳であり、年代記作者プルガルによると、「背丈は中くらいで、全身の均整がとれていて、手足のバランスがよく、たいへんに色白で、本物の金髪で、目は緑と青の中間で、まなざしは優美で誠実、目鼻立ちは整っていて、とても美しくて生き生きとした姿」とイサベルを形容している。色白と金髪はスペイン人のあいだではめずらしいが、トラスタマラ王朝の人々のあいだではなおさらまれであった。遠い祖先にプランタジネット朝の王族がいたからだろう、といわれた。彼女の顔立ちからは、エネルギーと、頑固の域に達する決然としたある種の厳めしさを読みとることができた。

　異母兄エンリケ四世の宮廷で、イサベルは歴史、文法、音楽、絵画の学習を内容とする高度な教育を受けた。女王になったのちは、大使たちに話しかけることができるようにと独学でラテン語を習得することになる。

そうこうするうちに、エンリケ四世が顧問として重用するビリェーナ侯爵、ファン・パチェコがエンリケ四世派とイサベル派の和解をはかろうと、一四六八年八月一七日にバリャドリード地方のカストロヌニョに両派の代表を集め、会合を開いた。会合は五日間続いた。

カスティーリャの現状を確認し、王国に和平をとりもどす必要を確認したのち、両派はイサベルをエンリケ四世の後継者と認定することで合意に達した。エンリケ四世が、実の従妹であるファナ・デ・ポルトガルと自分の結婚は、法王から近親婚特別許可を得ていなかったので生まれた娘は嫡子ではない、と主張したために、ベルトラネーハは王位継承者の資格を失い、イサベルにとって代わられた。次の課題は、将来は女王となることが決まったイサベルの結婚であった。

アラゴン王太子フェルナンド——イサベルの選択

実をいうと、結婚話は以前から出ていて、何人もの候補者の名前があがっていた。もっとも有力視されたのは、エンリケ四世が推したポルトガルのアルフォンソ五世であったが、有力貴族の一部の賛成を得られなかった。もう一人の候補者として浮上したのは、アラゴン王国の王太子フェルナンドであった。彼の父であるファン二世は、カタルーニャとルシヨンにおけるルイ一一世のフランスとの勢力争いを有利に進めるためにカスティーリャの肩入れを必要としていた。その一方、イサベル支持派は、ポルトガルとの同盟を進めようとするエンリケ四世の支配力拡大を阻止するためにアラゴン王家に支援を求めていた。当事者のイサベルは、恋愛感情ではなく利害の計算によってフェルナンドを選んだ。

長い交渉のすえ、一四六九年一〇月一八日にバリャドリードで民事婚がとり行なわれ、フェルナンドはカスティーリャの法律、慣習、自由を尊重し、妻の賛同なしではいっさいの決定をくださない、と宣誓した。宗教婚は翌日にあげられ、トレド大司教カリリョの祝福を受けた。この結婚はエンリケ四世に対する侮辱であったにもかかわらず、国王は異母妹が次の君主として地歩を固めるのを邪魔だてしなかった。しかし、一四七四年一二月一二日にエンリケが亡くなるまで、イサベルをめぐって有力貴族のあいだで非常に複雑で不毛なかけひきが続き、イサベル支持派が結集と分解を交互にくりかえした。エンリケ四世が崩御すると、「カスティーリャ、カスティーリャ、王国の女王にして所有者であるイサベルの手に」との歓呼によって、夫とともにセゴビアにいたイサベルが君主となったことが宣言された。

残る問題は、妻と夫それぞれの特権の線引きである。イサベルの顧問らはすぐさま仕事にとりかかり、一四七五年一月一五日にはいくつかの条項からなる『セゴビア裁定書』を練り上げた。尚書院の文書では王の名前が女王の名前の前に記されるが、紋章については逆とする、と定める第一条項は、夫婦間に一定の均衡をもたせることに配慮している。しかし第二条項は、イサベルがカスティーリャの唯一の君主である、と定めており、これが将来にも決定的な影響力をおよぼすことになる。女子は王位継承権を認められるのみならず、王の特権を行使できることになったのだ。これとは対照的に、アラゴン王国では、女子は王位継承権を相続することができるが、実際に君臨するのは男子の王にかぎられた。とはいえ、公式文書の上では、フェルナンドもカスティーリャに実効的に君臨する国王と認められた。文官および軍人を任命する権限はイサベルのみにあたえられた。その一方、税収の使途には夫婦の合意が必要とされ、政策の実行は二人の協議にもとづくものとされた。外交と軍事作戦はフェルナンドの、内政はイサベルの専権事項と決められたが、イサベルはレコンキスタ［キリスト教国によるイベリア半島再征服］を筆頭に、外交と軍事にも介入することになる。軛《くびき》とゴルディオスの結び目からなるフェルナンドのエンブレムと、束ねた矢を描いたイサベルのエンブレムが、すべての建造物を飾ることになった。公式文書は通常、「国王と女王は決定した」ではじまった。夫婦がいっしょにいる場合、司法は両者が統制し、さもなければ各人が別個に裁定をくだすことができた。王権の代理人として地方で司法を監督するコレヒドレスの任命についても同様であった。こうした決まりは、貴族と聖職者と都市住民の三身分の代表が出席してメディナ・デル・カンポで開催されたコルテスで承認された。

二人の君主を戴くこの王政は、具体的には次のように色分けされていた。カスティーリャ王権に帰属するのはカスティーリャ、レオン、トレドであり、のちにはグラナダ、カナリア諸島、西インド諸島、ナバラ王国がくわわった。アラゴン王権が支配したのはアラゴンとバレンシアの両王国、カタルーニャ伯領、バレアレス諸島、シチリア王国（一四六〇年から）であり、一六世紀初頭になるとナポリ王国もくわわった。それぞれの王国は自治権を享受し、独自の伝統、言語を守っていたが、当然ながら実権をにぎっているのはイサベルとフェルナンドの両王であった。この手のきわめて独特な両頭政治体制は、宗教政策と外交は共通していたものの、カスティーリャとアラゴンの統一を生み出さなかった。カトリック両王［イサベルとアルフォンソ］の後継者であるカール五世が唯一の元首として君臨したにもかかわらず、カスティーリャとアラゴンは一八世紀にいたるまでそれぞれの制度、国境、習慣を守ったまま分離状態が続くことになる。

王国の組織改編

イサベルは当初、自分の支持者とベルトラネーハことファアナの支持者の対立から生じた慢性的な内乱を鎮火せねばならなかった。賢明にも後者を赦し、特権さえ奪わなかったので、彼らもしだいにイサベルに同調するようになった。ファアナはその後、修道院に入れられ、そこを離れることなく一五三〇年に亡くなった。この問題がかたづくと、ポルトガルによる侵略に対処せねばならなかった。一四七五年四月、かつてイサベルが結婚させられそうになったポルトガルのアフォンソ五世がカスティーリャの所有権を主張し、エストレマドゥーラを侵略した。戦争はイサベル側の勝利で終わり、一四七九年にアルカソバス条約が結ばれた。

イサベルは、すでにふれた一四七六年のマドリガルのコルテスと、その四年後のトレドのコルテスで内紛に終止符を打ち、国内を掌握した。マドリガルのコルテスでは、農村地帯で非常に活発であった盗賊団と戦うための都市連合、サンタ・エルマンダードが結成された。王国は地方に分割され、都市を母体とするクアドリージャが駐屯部隊、もしくは機動部隊として治安にあたった。サンタ・エルマンダードは街道に出没する強盗による暴力、盗難、犯罪、誘拐、家屋や収穫物への放火をとりしまった。捕らえられた犯人はすぐさま裁判にかけられた。五〇〇マラベディ[3]を超える額の盗みを犯した者は足を断ちきられた。殺人犯には死刑が言い渡され、すぐさま矢を射かけられた。超法規的とまでいわずとも、こうした速攻の裁きは、一七世紀まで続くことになる。

トレドのコルテスでは、破滅的な状態にあった王国の財政が立てなおされ、バリャドリードに置かれていた尚書院を改革した（その後、シウダード・レアルに第二の尚書院が設置される）。王国会議も改革された。特定の家柄の出身でなければ会議の構成員にはなれないという規則が廃止され、これによって高位貴族の勢力を弱めることができた。また、会議には広範な権限があたえられ、君主政治のかなめとなった。そして、中央集権の動きを下支えする重要な改革として、コレヒドレス制度が王国全体に拡大された。大都市では、君主の代理人であるコレヒドレスにあらゆる権限があたえられ、治安の確立をとおして最終的に都市の自治権に終止符を打つ任務を託された。

一四七六年のマドリガルにおけるコルテスを機に、非キリスト教に対する両王の非寛容な姿勢の兆候が見えてきた。フェルナンドとイサベルは、キリスト教徒への借金を理由にユダヤ人やイスラム教徒を投獄することを禁止する法律の撤回を決定した。くわえて、ユダヤ人は黄色い輪型マークをユダヤ教徒の印として身に着けることを強制された。同じロジックの延長として両王は、コンベルソ（キリスト教に改宗したユダヤ人）の子孫が先祖の宗教に回帰していることを問題視した。ユダヤ人に対する迫害は時とともに高まり、嘆かわしいことに一四九二年三月三一日には王国からすべてのユダヤ人を追放する王令が出されるにいたる。

女王の側近のなかでは、セゴビアのサンタクルス・ドミニコ会管区長、トルケマーダがもっとも過激であった。トルケマーダは、異端者をあぶりだして罰するための異端審問をはじめるように提言した。異端者と目された者の数がいちばん多かったのはセビーリャであり、ここには二五〇〇人のコンベルソが暮らしていた（スペイン全体では二五〇〇〇〇人ほどいたと推定される）。彼らは程度の差はあれキリスト教を信仰する一方で先祖の信仰の慣習を数多く継承していた。イサベルは、優秀なコンベルソが国家に益をもたらしていたにもかかわらず、コンベルソが官職についている現状に疑念をいだき、異端審問所を設立することを考えた。これを急いで設立する目的は明確に定義されていた。一つは、度を越したという形容があたらずとも遠からずの経済力で知られるコンベルソを対象に、敬虔な信徒と不信心者を区別して規律を引きしめることである。もう一つは、国民の宗教面と政治面での連帯を高め、分ちがたく結びついている神と君主の両者をおそれうやまう気持ちを吹きこむことである。コンベルソにかんして教義に力点を置いた調査を行ない、コンベルソの一部といまだに反抗的な貴族たちや敵国ポルトガルとの結びつきを確認したのち、女王は教皇に異端審問所開設を許可する勅書を求めた。

教皇シクストゥス四世は、一四七八年一一月一日付けの*Exigit sincerae devotionis*（真の信仰を求む）と題された勅書によってこれを許可し、カスティーリャにおいて二～三名の審問官を任命する権限をあたえた。イサベルとフェルナンドの二人が決定をくだすことも可能であったが、権限はカスティーリャを支配するイサベルだけがにぎることになる。なお、つねに慎重なイサベルは、それから二年後にやっと異端審問所を始動させる。これには個人的な理由がからんでいた。どのようなものであれ、強圧的な手法を嫌悪していたので、改宗して日が浅い人々をすぐさまとりしまるのではなく、キリスト教の教義をみっちり学ばせるほうが好ましいと思ったのだ。すくなくとも異端審問がはじめて行なわれたセビーリャにおいては、これがイサベルの方針であった。しかし、このやり方では成果が上がらなかったため、トルケマーダにすべてを託すことにした。トルケマーダは一四八〇年の初めに大審問官に任命され、絶大な力をあたえられた異端審問制度はだれもが知っているユダヤ人迫害を主導することになる。

レコンキスタ

七一一年、北部を除いたイベリア半島のほぼすべてがイスラム教徒の手に落ちた。レコンキスタ（再征服）は、西ゴート族の貴族、ペラーヨがコバドンガの戦いでイスラム勢力に勝利した七二二年にはじまったといえよう。しかし、これが完遂するには八〇〇年もかかった。

イサベルが王位についたころ、イベリア半島におけるイスラム勢力の最後の牙城はグラナダ王国であった。同国は一二四六年よりカスティーリャの属国として年貢を納めることになっていたが、支払いは不規則的であった。一四八〇年のコルテスにおいて、イサベルはグラナダ征服にのりだすことを約束した。

一四八一年一二月、グラナダ王国が国境の町サアラを急襲して住民を虐殺した。イサベルは、いよいよレコンキスタを完遂するときが来た、と思った。グラナダ王国の君主アブルハサン・アリーが年貢の支払いをこばんでいることも彼女の背中を押した。この事件からまもなくして内紛によってアブルハサン・アリーが国外追放されたのち、息子のムハンマド一二世（スペイン人からはボアブディルとよばれた）が後継者となった。

レコンキスタは三段階で進んだ。一四八二年から一四八四年にかけて、スペイン軍は準備不足および指揮系統の乱れにより、何度も敗北を喫した。なかでもロハ攻囲戦では一万人もの兵士を失った。一四八五年から一四八七年にかけてはいくつかの勝利をあげ、ロンダ、ロハ、マラガの要塞を奪取することに成功した。この段階の終わりには、グラナダ王国の西部は全面的に征服された。一四八九年にはじまった第三段階が終わるころには、抵抗を続けていたのは首都グラナダだけであった。一四九一年六月九日、キリスト教徒の軍勢はグラナダ攻囲に着手し、ボアブディルは一四九二年一月二日にグラナダを明け渡して去った。

イサベルとフェルナンドの粘り強さのおかげでイベリア半島は統一され、二人は二年後にローマ教皇から謝意のしるしとしてカトリック両王の称号を賜る。

一五〇三年、イサベルは持続的な発熱と水腫をともなう腹痛にみまわれるようになり、侍医の手あてもなかなか効果をあげなかった。腫瘍があると診断された。子宮癌であったと思われる。実質的に病床を離れぬままに政務をこなしていた女王にとっての心配の種は娘のファナ[4]であった。スペインでの生活をうとんで生まれ故郷のフランドルに戻った美貌の夫（ハプスブルク家のマクシミリアン一世の息子、フィリップ美公）と再会できずに焦れているファナをおちつかせるのに苦労していたのである。イサベルは娘のフランドルへの出発を翌年の春まで延期させ、ファナとともにメディナ・デル・カンポの宮殿に移った。この町で催される大規模な祭がファアナの気をまぎらわせるのではと期待してのことであった。一五〇四年三月、ファアナはついにフランドルに向けて発った。

女王は、痛悛の第一段階をすませるときが来たと悟った。神は彼女の子どものうち二人、そして孫息子の一人をすでに天に召しているうえ、娘の一人には狂気をおあたえになった[5]。これが自分に対する罰だとしたら、どのような過ちを犯したのか教えていただきたい、とイサベルは神に祈った。自分の統治は神の掟に従ったものだったのだろうか？　自分はイスラム教徒やユダヤ人に対して寛容すぎたということはないだろうか？

体力はすっかり奪われてしまったが頭脳は明晰なままであり、女王としての特権を最期まで行使するのが義務だと意識していたイサベルは、自分の後継者となる予定の孫息子をカスティーリャに来させるように求めて何度も何度も外交文書を送ったが効果はなかった。この孫息子とは、一五〇〇年二月二四日にヘント［フランドル］で、のちに精神を病むファアナとフィリップ美公とのあいだに生まれたカール［ドイツ語読み。スペインではカルロスとよばれる］、将来の神聖ローマ皇帝カール五世である。女王は一日の大半を寝台ですごし、死の準備を整えるべく、自身の末期について考えるようながしてくれるテーマが描かれた布を自室の壁にかけさせた。ヨハネの黙示録や、聖体のパンがキリストの血に染まる聖グレゴリウスの奇跡もそうしたテーマにふくまれていた。

一五〇四年四月五日に発生した地震はアンダルシアに大きな被害をあたえ、迷信深い人々は国に禍《わざわい》が起こる予兆だとおびえた。ラ・メホラーダ（オルメド）のヒエロニムス修道会の僧院で復活祭をすごしていたカトリック両王もこの大惨事がいかに深刻なものかをひしひしと感じた。地震に続いて、スペインはペストと飢饉にみまわれたからである。たびたび起こる災厄はなんの前兆なのだろうか？　イサベルとフェルナンドは、公務をこなしながら二カ月間僧院にこもった。

メディナ・デル・カンポに戻った両王は、七月二六日に重篤な五日熱［発熱期間が五日ほど続く疾患だが、しばしば再発して何カ月も続く］にかかった。このニュースは二人が治めるすべての王国のすみずみに広まり、地方当局は二人の回復を願うための礼拝行進や徹夜の祈りを命じた。

フェルナンドは一カ月でほぼ回復したが、イサベルの熱は以前と比べて下がったものの続いていた。一五〇四年九月、医学界の権威たちが女王の病床にはせ参じた。宮廷付きの薬剤師や医師にくわえ、サラマンカ大学の教授もよばれた。スペインのすべての王国で女王の本復を祈るミサが、五〇日にもわたって数多くあげられた。イサベルは力つきて、決裁を求められても証書に署名することすらできなくなった。多くの臣民の死が、女王の生きる意欲を少しずつ奪っていった。

死が訪れるとき

一五〇四年一〇月一二日、イサベルは遺言書を作成した。神の赦《ゆる》しを受けるための内省の言葉とともに、みずからの統治の総括、後継者に自分の仕事を継承してもらうための忠告がふくまれていた。冒頭は、自分の肩書と属領の一覧とカトリック信仰の表明、ならびに神と自分との仲立ちをつとめてくれるキリストの使徒と守護聖人への言及である。自身の聴罪司祭であるトレド大司教、シスネロス[6]が属していたフランシスコ修道会に傾倒していた女王は、フランシスコ会の修道服［染色をほどこさない質素な服」を死装束として、アルハンブラ（グラナダ）の丘に建つ聖フランシスコ修道院に葬ってほしい、との強い希望も遺言書で表明した。アルハンブラは、レコンキスタを完遂した勝者としてイサベルが一四九二年に足をふみいれた思い出の地であった。「わたしたちのこの世での結束が、土のなかの遺骸の結束によって象徴されますように、神の憐みによってわたしたちの魂が天でふたたび一つとなれますように」と記し、将来は夫のフェルナンドもかたわらに葬られることを願った。

葬儀にかんしては、質素であることを求めた。彼女にとってもっとも重要だったのは、戒律が厳格な教会や修道院で自分の魂の救済のために二万回のミサがあげられることであり、この点についてはー歩もゆずるつもりがなかった。こうしたミサにかかる費用や、貧しい娘たちの結婚にあてられる費用、指定する教会や修道院などへの寄進については、物おしみしていない。なお、女王が寄進先として選んだなかには、トレド大聖堂のほか、君主としてのつとめを果たすための気骨をおあたえくださいと聖母マリアに祈るためにしばしば足を運んだエストレマドゥーラのグアダルーペ修道院などがふくまれていた。

いくつかの遺贈は、可能なかぎり財産を放棄して禁欲に徹したいというイサベルの思いを反映している。たとえば、所有するなかでもっとも高価な宝飾類を適切に処分するよう夫にまかせている。また、封臣に対してかならずしも公正ではなかったことを悔やみ、内乱時代に不当に取得した財産をもとの持ち主に返すように求めた。

領土にかんしては、クリストファー・コロンブスらが発見した島々と大陸が譲渡不能なカスティーリャの属領であることをあらためて強調している。もっとも大切なことは、遺言状の最後に記されていた。彼女の王国の継承にかんする掟である。相続人たちには、神をうやまい、カトリックの信仰を守ること、トルコ人からエルサレムを奪い返すという大事業の前段階としてアフリカ征服のたくらみを継続することに専心せよ、と求めた。

イサベルが統治するすべての王国の包括相続人および当然の所有者として、遺言のなかで公式に指名されたのは、娘のファナとその夫のフィリップ美公であった。夫のフェルナンド王には、娘とその婿の模範となり、ファナが君主としてのつとめを果たせない場合は王国統治にあたるよう求めた。

一瞬たりとも権力の空白を作らないため、イサベルは一一月二三日付けの手紙のなかで、移行期間においては自分が遺すすべての王国の統治を夫のフェルナンドに託すことを明らかにした。次に、お気に入りの詩人の一人であるアンブロジオ・デ・モンテシーノスに、ゲッセマネの園におけるイエスの祈りを核として、キリスト受難にかんする瞑想を作品にするよう命じた。自身は、シスネロスの勧めに応じ、旧約聖書のヨブ記について瞑想し、試練と耐乏を受容するヨブを模範とした。

イサベル女王の最期がいかなるものであったかを語る正確な資料は残っていないが、清明な意識を保ったまま篤い信仰心をもって終油の秘跡に授かったことはわかっている。きわめてつつしみ深かった女王は、ラ・メホラーダの僧院からよびよせた僧侶が足以外の部位に聖油を塗布することは許さず、この儀式のあいだは従者を全員遠ざけた。いよいよ臨終が近づいてくると、彼女の信仰の篤さを示す二つの枢要徳である敬虔と耐乏に精神を集中した。

死にいたるまでのこの重要な局面において、フェルナンドは妻のかたわらにいた。イサベルは一一月二六日の一一時から正午のあいだに息を引きとった。女王崩御の知らせはカスティーリャ語、ラテン語、カタルーニャ語による一連の公用文書でナバラ王国、コルテスに代表を送りこんでいるカスティーリャの諸都市、カトリック両王の統治下にあるすべての王国の文民組織と行政機関に伝えられた。イサベルの相続者たちが暮らすフランドルだけでなく、ローマとナポリにも至急の伝令が走った。

亡き女王の指示により、葬儀の準備はきわめて抑制的であった。たとえば、宮廷顧問団のメンバーが羊毛サージの黒い服をまとう慣習は放棄され、ほかの素材の黒い喪服となったのは節約と謙遜を示すためだったのだろう。権力の空白を作らないため、フェルナンドの命令により、ファナがカスティーリャの女王となったことを象徴的に示す幟旗《のぼりはた》が掲げられ、司法機関の役人の留任も決まった。

これまたイサベルの遺志を尊重して、遺体はフランシスコ会の修道服をまとい、簡素な棺に納められた。故人はまた、遺体安置壇には花綱の飾りは不要であり、階《きざはし》も設けないでほしい、と求めていた。さらに、内陣の壁をタペストリーでおおう必要はない、聖務やミサや葬儀の際に照明となる松明《たいまつ》の数も減らして象徴的な数、一三にすること、と指示していた。蝋燭は棺の前ではなく、遺言執行人が指定するいくつかの貧しい教会の聖体顕示台の前で灯すこと、との指令もあった。

最後の旅

一一月二七日、葬列がメディナ・デル・カンポの宮殿を出るのに先立ち、追悼行事が亡骸を前にして営まれた。町でいちばん大きな教会では慣習に従い、夜明け前のお勤めにおいて神をたたえるよううながす詩編が唱えられ、夜のお勤めではいくつもの詩編と聖書の章句が読誦された。そして、すべての礼拝堂ではミサがあげられた。追悼演説はいっさい行なわれなれず、遺族による九日間の追悼祈祷の時間もなかった。

その後、葬列はグラナダに向かった。旅程のあいだに悪天候があるやもしれないので、棺は重ねた二枚の牛革でおおわれ、二頭の雌騾馬に牽かれた馬車にロープで括りつけられた。葬列の露はらいをつとめたのは、イサベルが子ども時代をすごしたアレバロのフランシスコ会修道士たちで、黒いベールでおおった銀の十字架を先頭に歩んでいた。イサベルのこの最後の旅の参加者は数えきれぬほど多く、フェルナンドが人選を担当した。女王個人の礼拝堂からは二四名ほどが選ばれ、その半数は礼拝堂付き司祭であり、残りの半数は聖歌隊員、ならびに大きなパイプオルガンケースをともなったオルガニスト、オーボエの先祖であるチャルメラの奏者であった。王妃付きの侍従、立ちより先で遺体安置所の装飾を担当する要員、近習、料理人等々もふくまれていた。

メディナ・デル・カンポからグラナダに向かう道中で立ちよる先々は、故人とゆかりのある場所であった。アレバロしかり、弟のアルフォンソが亡くなったカルデニョサしかり、当時アルフォンソが埋葬されていたアビラしかり、イサベルがサン・フアン・デ・ロス・レイエス教会を建立したトレドしかりである。故女王との浅からぬ縁ゆえに、サン・フアン・デ・ロス・レイエス教会には一五〇四年一二月三日に遺体安置壇が設けられ、夜を徹して祈りが捧げられた。

翌日、同じ教会において夜の聖課をともなう死者のためのミサがとり行なわれた。一二月六日、聖書の読誦と応唱［聖書の詩句を読唱のあとに独唱者と聖歌隊が交互に歌う歌唱様式］をともなうミサが場所を変えて大聖堂であげられ、今回は司教座聖堂参事会員の一人が追悼演説を行なった。一二月七日、トレドはファナが女王であると宣言し、カンブロン門からトレド市内に入った葬列は、許しの門から出てアルカサールに向かった。

イサベルのこの最後の旅が続いているあいだ、グラナダは、アルハンブラの聖フランシスコ修道院の墓所に故女王の遺骸を迎える準備に大忙しだった。旅の途中で降りやまぬ雨と寒さに襲われた一行は、まばゆい陽光に包まれて、イサベルがイスラム教徒から奪還したグラナダの町に到着した。故人の遺志に従い、葬儀は簡素なものとなった。イサベルは、自分の墓は「床と同じ平面で、(自分の)名前を記した板石を除き、いっさいの装飾を排す(こと)」と細かに指示していた。グラナダの統治をまかされていたテンディーリャ侯爵は、イサベラの遺志をほぼ尊重し、「宝物《ほうもつ》」もしくは聖遺物の扱いを受ける女王の亡骸にふさわしい墓とすべく最低限の装飾を整えることにした。すなわち、礼拝堂全体の床に板石を敷き、天井に金彩をほどこして天井画を描き、脇聖堂に装飾をほどこし、司祭館用に鋳鉄の柵を設置するように指示したほか、女王の墓の上をうっかりと歩く者がいてはならないので大理石板を心もち床から立ち上げるようにと命じた。

一五〇五年、簡素な墓を望んだイサベルの指示にそむく危険をおかして、カトリック両王の墓所としてグラナダ大聖堂内部に後期ゴシック様式の礼拝堂を造る使命が建築家のエンリケ・エガスに託された(フェルナンドは一五一三年にイサベラのかたわらに葬られる)。祭壇には、カトリック両王によるグラナダ奪還や一五〇二年にイスラム教徒に強制されたキリスト教入信の洗礼[7]のシーンが彫刻で描かれた。祈る姿のイサベルとフェルナンドの彫刻がここだけでなく、聖具室にも設置された。博物館ともよべるこの礼拝堂には、一四九二年にイスラム教徒から奪った軍旗も陳列ケースに入れられて展示されており、イサベルがレコンキスタにおいて重要な役目を果たしたことを物語っている。壮麗な儀式をもってカトリック両王をこの礼拝堂に改葬したのは孫の神聖ローマ帝国カール五世であるが、二人の亡骸を納めた棺は簡素な地下墓所に安置されている。これとは対照的に、礼拝堂に置かれた、イタリアのカッラーラ産大理石で作られた両王の墓は壮麗である。イサベルはふたたび、かつての尊厳と栄光に包まれた。

イサベルは篤い信頼をよせていたシスネロスに「君主の権威が問われる場合、わたしが疲労や危険を考慮することはありません」とくりかえし述べていた。実際、彼女は労苦をいとうことがなかった。彼女が孫息子のカール五世に残すことができたのは、内紛がおさまり、自分が王位についた当初と比べてずっと豊かになり、以前よりも近代的な統治制度をそなえた王国であった。しかも、彼女は、貴族たちの政治的な力を弱めて――とはいえ、彼らは途方もない特権を享受しつづけていたが――絶対主義の種を播いておいた。グラン・カナリア島、ラ・パルマ島、テネリフェ島、続いてアフリカ北海岸を領土にくわえた。それよりもなによりも、彼女が一貫して支援を続けたクリストファー・コロンブスが一四九二年以降に発見した新大陸の全領土を後継者に残したことが大きい。彼女の舵とりのもと、一六世紀を支配することになる強大な帝国が生まれたのである。

虚飾をいっさい拒否した彼女の最期は、生前の統治の栄光と対《つい》となり、今日にいたるまで色褪せることのないイサベラ伝説をゆるぎないものとした。

マリー＝フランス・シュミット

〈参考文献〉

資料

Bernáldez, Andrés, *Memorias del Reinado de los Reyes Católicos*, Manuel Gómez Moreno y Juan de Mata Carriazo, Madrid, Real Academia de la Historia, 1962.

Mártir de Anglería, Pedro, *Epistolario (Documentosinéditos para la Historia de España)*, Madrid, Imprenta de la viuda de Calero, 1955.

Reyes Católicos, *Cartas Autógrafas de los Reyes Católicos* (1475–1502), Amalia PrietoCantero, Simancas, 1971; Vincente Rodoriguez Valencia, *Isabel la Católica en la opinión de Espanoles y Extranjeros*, t. III, Valladolid, Institut Isabel la Católica de Historia eclesiastica, 1970.

研究書

Liss, Peggy K., *Isabel la Católica, su vida y su tiempo*, trad. Javier Sánchez Garcia Gutiérrez, Saint-Sébastien, Nérea, 2e éd., 2004.

Pérez, Joseph, *Isabelle et Ferdinand, Rois Catholiques d'Espagne*, Paris, Fayard, 1988.

Schmidt, Marie-France, *Isabelle la Catholique*, Paris, Perrin, 2014.

〈注〉

1　やがて、王女フアナ・デ・カスティーリャが誕生するが、父親はエンリケ四世ではなく、寵臣のベルトラン・デ・ラ・クエバだったといわれる。王女は「ベルトランの娘」というあだ名でよばれることになる。

2　エンリケ四世を象徴する木像に乱暴狼藉を働いたこの儀式が意味するところは明白である。西ゴート族のあいだでは、有力貴族には国民の名において国王を位につけたり退位させたりする権限がある、とされていた。この笑劇に参加した貴族たちは、統治能力がないとみなされるエンリケ四世に対してこの権限を行使できると考え、木像を退位させたのである。

3　スペインで使われた銅製のコイン。

4　狂女ファナの異名で知られるファナ・デ・カスティーリャ（一四七七―一五五五年）。一四九六年にハプスブルク家のフィリップ美公と結婚。イサベル一世の死後、ファナとフィリップがカスティーリャの共同君主、フェルナンドがアラゴンの君主となる。フェルナンドの死後、ファナはアラゴンの女王となり、カスティーリャの統治は息子のカール五世に託される。精神状態が不安定であったために、ファナは名目上の君主にすぎなかった。

5　狂女ファナをふくめ、イサベルは五人の子どもを産んだ。長女のイサベル（一四七〇―一四九八）は、ポルトガル王太子アルフォンソと結婚したが寡婦となったのち、ポルトガル王マヌエル一世と結婚して王妃となる。フアン（一四七八―一四九七年）は唯一の男子。ファナをはさんで、三女マリア（一四八二―一五一七年）は姉イサベルの死後にマヌエル一世と結婚してポルトガル王妃となる。カタリーナ（一四八五―一五三六年）はヘンリー八世と結婚して英国の王妃となる（英語名はキャサリン）。長女イサベルは、イサベル一世にとってはじめての孫ミゲル（一四九八―一五〇〇年）を産んだ直後に死亡。

6　フランシスコ・ヒメネス・デ・シスネロス（一四三六―一五一七年）。王妃の信頼が篤い顧問であり、一五〇七年に大異端審問官と枢機卿に任命された。文化面での功績もめざましく、スペインルネサンスの立役者の一人である。アルカラ・デ・エナーレス大学を設立し、カスティーリャの摂政を何度もつとめた。

7　イスラム信仰の保持を明白に認めた一四九二年の協定にもかかわらず、スペインに残ったイスラム教徒はこの年にキリスト教への改宗を強制された。

6 斬首された女王

メアリ・ステュアート

フォザリンゲイ、一五八七年二月八日

彼女の死刑判決、苦しみ、処刑は、四〇〇年以上にわたって多くの画家や著述家の創作意欲をかきたててきた。つかのまのフランス王妃、スコットランド王の母という肩書をもち、カトリック信仰に誇りをもって最期まで棄教をこばんだメアリ・ステュアートは、テューダー王朝最後の君主であるエリザベス一世の命令により斬首された。何年も前からイングランドに捕らわれている「われらの女王」を解放するために、メアリ・ステュアート支持派が反乱を起こすことをおそれての処刑であった。どちらも意志が強く、野心に燃えた二人の女王のあいだのライバル関係もさることながら、親戚でもあった二人の対立には、宗教戦争にゆれ、外交関係の再構築が進むヨーロッパの地政学的動向が反映されていたことに異論の余地はない。メアリは死にいたるまで尊厳を保ち、英雄的であった。その最期はむごく悲劇的であった。

七月の一カ月は自室にこもりきりで、そのほとんどの時間を足と腕のリューマチのために横たわってすごしたメアリ・ステュアートは一五八六年八月一六日、鹿狩りに参加することを受諾した。午後のはじめであった。ほんのひとにぎりの召使と二〇名ほどの武人を従えて馬を走らせていると、そろいのお仕着せでイングランド女王配下であるとわかる兵士たちに行く手をはばまれた。メアリ・ステュアートに使える武人たちはただちに武装解除された。スコットランド女王、メアリ・ステュアートは下馬すると、この無礼なふるまいに抗議して座りこんだが、ふたたび馬に乗るようぶっきらぼうに求められた。部下たちが二〇カ月ほど前から女主人の逗留先であったチャートリ城に向けて道を引き返す一方、メアリ本人は厳重な警備のもと、数マイル先のティクソール城へとつれさられた。同行を許された者も数人いたが、秘書官のギルバート・カールとクロード・ノーは連行されロンドン塔に幽閉された。エリザベス一世を暗殺し、メアリ・ステュアートを囚人同様の状態から解放してイングランドの玉座につけようとする、カトリック教徒アンソニー・バビントンの陰謀が明るみに出たための措置であった。バビントンとその仲間はすでに逮捕されていた。メアリ・ステュアートにも、この計画にかかわっていた疑いがかけられた。

ままならぬ運命

一五四二年一二月、生後一週間にして父のジェームズ五世を亡くし、スコットランドの女王と宣言されたメアリは、その六年後、母国の騒擾《そうじょう》をのがれることを余儀なくされ、フランスのアンリ二世の宮廷に身をおちつけた。そして一五五七年、アンリ二世の長男であるフランソワ・ド・ヴァロワと結婚した。一五五九年に夫の即位とともにフランス王妃となったが、君臨たった二年で夫が死去すると故国に戻ることを望んだ。しかし、帰還後の状況は予想外にむずかしかった。有力貴族たちのあいだの勢力争い、宗教改革の浸透、スコットランドのイングランドへの併合を狙うエリザベス一世によるプロテスタントへの支援により、メアリ・ステュアートの権威は弱まっていた。カトリック教徒のダーンリー卿ヘンリー・ステュアートとの再婚（一五六五年）も状況を改善することにならなかった。ダーンリー卿が一五六七年二月に暗殺され、同じ年の五月にダーンリー殺害の首謀者と目されたジェイムズ・ヘップバーン（ボスウェル伯）と三度目の結婚式をあげると、国内の政治的緊張と女王への反感は高まった。一五六七年六月、女王は反対派によって逮捕されてロッホ・レヴェン城に閉じこめられ、前年に生まれた息子ジェームズへの譲位を強制された。やがてメアリは城から脱走することに成功するが、彼女をめぐる支持派と反対派の対立はおさまらなかった。一五六八年に両派がぶつかったラングサイドの戦いで、メアリ派は大敗を喫した。万策つきたメアリは、王座への復帰を武力によって支援する、という数カ月前のエリザベス一世からの申し入れにすがることにした。父親（ジェームス五世）の従妹であるエリザベスの言葉を疑わなかったメアリは国境を越えて助力を求めた。しかし、エリザベス一世は約束を守らず、メアリは自由の身となる希望もないまま事実上、囚《とらわれ》の身となった。イングランドが張った罠はみごとに機能した。メアリの息子のジェームズ・ステュアートはすぐさま、母親に敵対する一派によってスコットランド王と認定された。エリザベス一世は、自分が世継ぎを産むことなく亡くなった場合はジェームズ・ステュアートを自分の正式な後継者とする、と宣言した。エリザベスは、ライバルであるカトリック教徒のメアリを排除してスコットランド王国をイングランドの管理下に置いたのみならず、血縁関係にある男児によって自分の統治が継承され、イングランドに新教が根づくよう確かな道筋をつけたのである。事実、ジェームズ・ステュアートはカトリックから新教に改宗することになる。何も欠けることのない成功であった。

メアリ・ステュアートは捕らわれの身であったが、牢獄に閉じこめられているわけではなく、軟禁状態であった。しかし、さまざまな城を転々とさせられたその生活の条件は、スコットランド女王、旧フランス王妃、イングランドの王位継承権をもつ女性にふさわしいものではなかった。反エリザベス一世勢力や、法王庁やスペインやフランスといったカトリック勢力の主導により、メアリを解放してエリザベス一世を倒す計画がいく度となく練られたがいずれも実現にいたらなかった。外国勢によるこの種の計画の最後を飾ったのは、一五八三年のスペインのフェリペ二世によるものであった。これはお流れをなったものの、エリザベス一世にとってこれは、さまざまなくわだてによってイングランド王国に害をなして女王を危険におとしいれようとしていると非難されているメアリを、これまで以上にしめつける口実となった。議会の同意を得たエリザベスは、メアリのイングランド王位継承権を剥奪するとともに、「女王の安全に関する法律」を成立させた。これは、メアリを狙い定めての立法であり、唯一の目的はメアリを合法的に始末することであった。その趣旨は、イングランドの王位につく権利があると主張する者、または外国による侵略や君主に対する陰謀によって現在のイングランド君主から位を奪おうとする者は、だれであれ処刑できる、もしくは死刑を宣告されうる、というものであった。これに続き、メアリを決定的に排除し、その滅亡を早めるための密計が練られた。首謀者はエリザベス一世の秘書長官、フランシス・ウォルシンガムであった。バビントンの陰謀とよばれるものの、その結実であった。

女王を裁く

一五八六年八月一六日、メアリ・ステュアートはまだバビントンの逮捕を知らなかった。チャートリ城から離れたところでメアリを拘束したのは、バビントンの計画と彼女とのかかわりを匂わせる文書を処分する時間をあたえないためであった。びっしりつまった三つの小箱が押収され、エリザベス一世の宮廷は物事が思ったとおりに進んでいることを確信し、メアリをロンドン塔に連行することをすでに計画していた。これと並行して、イングランドの出版業者たちも仕事にとりかかった。すなわち、メアリは正統なイングランド女王からその肩書を簒奪しようとしていると決めつけ、彼女の不正と悪行を書きたて、エリザベス女王を殺そうとしたとあからさまに非難する文書が出版された。また、さまざまな流言飛語がイングランド国民の警戒心をあおった。神聖ローマ帝国のカール五世の孫息子の一人がニューキャッスルに上陸するとの噂もあれば、フランスのカトリック同盟首領でメアリ・ステュアートの従兄にあたるアンリ・ド・ギーズ公爵がサセックスの海岸に降り立ったとの噂も流れた。スペインのフェリペ二世の襲来が間近に迫っているとも語られた。こうした嘘の信憑性を高めるためにポーツマスとプリマスの兵営には多くの人員が配され、これを好機とばかりにカトリック教徒の大量逮捕がふたたび起こった。このようにして、血統からいってイングランド君主になる権利をもつメアリを殺すことの正当性を国民に納得してもらうための準備がすべて整った。

ただし、チャートリ城で押収した文書のどれをとっても、メアリがエリザベス女王殺害をくわだてたとする立証することは不可能だった。九月初めのバビントン裁判においても、メアリの責任がとりざたされることはなかった。バビントンはすべてを白状したが、メアリ・ステュアートはエリザベス女王殺害計画にはいっさいかかわっていない、と主張した。秘書官カールの説明も同様であった。カールは、自分が仕えていたメアリ・ステュアートがバビントンからの手紙を一通受けとり、六月二五日に返書したことは否定しなかったが、メアリの有罪の証拠であるとエリザベス女王側近が主張する七月一七日付けの手紙については一言もふれなかった。エリザベス一世殺害への賛同を表明しているとされるこの手紙の原本がバビントン裁判に提出されることはなかったし、その後も一度も示されることはない。その一方、もう一人の秘書官クロード・ノーはバビントンやカールとは異なる供述を行なった。すなわち、メアリ・ステュアートは直接かかわらなかったが、計画の存在は知っていた、と述べたのである。バビントン一味は拷問を受けたのち、腸を引き出され、手足を切り落とされたまま死に絶えるまで処刑台に放置された。ふたたび尋問を受けたカールとノーは、メアリ・ステュアートには兵をつのって脱走する意図があった、と唐突に認めた。ただし、メアリはエリザベス一世殺害を決して望んでいなかった、と主張しつづけた。

二人の新たな供述で、メアリを有罪にもちこみたい側は武器を得たが、一人の女王を死刑にもちこむ証拠としては曖昧すぎた。メアリ毒殺を考える者も出た。これなら処刑と違い、エリザベス女王の責任が問われることはあるまい、との思惑あってのことだった。これは過去にも提案された案であったが、今回も採用は見送られた。第一、エリザベス一世自身が躊躇していた。血縁者にして、現フランス王の義姉、現スコットランド王の母であり、ローマ法王庁に支持され、スペイン王が気にかけているメアリを殺すことは前代未聞の重大な行為であり、カトリック国がエリザベス一世に反発しに一斉に立ち上がるおそれがあった。そこでエリザベスはようすを見ることにした。八月二五日にチャートリ城に戻され、以前より厳しい条件下で監視されているメアリが、証拠不要で死罪に追いこめるような告白を自発的にもらすことを期待してであった。九月末、エリザベスはついに、前年に公布された「女王の安全に関する法律」を根拠とする裁判の開始を認可することで、メアリの死刑判決に向けて一歩近づいた。一〇月五日、エリザベスは特設法廷の弁務官たちを任命した。イングランドを代表する高位官職保有者、直臣、女王諮問会議のメンバー、法官といった顔ぶれを選んだのは、初めから出ることがわかっている死刑判決の責任を自分一人で負わないための配慮であった。死刑判決は、国としての意志の表明であり、エリザベス一世は自国民の幸福と王国の安寧のために従わざるをえない、と主張するためである。

裁判をどこで開くかについては、八月なかばから協議がはじまっていた。エリザベスはさんざん迷ったあげく、ノーサンプトシャーにあるフォザリンゲイ王城を指定した。メアリの監視人であるアミアス・ポーレットがこのことを知らされたのは一五八六年九月一〇日であった。フォザリンゲイ城に向けての出発日は二一日と決められた。一行は二五日に到着した。メアリ・ステュアートが死地への旅路にあるあいだ、欧州の宮廷に派遣されていたイングランド大使らはメアリに咎《とが》があること、裁判開催には正当性があることを証明しようと奮闘した。カトリック諸国の君主は怒りをあらわにした。

フランス国王アンリ三世は、最低でも、義姉であるメアリに弁護人をつけることを求めたが、聞き入れられなかった。メアリの息子であるジェームズ六世は、〝カトリックに回帰しないとスコットランド王の肩書を剥奪する〟と母親から告げられたばかりである上、〝異議を唱えたらイングランドの継承権を失う〟とエリザベス一世に脅されていたので、フランスに同調することを拒否した。したがってメアリはたった一人で弁務官らと対峙した。彼女が青春の輝きでフランスの宮廷を魅了し、詩人たちがその美しさをたたえ、彼女に託す希望を語る散文や韻文を捧げた時代ははるか昔となっていた。いまや四五歳となった彼女のシルエットはリューマチのために変形しており、だいぶ前から老女とみなされていた。恩を売ってもなんの見返りも期待できないいま、彼女の徳をたたえようとする者は一人もいなかった。メアリは自分の支持者たちからも見放された。

必然の死

一五八六年一〇月一一日、特設法廷の弁務官らがフォザリンゲイに到着した。一二日、メアリのもとに特使が訪れ、裁判の開始を告げるエリザベスからの親書を手渡した。メアリは抗議した。自分はイングランドに亡命したのではないし、この地に住むことを望んだことは一度もなく、捕らわれの身とはいえ自分の信仰を守って自分流に暮らしている以上、イングランドには自分を裁く権利がない、と主張した。翌日も同じ論法で裁判を拒絶した。一四日になってついに、自分に非難されている事柄についてのみ、法廷で釈明することを承諾した。

メアリは四六名の弁務官らがすでに着席している法廷に姿を現したが、医師に支えられても歩くのがやっとというありさまであった。陳述では、これまでの主張をくりかえすにとどめた。すなわち、検察側が証拠として捏造し、メアリに要約のみを読み聞かせた七月一七日付けの手紙については、自分はこのような手紙を決して書いていない、と述べた。その一方で、この一八年間におけるたびたびの脱走未遂やカトリック同盟国によるイングランド侵略計画については否定も肯定もしなかった。バビントンによるエリザベス一世殺害計画への被告の関与を示す確かな証拠を検察側が一つも提示することなく、審理は一五日にいったん終了した。

一〇月二五日、ウェストミンスターの星室庁［枢密院裁判所］に枢密顧問が召集され、メアリ・ステュアートはイングランド女王殺害計画に関与したと認定され、死刑判決が出た。法律に従い、この判決は議会の承認を得る必要があった。そこで、新たに審査が行なわれた、もしくは再審査のまねごとが行なわれた。フォザリンゲイの法廷に提出された偽造の証拠があらためて検証され、議会は特別法廷の判決を、イングランド王国の幸福と「真の、かつ決定的なキリストの宗教」の堅持のために支持した。ここまで来ると、エリザベス女王も意図を表明せざるをえなくなった。女王の最終決断なしには、判決は執行力をもたないからである。エリザベスは「女王の安全に関する法律」はメアリをおとしいれるために張った罠ではないと断言し、特設法廷と議会の決定によって血縁者であるメアリの死刑を裁可する立場に追いこまれてしまったかのようにふるまい、自分の責任が問われることを回避するために「わたしの危険はあなた方の危険であるので、これを回避することにわたしは細心の注意をはらう。しかし、スコットランド女王の件はきわめて微妙かつ重要であるので、わたしが即決することを期待してはならない」と述べた。

実際のところ、エリザベス女王は当面、なんの決定もくださなかった。ただしいまや、長年のライバルであったメアリをいつでも合法的に葬りさる力を得ていた。当のメアリは、リューマチに苦しみ、床から離れることはなかった。死刑判決については、エリザベス一世の私的諮問機関（枢密院）の一員であるロバート・ビールによって告げられたが、医師の証言によると、メアリは少しも驚いたようすを見せなかった。その日以降、メアリは残された時間の一部を、手紙を書いてすごした。ローマ教皇シクストゥス五世には、息子ジェームズ六世の霊的指導者となり、フランスのギーズ公とスペイン国王の助けを得てカトリック信仰の道につれもどしてほしい、と懇願し、もし息子がカトリック信仰への回帰をこばむのであればスコットランドとイングランドの王位継承権はスペインのフェリペ二世にゆずる、と述べた。フランスの従兄弟たちには今生の別れを告げ、自分の死がゆるがぬカトリック信仰のあかしとなることを望む、と述べた。スペイン国王の大使であるベルナルディノ・デ・メンドーサに対しては、ローマ法王への書簡と共通した内容を記すとともに、自分は無実であると訴えた。エリザベス一世にも手紙を書いたが、恩赦を懇願するためではなく、八月から会うことができないでいる自分のカトリック司祭に罪を告解できるようにはからってほしい、自分の遺骸はフランスに――サンドゥニ大聖堂に眠る最初の夫フランソワ二世のかたわらに、もしくはランスの修道院に埋葬された母マリー・ド・ギーズのかたわらに――葬ってほしい、と頼むためであった。また、処刑後は、自分に仕えた者たちが自由に故郷に戻ることを認めてほしい、と願い出た。使われた便箋に毒がしこまれていないことをあかすために、顔にあててこすることまでした手紙であったが、返事はこなかった。

判決が公示されたのは一六八六年一二月四日のことであった。フランスの特使、ポンポンヌ・ド・ベリエーヴルが、短期間であったがフランス王妃であったメアリの助命を求めてエリザベス一世に働きかけた。女王は考えてみると約束し、メアリをおとしいれる策謀を練った中心人物ウォルシンガムを初めとする重臣の何人かが早急に処刑を命じるように催促したものの、女王の決断は下りないままに一二月と一月はすぎさった。一五八七年二月初頭、メアリが日付は不明のまま自分に死が訪れるのを待っているあいだ、宮廷が裏で糸を引くプロパガンダは、「詐称者」メアリを攻撃する文書の発行を続行し、メアリが脱走した、グリーンウィッチでエリザベス女王を狙った新たな陰謀が発覚した、との噂を流した。同じころ、当の女王はメアリの処刑文書についに署名し、家臣らが死刑の準備を進めるのを見てみないふりをした。死刑執行の任務を託されていたケント伯ヘンリー・グレイとシュリューズベリー伯ジョージ・タルボットは、ただちにフォザリンゲイにおもむくよう要請された。ロンドン塔の首切り役人にも任務の指令が出された。

フランス語の遺言状

一五八七年二月七日の朝、二人の伯爵がノーサンプトン州長官を従え、メアリが拘束されている城に到着した。午後のはじめ、一行はメアリのもとを訪れ、ロバート・ビールが声高に判決書を読みあげた。観念していたメアリは黙ってこれを聞き、十字を切った。そして、だれを助けることもできぬ自分はこの世で無用の存在である、このみじめな世界を去るのは自分にとって幸いである、と述べた。また、愛用の時祷書に誓って自分は咎《とが》められている罪を犯していない、とも申し立てた。ケント伯は、そのような申述は受理不能である、なぜなら宣誓するのに使われた書物はローマ法王一派のものと認められている以上、イングランド王国の法律では偽書とされるからだ、と答えた。ただし、新教に回心すれば真実のうちに死ぬことができる、とメアリにカトリック棄教を勧めた。メアリはこれを拒否し、自分の懺悔聴聞僧と話しあいたいので認めてほしいと頼んだが拒絶された。メアリは次に、王侯たちは自分の助命のために動いてくれたのかを知りたがった。これについてメアリに真実が隠されることはなかったが、ケント伯は、メアリが死に値しないと証明できるだけの明快な理由をあげることができた王侯は一人もいなかった、と答えた。メアリが息子のジェームズ六世が薄情であると嘆くと、彼は子が親に負うあらゆる義務を果たした、と教えられた。メアリは次に処刑の日時をたずねた。翌日の朝の予定になっている、との答えが返ってきた。メアリは遺言書をしたためたいので、夏からこのかた手もとからとりあげられている紙を返してほしいとあらためて願った。この必死の願いもほかの願いと同様にはねつけられた。エリザベス一世から返事をもらっていなかったメアリは自分の遺骸がどうなるか心配で、フランスに埋葬してほしいとあらためて頼んだ。エリザベス一世の考えは異なり、メアリの遺体をイングランドに残すことに決めていた。メアリに仕える者たちの行くすえについては、ケント公にもいっさいの情報が入っておらず、メアリの意向を尊重するよう可能なかぎりの手をつくす、と約束された。最後にメアリは秘書官のノーとカールに言及し、ノーに対する苦々しい思いを隠そうとしなかった。ノーは自分の命がおしくてわたしを裏切った、と確信していたからである。

明日の処刑を告げに来た男たちが去ると、メアリは死の準備をはじめたが、皆が驚くほど平静なようすであった。まずは、侍女のジェーン・ケネディとエリザベス・カール（ギルバート・カールの妹）とともに、礼拝室に見立てた控えの間で長い祈りを捧げ、夕食をいつもより早く準備させたのち、残っていた金銭を小さな包みに分けた。夕食では侍医のブルゴワンが給仕役となったが、メアリはほとんど何も口にしなかった。夕食の終わりには、キリストの最後の晩餐さながらに、仕える者たち全員を集めて、一同の健康を祝して杯をあげ、今度は自分の健康を祝して杯を干すようにうながした。医師ブルゴワンの証言によると、一同が涙にくれながら跪《ひざまず》いて、お気にさわった行為があったとしたらお許しください、と懇願するとメアリは赦しをあたえ、自分のために祈ってほしいと頼んだ。

さらに時間がたつと、チャートリ城での掠奪をまぬがれた金と持ち物の残りを分けあたえ、息子だけでなく、義弟のアンリ三世と義母のカトリーヌ・ド・メディシスにあてた形見の品を整えたのち、薬剤師のゴリオンに長々と話しかけた。自分の仇を討ってもらいたいという望みをすてることができないメアリは、〝スペインのフェリペ二世のもとにおもむき、イングランドを侵略して自分に害をなした者たちを罰するよう懇願してほしい〟とゴリオンに求め、実行を約束させた。

以上をなしとげ、刑死を待つばかりになったメアリは二人の侍女を残して人を遠ざけた。前日に書きはじめたフランスのアンリ三世宛の手紙を書きおえた。このなかでメアリは、自分の死が迫っていることを告げ、フランスに埋葬してほしいとの思いを語り、自分に仕えてきた人々の面倒を見てくださいと頼んだ。もう一つの手紙において、メアリはアンリ・ド・ギーズとその弟の枢機卿を遺言執行人に指定した。夜の二時ごろ、階下の大広間からは処刑台を造る木槌の音がまだ鳴り響いているのを聞きながら、メアリは足を洗ってもらい、寝床に横たわった。両手を胸の上で組みあわせ、目を閉じたままで長い祈りを捧げた。六時ごろ、侍女に服装を整えるのを手伝うよう求めた。死に行くときの装束として選んだのは、袖部分が黒い白のブラウス、同じ布で作られたスカート、黒繻子の胴衣であり、スカートの下には深紅のペチコートをはき、金のロザリオをベルト代わりに巻いた。脚は青い絹の長靴下で包み、モロッコ革のパンプスを履き、イタリア風の飾り襟に縁どられた首もとには、香料を閉じこめた珠をつらねて金の十字架をつり下げた首飾りをつけた。それから、金糸を織りこんだ黒《くろ》繻子《じゅす》のマントをはおった。マントの裏地は黒いタフタで、襟や袖は黒貂《くろてん》の毛皮で縁どりされ、袖は床までとどく長さで、引き裾は長かった。頭部の支度としては、白い麻の頭巾の上に、刺繍をほどこした白いベールを長くたらした黒いかぶり物を重ねた。メアリ・ステュアートは、寡婦の服装で死にのぞむつもりであったのだ。準備が整うと、最後にもう一度礼拝所に入り、跪《ひざまず》いてまた祈りはじめた。

七時に、メッセンジャーが居室の扉をたたいた。伯爵らがメアリを待っていた。メアリは今少しの猶予を求め、認められた。しかし一時間たってもメアリは姿を見せなかった。メアリがこの期におよんで死刑に抵抗しているのではとおそれた伯爵らは兵士たちに、もう一度よびかけてもメアリが応じなれければ扉を蹴破るように命じた。しかし、そうした強硬手段は不要であった。二度目にたたくと扉は開き、州長官一人が、メアリがまだ祈りを捧げている居室に入った。ブルゴワン医師に支えられてメアリは立ち上がり、祭壇の上に置かれた象牙のキリスト像を手にとってくちづけし、執事のハンニバル・ステュアートに手渡した。この磔刑のキリスト像を捧げもったまま断頭台までメアリの前を歩いてもらうためである。しかし、メアリが考えたこうした死の演出は、伯爵らのお気に召さなかった。お付きの者たちが処刑に立ち会うことは禁止である、と告げられた。一同は抗議したが、乱暴に押し戻され、閉じこめられそうになった。混乱のなかで、メアリは磔刑のキリスト像をつかみとり、懇願した結果、お付きの者のうち五人が処刑に立ち会うことを認めてもらった。護衛に囲まれた州長官が先頭を歩き、メアリの監視役ポーレット、ビール、ケント伯、シュリューズベリー伯が後に続いた。二人の兵士に支えられたメアリがそのあとを追い、長い裳裾を執事のメルヴィルが捧げもった。ジェーン・ケネディ、エリザベス・カール、ブルゴワン、ゴリオンがつき従い、弓手たちがこの陰鬱な行列の殿《しんがり》をつとめた。

音楽が奏でられるなかでの死

処刑が行なわれる大広間の壁は黒い布でおおわれ、火が赤々と燃えている暖炉の近くには、これまた黒い二重織りの布でおおわれた処刑台が用意されていた。高さは二フィート弱で、一辺が一二フィートの四角形であった。四辺には欄干がめぐらされていた。やはり黒い布でおおわれた首切り台の前には、マスクをかぶり、黒いビロードの長いローブを着て白いエプロンを巻いた首切り役人とその助手がひかえていた。首切り台に面しては、メアリのためのクッションつきの低い椅子と、伯爵用の二つの肘かけ椅子が置かれていた。断頭台への接近を防ぐための柵の前では、州長官の矛槍《ほこやり》兵が巡回していた。その後ろには、近辺の貴族、司法官、イングランド女王の官吏からなる三〇〇人ほどの見物人が蝟集《いしゅう》していた。屋外の中庭には、野次馬が押すな押すなでつめかけていた。もう一つの大集団が城をとり囲んでいた。メアリ女王を解放しようとするあらゆる試みを阻止するため、二〇〇〇名の騎兵が夜のあいだに配置されていたのだ。メアリが大広間に姿を見せると、楽師たちが演奏をはじめた。メアリ・ステュアートは音楽つきで死ぬことになっていたのだ。

二月二七日付けのアンリ三世宛の手紙のなかでフランス大使が伝聞として語っているところによると、ポーレットによって断頭台の下までつれてこられたメアリはポーレットに「ごていねいにありがとうございます、アミアス殿。これが、わたしがあなたにおかけする最後の面倒となり、わたしがあなたから受けるもっとも心地よい奉仕となりましょう」と述べた。それから、ケント伯とシュリューズベリー伯にはさまれて椅子に腰かけた。周囲には州長官とビールがひかえ、後者は最後に今一度とばかりに大声で処刑認可書を読みあげた。読みあげが終わると、一同が「神よ、エリザベス女王を護《まも》り給え！」と叫ぶなか、メアリは十字を切って口を開いた。医師ブルゴワンの証言によると、メアリはまたしても自分が無実であると主張し、イングランドに来てからの日々を語り、自分はカトリック教徒でありつづけたし、死ぬまでカトリック教徒でありつづける、と誓った。ピーターバラの（イングランド国教会）大聖堂主任司祭が自分の前に進み出て説教をはじめようとすると、メアリは聴きたくないと言って拒絶し、自分が懺悔聴聞僧の話を聴いてカトリック信仰のなかで死ぬのを認めてほしい、と二人の伯爵に懇願した。大聖堂主任司祭は説教を強行し、メアリに改悛を迫った。メアリは耳を傾けることを拒否した。ついに、シュリューズベリー伯が司祭を黙らせたが、メアリの最後の望みをかなえようとはせず、一同に彼女のために祈ろうではないかと提案した。すると司祭は、これから死にゆくメアリに神が改悛をもたらし、イングランド女王を祝福して長寿と戦勝と新教の大勝利をおあたえになりますように、と英語で祈りを唱えはじめた。跪《ひざまず》いていたメアリは、司祭と二人の伯爵に背を向け、ラテン語で悔悟の詩編を高らかに朗誦し、十字架でみずからの胸をたたいて、何度か十字架にくちづけした。イングランド国教会司祭による英語の祈りが終わると、メアリは床から起こされ、椅子に座らされた。二人の伯爵は、打ち明けるべき秘密がないかとたずねた。メアリは、これまでにすでに多くを語ったし、これ以上は語るつもりがないと答えて、だれからも求められていないのにぎこちなく椅子から立ち上がろうとした。

いよいよ死を迎えるときが来た。首切り役人が近づき、服を脱がせようとした。メアリはこれを制止し、断頭台の下にひかえていた二人の侍女をよんだ。メアリはかぶり物のピンをとりさり、ジェーン・ケネディに金の十字架をあたえたが、首切り役人は自分の役得であると言ってこれをジェーンからもぎとり、すぐさまポケットにしまった。メアリはマント、ベール、胴衣を脱ぎ、飾り襟もとりさった。ブラウスとスカート[1]だけの姿となったメアリは後ろをふり向き、自分に仕えてくれた者たちに祝福をあたえ、二人の侍女を抱きしめてフランス語で「アデュー［さようならを意味するが、文字どおりの意味は「神のみもとで会いましょう」である］」と別れを告げ、もってきたハンカチーフでジェーン・ケネディが目隠しをするのに身をまかせた。一方、首切り役人とその助手はイングランドの慣習に従って跪き、彼女にあたえねばならぬ死について許しを請うた。メアリは許しをあたえた。次いで、首切り役人が立ち上がると、今度はメアリが跪いた。しばられてはおらず、両手のあいだに磔刑のキリスト像をはさんだまま、頭をもちあげて高く伸ばした。高貴な人だけに許される、剣の一太刀による、不名誉ではない処刑だと確信していたからである。しかし、この特権は彼女にあたえられなかった。メアリ・ステュアートは、殺人犯として斧で処刑されると決まっていた。

首切り役人とその助手は腕をつかんで彼女を首切り台までひきずった。メアリはそれでも頭を高くもたげ、カトリックの祈りを唱えていた。首切り役人は彼女を腹這いにさせて、首を首切り台にのせた。

シュリューズベリー伯が杖を掲げたのが合図であった。首切り役人はすでに斧をふり上げていたが、助手に止められた。倦むことなく祈りを唱えていたメアリが、息をつくために両手を顎の下にそえていたからだ。両手は顎の下から引き出され、背中にまわされた。メアリは抵抗しなかった。首切り役人は斧をふり下ろした。第一撃は、後頭部に大きな傷を負わせただけだった。第二撃は首にあたったが、不十分だった。第三撃でやっと首が転げ落ちた。メアリは叫び声をあげなかった、と伝えられている。頭部を切り離された体から血がほとばしり出た。首切り役人は一同に見せるために、メアリの髪をつかんで頭をもちあげようとした。しかし、彼女はすでに白くなった地毛を隠すために鬘《かつら》を使用していた。首切り役人の手には鬘だけが残り、メアリの頭はふたたび床に転げ落ちた。首切り役人はすぐさま死者の頭をひろい、地毛を短く刈りこんだ頭に鬘をかぶせて、メアリの死を見とどけに集まった人々に見せるためにふりかざした。一同は、再度「神よ、エリザベス女王を護りたまえ！」と叫び、ケント伯はこれに「（女王の）すべての敵がこのように滅びますように」とつけくわえた。次に、メアリの頭は黒いビロードのクッションの上に置かれ、大広間の窓の一つから、中庭に集まった群衆に披露された。判決執行の証人となってもらうためである。

ロンドンを照らす喜びの篝火《かがりび》

見物人が去ったあと、スコットランド女王の頭部と体は古い絨毯に包まれ、城の上階の大広間に運ばれた。裁判が行なわれた部屋である。処刑に使われた大広間はただちにもとの姿に戻され、流れた血は入念に洗われた。首切り台、断頭台、黒い布、死者が着ていた服は、ポーレットが見守るなか、暖炉で燃やされた。残ったものが聖遺物として政治的に利用されるのを避けるため、すべてを消しさる必要があった。時祷書とキリストの磔刑像も同じように破壊された。

メアリ・ステュアートの死の知らせは、処刑が行なわれたその日のうちにロンドンにもたらされた。鐘が打ち鳴らされ、喜びの篝火《かがりび》が焚かれた。エリザベス一世は、四日間たってから、この歓喜の理由をたずねた。理由を聞くと、驚き、苦しみ、怒りを演じ、枢密院の面々にメアリの敵を討つと脅した。面罵された一同は全員、書面で言い分を伝え、許しを求めた。最大の怒りをかったのは秘書のウィリアム・デイヴィソンであった。エリザベス一世は、自分に事前に通知することなく処刑認可書を大法官に手渡し、認可書に大型王印を押して判決を執行可能としたのは自分を裏切ったことになる、と言って彼を責めた。デイヴィソンはロンドン塔に閉じこめられた。死罪とはならなかったが、女王の気がすむまで獄につながれた。血縁者であるメアリの死を望んだエリザベス女王は、歴史上類を見ない犯罪とこれ以上かかわりたくなかった。女王は言葉をつくし、フランスをはじめとする国々の大使たちに、臣下が出すぎたまねをしてメアリを処刑した、と訴えた。そして、メアリへの同情と、彼女を殺した犯罪に対する嫌悪の念を表明するために喪に服した。この犯罪を受け入れたことはおくびにも出さずに。

断頭された遺体をどうするかの問題が残った。二月九日、遺体はいい加減な防腐処置をほどこされ、鉛の棺に納められ、さらに鉄で補強された木製の棺に入れられた。その際に、いっさいの宗教儀式は行なわれず、墓所をどこにするかは決定されぬまま約五カ月もフォザリンゲイ城の上階の一室に置かれていた。エリザベスは最終的に、ピーターバラ大聖堂への埋葬を許可した。普通法の囚人であるかのように処刑された血縁者を、女王にふさわしい葬儀をイギリス国教会の流儀に従って行なうことを決定し、ベッドフォード伯爵夫人ブリジット・ハッセイを自分の代理として出席させた。ガーター勲章の紋章院長官もメアリの肖像の近くに位置取って列席した。イングランドの紋章官たち、王国の大貴族複数名、正喪服をまとった貴婦人や騎士たち、そしてイングランドにとめ置かれているメアリ・ステュアートの使用人全員の姿もあった。

黒いビロードでおおわれた棺の上では、紫のビロードのクッションに置かれた女王の冠が輝いていた。追悼演説を行なったのは、リンカンの主教であった。「スコットランド女王にしてフランス国王未亡人であり、高貴にして権勢ありしメアリ女王が幸せな最期を迎えたことについて、神に感謝を捧げましょう。わたしは彼女の人生や死について多くを語ることができません。前者についてはほぼ何も知らず、後者に立ち会っていないからです。彼女にかんしてなんら批判をしようとは思いませんが、彼女がキリストの血に自身の救済を求めたと伝えられている以上、わたしたちは救済が成就したと期待することができます。なぜなら、ルター師が述べるように、カトリック教徒として生きてプロテスタントとして死んだ者は一人ならずいるからです」というきわめて短い演説であり、メアリ女王は新教に宗旨替えしたとイングランド国民に思いこませる内容であった。墓穴は、南翼内陣の入り口に掘られた。ヘンリー八世の最初の妻で、きわめて敬虔なカトリック信者であったキャサリン・オブ・アラゴン［カトリック王イサベルの娘、スペイン名はカテリーナ・デ・アラゴン］の墓の正面であった。

ローマ法王はメアリの刑死に抗議しただけだった。フランスのアンリ三世もローマ法王以上の行動にふみきろうとせず、ギーズ公おかかえの攻撃文書作者がイングランドの「雌犬」を嘲笑して、スコットランドの「殉教者」をたたえるのを放置するのがせいぜいだった。その一方、スペインからの独立をはかるオランダの新教徒を支援するイングランドをたたくことを以前から計画していたスペインのフェリペ二世は、メアリ・ステュアートの処刑を口実として念願の戦をしかけた。大勝利となり、イングランドの新教運動を確実に終わらせるはずであったが。しかし、フェリペ二世は大敗を喫し、イングランドのプロパガンダは長年にわたって、一五八八年夏に英国沿岸で壊滅した「無敵艦隊」を愚弄した。

しかしながらメアリ・ステュアートが忘れさられることはなかった。一六〇三年にエリザベス一世の後を継いでジェームズ一世としてイングランドの君主ともなったメアリの息子は、母が処刑された城をとり壊させたのち、棺をイングランド王家の墓所であるウェストミンスター修道院に移した。そして、母の埋葬場所としてヘンリー七世の礼拝堂を選んだ。母親の死を決定したエリザベス一世の礼拝堂はすぐ近くである。これらはすべて、スコットランド女王を殺したイングランド女王の犯罪と、母を救おうと積極的に動かなかった息子の曖昧な態度をうやむやにしつつ、ステュアート家がイングランドを治める権利を正当化する行為であった。

ディディエ・ル・フュール

〈参考文献〉

Chantelauze, Régis de, *Marie Stuart. Son procès et son exécution, d'après le journal de son médecin et la correspondance de son geôlier*, Paris, Plon, 1876.

Chéruel, Adolphe, *Marie Stuart et Catherine de Médicis, étude historique sur les relations de la France et de l'Écosse dans la seconde moitié du XVIe siècle*, Genève, Droz, 1975.

Cottret, Bernard, *La Royauté au féminin. Élisabeth Ier d'Angleterre*, Paris, Fayard, 2009.

Duchein, Michel, *Marie Stuart, la femme et le mythe*, Paris, Fayard, 1987.

Kervyn de Lettenhove, J.B.M. *Marie Stuart, l'œuvre puritaine, le procès, le supplice*, 1585–1587, Paris, Perrin, 1889.

Zweig, Stefan, *Marie Stuart*, Paris, Le Livre Poche, 2001.（ツヴァイク『メリー・スチュアート』古見日嘉訳、みすず書房、一九九八年）

〈注〉

1　このブラウスとスカートは赤であった、というのはイギリスの歴史家J・A・フルードが一九世紀に唱えて以来、多くの歴史家が孫引きしている説であるが、これはまちがいである。

7
孤独な最期

カトリーヌ・ド・メディシス

ブロワ、一五八九年一月五日

一五八九年一月初めの数日、病に衰弱し疲れきって、ブロワ城の自室で死にひんしていた老いた女性は、一生のあいだになしとげたことをすべて失って、もはや自分自身の影でしかなかった。それまでは頑健だった健康もここへ来て最終的に彼女を見放した。カトリーヌ・ド・メディシスは胸の激しい痛みに襲われ、それが命とりとなる。そのときまわりにはだれもいなくなって、彼女はほとんど独りだった。大勢いた家族も劇的に減り、息子のアンリ三世は、ヴァロア王朝の最後の王となるのだが、政治的に彼女の監督下を離れていた。フランソワ一世、シャルル九世、アンリ三世と続いた宗教戦争の混乱した時代において、国家の存続を体現していた王妃がこうして消える。命はまだこの世にあったが、カトリーヌはすでに表舞台を去っていた。

なみはずれた生命力に恵まれ、痛風やリューマチ、カタルといった通常の病気はいつも克服し、むしろそれを利用して敵の厚情を得たりしていたのだが、もうじき七〇歳になろうとしていたカトリーヌ・ド・メディシスは一五八八年一二月前半、肺うっ血をわずらい、寝室にこもることを余儀なくされていた。年を越して一月に入ったこの朝、咳がいっそう激しくなって、息をつまらせる。衰弱がひどいので、息子王に遺言の口述をしたが、サインをすることができない。「衰弱のため」と公証人も明記している。頭は明晰だが、力がない。馬に横乗りした勇敢な女騎手だった人、狩りにおける忍耐強さが義父フランソワ一世を魅了した人が、忘れられようとしていた！　たび重なる妊娠で身を重くしたうえに、伝説的な食い道楽の「たっぷりと豊満な女性」が消えさろうとしていた！　美人ではないが、堂々とした容姿の女傑が、いまや息もたえだえの哀れな病人でしかない。あれだけたくさんの文字で紙を埋めつくしていた彼女[1]が、書くこともできず、すべてにうんざりし、もう魂の救済しか望んでいない。

アンリ三世だけがそばにいた。アンリ二世とのあいだにもうけた一〇人の子どものうち、残っているのは彼とマルグリット・ド・ナヴァールだけだった。愛する夫を、無慈悲にも四〇歳で奪った死が、八人の子どもたちも襲い、子どもたちのほとんどが彼女より先に逝ってしまった。三人の息子たちを――フランソワ二世を一五六〇年に、シャルル九世を一五七四年に、アランソン公次いでアンジュー公となったフランソワを、近年一五八四年に――見送った。また死は彼女から娘たちも奪い、一五六八年にスペイン王妃となっていたエリザベートが二二歳で妊娠中の異常が原因で命を落とし、ロレーヌ公爵夫人クロードも一五七五年、二七歳で九番目の子のとき産褥死した[2]。家族が皆こんなに早く墓に入ってしまうなんて、どんな呪いがカトリーヌにかけられていたのだろうか？　そしていま、自身の死の床のそばに末の娘はいない。マルゴことマルグリットは彼女から遠ざけられていた。

夫アンリ・ド・ナヴァールにスキャンダラスな行動をとがめられて、イソワール近くのユッソン城へ追いやられ、三年前から幽閉されている。死の床で、母妃は孤独だった。

権力への情熱

多くの人々の目に、カトリーヌは何ものにも耐えられるように見えた。あれだけ長いあいだ王国の一番目あるいは二番目の位置にあって国家行政につくしたのだ。私生活は権力への情熱に飲みこまれてしまっているかに見えた。一五五九年夫アンリ二世が崩御したが、彼の側には大きな逸脱があったにもかかわらず［もちろん愛妾のこと］彼女は非常に彼を愛していて、死後もその思い出に忠実だった。三〇年間、一人の愛人も知られていない。子供たちを独占欲の強い威圧的な母親として支配し、思慮深く彼らの結婚を決め、彼らが王位を手に入れられるようあらゆる手をつくした。子どもたちを愛していた？　分けへだてなく、というわけではなかった。気に入りは、スペイン王フェリペ二世の伴侶となるため、一四歳でマドリードへおもむいたエリザベート、それからアンジュー公アンリ、のちにフランス王となるこのアンリのことは「わたしの目」とよんで可愛がった。末娘のマルグリットはこのような幸運を享受できなかった。美しいマルゴは、感服とおそれの両方をいだく母親からなおざりにされた。

フランス国王妃として、そしてシャルル九世の時代は摂政として、一五七四年の息子アンリ三世の即位以後は右腕として、数十年にわたって王国を支配してきた彼女が、少し前から政治が自分のもとを離れるのを感じていた。カトリックとプロテスタントのあいだの不屈の仲介者として、賞賛されるとともにおそれられた彼女が、一年前から失敗続きだった。マダム・カトリーヌは腕が落ちた。そして一月五日この世を去るのだが、死がまだ事をしとげる前から、すでに皆に見放されていた。彼女の死とともに、長かった歴史のページがめくられ、三〇年の「支配」が終わる。しかし、カトリーヌはなしとげた仕事の栄光のなかに発っていくのではなかった。情勢は暴走しはじめ、彼女はもはやそれを制御することができない。彼女の統治手法は過去のものとなった。もはやアンリ三世の政治に影響をあたえることができなくなり、息子の信頼を失った。カトリーヌ・ド・メディシスはまだ存命中に、舞台の袖に追いやられてしまったのだ。肉体的な死に先立つ政治的な死が、彼女をせき立てた。

彼女はこの甘やかされた息子のためならどんな苦労もいとわなかった。不吉な思いに囚われたとき、こんなことを書いている。「おまえを失うようなことがあったら、わたしは生きたままおまえといっしょに埋めてもらう」。アンリが兄のシャルル九世の死亡を受け、あとを継いでフランス王位に着くため、治めはじめてまだ五カ月間にも満たない遠いポーランド[3]から戻ったとき、彼女は息子のために王国の状態についての長い報告書を書き、そのなかに忠告、意見、警告、政治的教訓を豊富につめこんだ。アンリは感謝しているようすを見せ、甘言を弄した。「フランスと母上のほうがポーランドより価値があります」。その言葉にカトリーヌは感激し、この若い新君主が母の言うことを聞くだろう、と思った。しかし、そうした幻想はすぐにすてなければならなかった。自意識過剰で何をしでかすか予測しがたい上に、生まれつき怒りっぽく、神経過敏で扱いにくいアンリは、母親にとって理解できない存在となった。素直？　おそらく。優しい？　たしかにそうもいえる。だが決して言われたとおりにはしない。まもなく、自分が主導権をにぎりたいと思い、母に牛耳られたくないと思っているのだということがわかる。実際、彼は母に相談することなく自分だけで統治のためのチームを立ち上げ、配偶者、ルイーズ・ド・ヴォードモンを選んだ。疲れ知らずの仲人、カトリーヌもこれを受け入れざるをえなかった。だからといって母が政治から完全に排除されたわけではなかったが、彼女の役割はアンリによって定められた範囲で力を貸すことであって、彼に代って政治をとることではなかった。

王を支配することができないので、彼女は、家族内の争いをおさめる役割を引き受ける。この混乱の時代においては、これが王朝を脅かすことになるおそれがあったからだ。末の息子、フランソワ・ダンジューには手がかかった。一五七五年と、続いて一五七八年、この血気に逸るプリンスが王宮を出て自分の領地に閉じこもり、王に反対する反乱の指揮をとるたびに、母親である彼女が彼をルーブルにつれもどす役をまかされた。そういうわけで「平和のつくろい係」である彼女は、反逆者と話しあうために出かけて行く。王位の権威と国家の安泰がかかっていた。カトリーヌは兄弟二人を仲直りさせ、新たな諍いを避けられたと思うまでは満足することがなかった。

彼女の使命は火事を消すことだった。プロテスタントとカトリック過激派と不平党[4]が不和の火種をふりまわし、それをドイツのプロテスタントの大公たちやスペイン王フェリペ二世、イギリス女王エリザベスらがさかんにあおっていた。母である王太后は自分の役目を疎かにしない。足掛け一八カ月の旅（一五七八年八月から一五七九年一一月）によって南仏におけるユグノーの州を平定し、娘婿のアンリ・ド・ナヴァールと仮の和解をし、カトリック同盟《リーグ》[5]のリーダーであるギーズ一族と協議した。うまくいったことも多かったが、行かないこともあった。だがいずれにせよ、彼女はあいかわらずなくてはならない存在のようだった。アンリ三世もときには、自分の篤い信仰の実践を優先させて、政治をおろそかにし、母親の自由裁量にまかせることがあったからだ。王が待っているあいだ、マダム・カトリーヌは宗教戦争の悲劇的な渦のなかで国家を救うために働いた。

彼女の死に先立つ年、フランスの空をさらにいっそう不安の雲がおおった。一五八四年六月の弟フランソワ・ダンジューの死去の後、アンリ三世に王太子がいないことから、王国の基本法が、アンリ・ド・ナヴァールを王位の継承者とした。カトリーヌの尽力にもかかわらず、ベアルン［のちのアンリ四世、アンリ・ド・ナヴァールの別名］は自分の宗教であるプロテスタントを棄ててカトリックに改宗することを拒否して、カトリック同盟を憤慨させ、いきり立ったパリの説教師たちは説教壇から、王を異教徒の共犯者だと激しく糾弾した。すぐに言葉の暴力だけではすまなくなった。パリのカトリック同盟者たちは、アンリ三世を誘拐して、修道院に投げこむ、つまり殺すことを考えはじめた。だが、ギーズ公アンリはこの無分別な計画にくわわっていなかった。彼の野望は別のところにあった。まずユグノーを制覇し――これについてカトリック同盟の目には、王の行動が遅すぎると映っている――そうすることで自分が唯一の頼みの綱とみられるようになったら、不適格の王権がしっかり把握していない権力を回収して、王位を掌握することだった。

交渉の才能のおとろえ

アンリ三世はナヴァールを攻める決断をするにいたったが、ジョワイユーズ伯爵に指揮された王の軍隊は、クートラにおいて、一五八七年一〇月二〇日、のちのアンリ四世の軍に敗れる一方で、金瘡（刀傷のある）公との異名をもつギーズ公アンリはモンタルジ近くのヴィモリで、それからシャルトルから遠くないオノーでと二度、ユグノー側が招集したドイツ人とスイス人の傭兵に勝利した。パリですでにほめそやされていたロレーヌ人（ロラン）――ギーズ家の当主を人はこうもよんでいた「ギーズ家はロレーヌ家の支流」――は武運に恵まれ、王とは裏腹にますます評価が高まった。説教壇でのしられ、誘拐に脅かされ、クートラで果てたジョワイユーズの死に打ちのめされて、王は孤独だった。「最高の寵臣〈アルシミニョン〉」[6]と揶揄されていた忠実なエペルノンだけが、王を焚きつけて、ギーズ公と競う気にさせることができた。

王にしてみれば、ライバルと交渉すべきときはすぎていた。しかし、ギーズ公の忠誠を取り戻すための努力はおしまなかった。なんと多くの恩恵を彼の一族に約束し、なんと多くの長い話しあいや秘密の会合が、公爵をパリのカトリック過激派から引き離せるとの期待のなかでくりかえされたことだろう！　むだだった。王がカトリーヌ・ド・メディシスにまかせた最近の交渉は、ことごとく失敗に終わっていた。母后の交渉力がおとろえたように見えただけでなく、彼女はもうアンリ三世と同じ見解を共有していなかったのだ。王の目には母は金瘡公に対して寛容すぎた。別のやり方が必要とされた。エペルノンはもっとてっとりばやい方法を考えていた。ギーズを捕らえて、裁判にかけ、処刑すればたりる。カトリーヌは、彼女を息子の心のなかから押しのけたこの寵臣を嫌悪していた。この案に反対して、ギーズ公との合意の模索にあくことなくまたとりかかろうとした。だが、彼女はまだ息子に信頼されていただろうか？

一五八八年には、いまやカトリーヌと王とをへだてている溝の深さを、互いが知ることとなった。春、アンリ三世が、カトリック同盟の挑発に答える前にと、四月中旬に顧問たちを集めた際、彼は躊躇しながらも母の意見を求めた。同盟員たちはギーズが、自分の領地で行動を起こすのを待っている。それぞれの立場は予想どおりだった。エペルノンはいつものように強気な方策、つまり王は、従うことをこばむ者に対し武器をとるべきだ、と主張した。カトリーヌはまったく反対に、交渉することを勧告し、ギーズにほんとうの満足をあたえることを提案した。両者の意見はこの上なく異なっていた。

ライバル同士は、実際はもっと過激なことを考えていた。息子への手紙のなかで、カトリーヌは王とギーズ家の親戚であるロレーヌ家との仲介を申し出ているが、それだけでなく、エペルノンの失脚を熱心に主張している。寵臣を追放し、ギーズを王の顧問に昇進させることが、カトリック同盟との和解となるのだと、断言している。エペルノンの側では、孫のために王の利益を犠牲にしているとカトリーヌを糾弾している。孫というのは、亡き娘クロードとロレーヌ公シャルル三世の子、ポンタ＝ムソン侯爵［のちのロレーヌ公アンリ二世］のことである。カトリーヌはこの若いプリンスを、女系継承を禁じたサリカ法があるにもかかわらず、ナヴァール公アンリのかわりに王位を継がせたいので、ギーズを味方につけたいのだと思われていた。

王が、母と寵臣の意見の対立のためにより深刻となった自分の無力を見つめる一方で、ギーズ公のほうは行動に出ようとしていた。王に反対の興奮した三万人ほどのパリ住民たちに支持されて、カトリック同盟の大公たち――マイエンヌ公、オマール公、エルブフ公といったギーズ公アンリの兄弟や従兄弟たち――は、異端のイングランドに対してスペインがさしむける大規模な海軍の派遣と足なみをそろえて、出陣する準備をしていた。無敵艦隊でフランスのユグノーを震えあがらせ、あまりに弱腰と思われるフランス王にゆさぶりをかけるための示威行動をとりたいとするフェリペ二世のために、ギーズがフランス王国から補給用の港を奪うことになっていた。

事態を知って危険を意識したアンリ三世は、ギーズ公にパリへ入ることを禁じた。だが、ギーズ公は禁止を無視して、一五八八年五月九日、人々の歓声を受けながらパリに入る。王の命令に逆らって彼が最初に会おうとしたのはだれか？　レ・アールの館にいるカトリーヌだった。彼女が彼の家族に好意的であることを知っていたからだ。カトリーヌが秘密裏に彼をパリによんだのだろうか？　そう考える説もあるが、それはありそうにないと考える説もある。いずれにせよ、それを証明するものは何もない。ギーズ公のカトリーヌのもとへの到着を見ていただれかが、彼女の驚きを語った証言がある。「動揺し、震えて、顔色を変えた」と同時に「喜びと満足で感動していた」というが、これは矛盾するように思われる。ヴェネツィアの大使の目には、彼女は「動転していた」という。結局、互いに相反する感情を表したので――彼女はそうやって巧みに本心を悟られないようにする術を知っていた――外からは彼女のほんとうの気持ちがわからなかったようだ。ギーズ公は、カトリーヌからほしいものを手に入れた。ルーブルへ同行してもらえれば、おそらく彼女の存在が、怒っているにちがいない王をなだめ、王を制止することにもなるだろう。だが、抑えきれない怒りで真っ青になったアンリ三世は、客に向かって不満をぶちまけ、命令にそむいたことを非難した。他方カトリーヌは彼を脇によんで、「興奮した群衆が殺到しているいまは、まだ早急に結論を出すときではない」ことを告げた。たしかに街の状況は時期を待つことを要求していた。そこでギーズは別れを告げて、ぶじ、自由の身でルーブルを出る。カトリーヌは、彼と万一でも和解の道はないかと探ってはみたが、何も得るところはなかった。

五月一二日の朝、予想される蜂起との戦いを決意した王が招集した部隊がパリに到着した、と聞いたカトリーヌは、仰天して情報集めに人をやった。群衆が道に鎖を張りめぐらせていた。歴史上はじめて、パリにバリケードが張られていた。危険をおかして、カトリーヌはルーブルでなく…ギーズ公の館へおもむくことにした。息子がそこを包囲させ、公爵を人質にとるよう命じたことを心配してのことだろうか？　それには安心した彼女は、蜂起を穏やかに鎮静してほしいと、彼に懇願する。またしても、聞き入れられなかった。いまやギーズ公アンリがパリの支配者だった。

翌日、カトリーヌは王のところへ行った。評議会は王の身柄の保護について討議しなければならなかった。捕らえられるという危険を避けるため、多くの忠臣たちが逃亡を勧めた。カトリーヌだけがそれに反対して、王はパリにとどまるべきだ、と主張する。ギーズが忠誠の道にふたたび戻ることを信じ、自分がもう一度彼に会いに行って、反乱を制止してくれるよう頼んでみることを申し出た。バリケードを通り抜けて、彼女は勇敢にギーズの館への道を進んだ。だが、前日と同じ荒々しさで公爵は王のところへ参じるのを拒否した。カトリーヌはついに、もはや交渉のときではないと悟っただろうか？

断絶

彼女がギーズ公の前でへりくだっている間に、アンリ三世はパリを逃げ出した。カトリーヌはパリに残って、何度目かの交渉をすると約束したにちがいない。退避先のシャルトルから、王は母への信頼を公然と語った。彼女がパリでふんばって、王朝を維持していたことは確かだった。こうすることでまた、首都の状況を息子に知らせることができたし、カトリック同盟に対する信頼をアピールすることもできた。「自己を守るために、時にゆだねることができる人は称賛に値します」と彼女は書いている。格言のように簡明なこの文章は、彼女の「方法序説」であった。「時にゆだねる」ことは、受け身とは違う。ギーズ公に対しては、当然に仲介者としての役目をつとめ、その頃起こった出来事の責任をすべてエペルノンに押しつけることで、公と王とを和解させようとし、エペルノンについては、かねてからそうだったようにあくまで罷免を主張した。カトリック同盟は自分たちの要求を提示したが、それは厳しいものだった。最近のパリでの出来事にかんして王が責任を認めること、減税、エペルノンを失脚させ、プロテスタントに対する戦いを再開すること。カトリーヌはアンリにすべて受け入れるよう背中を押した。状況から見て、もうそうせざるをえない。王は一五八八年七月一六日、断腸の思いで国王とカトリック同盟のより密接な結びつきを約する勅令である、エディ・デュニオンと名づけられたこの譲歩に署名した。

実際には、カトリーヌが成功したかに見えたのはだまし絵だった。アンリはこのようにギーズ公の利益に奉仕し、自分の大切な寵臣を失脚させることを強制した母を恨んだ。そのため、彼女が和解の仕上げのためにルーブルに戻るよう頼んだとき、彼は拒否した。彼女は懇願し、いつものように涙を流した。「息子よ、わたしがおまえにこのように拒絶され、お前の母なのに信頼されていないのを見て、人はなんと言うだろう？　おまえの善良な性質が急に変わってしまったに違いない、なぜならわたしが知っていたおまえなら、すぐに容易に許すことができたはず」。だがアンリの「善良な性質」は報復することしか考えていなかった。

それは二度に亘って行なわれた。九月八日、彼は大臣を全員更迭した。シュヴェルニー大法官、ベリエーヴル財務卿、そして三人の国務卿ヴィルロワ、クロード・ピナール、ピエール・ブリュラール、彼らは何年も前から、王のそばで働いてきた人々だった。カトリーヌは唖然とした。九月八日の変革は政治的大地震にもたとえられる。古い王政の歴史に、このような激変は一度も起こっていない。理由は簡単にわかった。解任された大臣たちは、このむずかしいときにアンリの信頼を十分に受けるには、王の母と親密すぎた。失脚した大臣たちに向けた非難は、母の政策に対する非難と同じことだった。エペルノンと個人的に対立していたヴィルロワはカトリック同盟に寛容すぎ、ベリエーヴルはつねに敵方と交渉し、譲歩しようとしていた。全員が、カトリーヌのおかげで職を得ているというまちがいを犯していた。昨日の信頼すべき部下が今日の反動分子となった。アンリはだれに対しても、バリケードの勝利者に譲歩することを勧めたことを許していなかった。ある同時代人が要約している「更迭された大臣たちは王太后と通じすぎていた、彼女がカトリック同盟の大公たちとそうだったように」。変動は、まちがいなく政策の方向性の変化を意味する。母にとって、アンリのことはまだ気掛かりだったが、もう彼女が彼の政治に口を出すことはない。以後、王は自分で統治を行なう。

老いた貴婦人はそのことでひどく苦い思いを味わうのだった。

国事からの強制的な引退の後、カトリーヌは、ギーズに対する王の報復第二幕の観客でしかなかった。国王は、新たな正当性を見出すために、ブロアに全国三部会を招集することを決意した。だが、代議士の選挙は彼の陣営にとって哀れな結果となった。開会の辞で、アンリ三世は高らかに宣言し、異端を根こそぎにする情熱を増大させ、王国の政治を改革すると断言し、ライバルに矢を放った。「わたしの同意なく（カトリック同盟に）加担するものは、大逆罪とする」会議が終わると、ギーズ公の側近たちが王のところへ来て、演説のこの部分は刊行の際には削除するよう要求した。もう一度だけ、カトリーヌは息子に助言をあたえることにする。ギーズ家の要求にこたえるべきだ。アンリは譲歩した。これがカトリーヌの最後の助言となった。

殺人と死

以後は国政から離れて、病に苦しんでいた彼女は、自分の個人的なことだけをしていた。政治のゲームは禁じられたが、あいかわらず仲人好きだった、彼女の道楽の一つだったといえよう。数年前から、頭にあったのは孫娘クリスティーヌ・ド・ロレーヌの結婚だったが、王が、エペルノン公爵に嫁がせようと言い出したときには、茫然自失した。しかし、耐えがたい身分違いの結婚、思い上がったガスコン人には過分の昇格だと思っていた。カトリーヌは孫娘の相手として君主、あるいは王位継承者を考えていたのに！　やがて運命が彼女にほほえんだ。フィレンツェで、フェルディナンド・デ・

メディチがトスカーナ大公の座についた。結婚する必要があった。すぐさま、カトリーヌは仲人作戦に着手し、成功した。結婚の契約が一〇月二四日ブロアで署名された。結婚の儀式がそれに続くはずだった。しかし、彼女の病気のせいで遅れた。

年齢と打ちすてられているという感情、無為あるいは孤独感が彼女の病苦をいっそう苦しいものとしていた。王が三部会と闘っているあいだ、カトリーヌは部屋にこもっていた。母親の影響下を脱したアンリ三世は、自分の不運のすべての原因だと思っていたギーズ公に対する復讐心に思うがままふけることができた。自分を標的とした侮辱的なくわだてをやめさせるため、王はギーズ公を力づくで追いはらうことにする。その計画は一二月二〇日から二一日にかけての夜、信頼する家臣たちとともに決められた。アンリはこうして母がその権化のようであった教訓を破った。最強の敵の前にはゆずること、障害を避けること、もっと良い時期を待つこと。一二月二三日の朝、ギーズ公は王の身辺警護をする四五《キャラント・サンク》部隊によって、ブロア城で暗殺され、その弟であるギーズ枢機卿も逮捕された。

王は母にニュースを知らせに来た。医者であり、フィレンツェの外交官であったフィリッポ・カヴリアーナがそばについていた。彼はその情景を報告している。「母上、お許しください。ギーズ公は亡くなったので、もう彼の話はしなくてすみます。わたしが殺させました。彼がわたしに対してもくろんでいたのと同じことを先まわりしただけのこと。もはやあの思い上がりには我慢がなりませんでした」

カトリーヌは茫然として黙ったままだった。息子は自分の行為の理由を説明する。「わたしは王でありたいのであって、現在までそうであったような、人質や奴隷でいたくはないのです。いまや、新たに、王となり君主となります」カトリーヌはあいかわらず黙って聞いていたので、アンリは中断されることなく続けた。「わたしはさらなる熱意と勇気をもってユグノーとの戦いを続けます。ともかく彼らをこの国から一掃したいのです」

この場面のたった一人の目撃者によれば、どうやら母后は何も言わなかったようだ。だが、ヴェネツィアの大使などの年代記作家たちは、ここで彼女に承認の言葉を言わせている。彼女がここで言った歴史的名言とされている有名な「息子よ、布は断たれた、けれど縫わなければ」ではなく、「息子よ、それは喜ばしいことです、もしそれが国のためになるのなら[…]。すくなくとも、わたしはそうであることを切に望んでいます」と。

留保が、あまり心底からではない同意にふくみをもたせている。

一二月三一日、カヴリアーナは彼女がひどくとり乱した《モルト・トゥルバータ》と確言している。「これだけ世の中の物事について慎重かつ経験豊かな王太后が、現在のあまりに多くの不幸にどのような処置をほどこせばいいかも、来たらんとしている不幸をどう防止したらいいかもわからないようだった」。この日、カトリーヌは息子の命令による第二の殺人を知った。一二月二四日の朝のギーズ枢機卿暗殺だ。タイミングよく逃げることができたマイエンヌ公[7]を除く、ライバルの一族のほかのメンバーを逮捕し、もっとも強硬だったカトリック同盟の代議士たちを投獄していた。

王にしてみれば、ギーズの殺害命令は暗殺ではなかった。君主が脅威に際して発動できる承認された正義の名で、その執行を命じたのであって、殺人を命令したのではなかった。この「王の一撃」で、権力を手中にとりもどすことができるはずだった。だが、カトリーヌは懐疑的だった。カプチン会の神父に、ほんとうの気持ちをもらしたようだ。「あー、あの不幸な子は、なんてことをしたのでしょう。彼のために祈ってください。彼はいままでになくそれを必要としています。わたしにはあの子が破滅へと急いでいるのが見えます。あの子は体も魂も王国も失うのではないかと思います」

カトリーヌの見るところが正しかった。アンリ三世は、嵐のような母親から前代未聞の激しさを受け継いでいたが、時代もそれに負けないくらい激しかった。二件の殺人が知れわたると、パリの住民たちは怒り狂い、王への恨みと復讐を叫んだ。おそらくカトリーヌは、息子と別の話しもしただろうが、内容はわかっていない。また熱が上がり、彼女にはもはや闘う力がなかった。寝室には、アンリが何回か短時間立ちよった。彼女は寝室で世間の噂を聞き、蜂起したパリからのおそろしいニュースを聞いた。息をつまらせながらも明晰で、死期が近いのを感じていた。公現祭の前日である一五八九年一月五日の朝、彼女は遺言の口述を息子に書きとらせた。大きな関心事だった政治の話はない。自己の救済だけが心にかかっていた。私人として、埋葬場所を明確にし、葬儀の詳細はアンリに一任した。善きカトリック信者として、すでに用意してあった慈善基金、寄進、遺贈のリストを承認した。王を唯一の相続人に指定したが、娘のマルゴには一言の言及もなければ、何もなかった。一時頃、臨終の秘跡を受け、そのあと息を引きとった。七〇歳が目前だった。

彼女の死は、その生涯と同じくらいの興奮を民衆にもたらした。彼女の死を拍手喝采で歓迎する人々がいた。術策と二枚舌をあやつる鮮やかな手なみと老獪《マキャベリズム》さで、必要と思えば毒も殺人もいとわなかった人物と考えていたからだ。一九世紀の歴史家ジュール・ミシュレも、こうした彼女に対する評価をくりかえすように、アンリ三世が母の臨終に立ち会ったのも、「死ぬまぎわになって、また陰謀をくわだてたり、だまし討ちをしたりしないか、確かめたいという好奇心があったからだ」と主張している。また、王国につくした功績を称賛する人々もいた。「死んだのは一人の女性ではなく、王国だ」と司法官であり歴史家であったジャック・オーギュスト・ド・トゥーは書いている。「カトリーヌは最高レベルの国家認識をもっていて、勇気と称賛すべき忍耐で王国を守った」。イタリア大使は、彼女が舞台を去ったことで「政治情勢はかなり損害を受ける」のではないかとの懸念を表明し、こう予測している。「この不運な王国に、不幸の仕上げをするこの一撃がついにくだされた。神の荒れ狂う怒りがこれほどであるなら、この国は大崩壊をまぬがれないだろう」。せめての救いは、カトリーヌが、アンリ三世が同じ年の八月一日に、狂信的なカトリック同盟の修道士に殺されて死ぬのも、彼女がその権化であった王朝が彼とともに死ぬのも、見ることがなかったことだ。

「亡くなった女性に」と年代記作者ピエール・ド・レトワールは飾らない言葉で書いている。「人は死んだヤギほどにも注意をはらわなかった」。王は解剖を命じた。「肺が侵されていて、血液が脳に広がり、左側に膿瘍があった」。彼女が死んだという知らせに、彼女がギーズ公らの暗殺を承認していたと思いこんでいたパリの住民たちは、サン＝ドニに葬られるようなら、遺体をゴミ捨て場かセーヌ川に投げこむと脅した。それで、フランス王妃としての埋葬は不可能となった。遺体はブロアに置かれたが、防腐処理に必要な薬品がなかったため、とりあえず大急ぎで土中に埋められた——しかも夜間に。それから二一年はそのままだった。一六一〇年、彼女の亡骸はやっとサン＝ドニのヴァロア家のロトンドに移され、その礼拝堂が一七一九年に壊された後は、大修道院付属教会に移された。そして一七九三年、王家の墓がすべてそうだったように、彼女の墓も暴かれ、遺骨は共同墓穴にすてられた。

ジャン＝フランソワ・ソルノン

〈参考文献〉

Cloulas, Ivan, *Catherine de Médicis*, Paris, Fayard, 1979.
Crouzet, Denis, *Le Haut Coeur de Catherine de Médicis. Une raison politique au temps de la Saint-Barthélemy*, Paris, Albin Michel, 2005.
Garrisson, Janine, *Catherine de Médicis, L'impossible harmonie*, Paris, Payot, 2002.
Gellard, Matthieu, *Une reine épistolaire. Lettres et pouvoir au temps de Catherine de Médicis*, Paris, Garnier, 2014.
Jouanna, Arlette, *Histoire et dictionnaire des guerres de Religion*, Paris, Robert Laffont, coll. «Bouquins», 1998.
Knecht, Robert Jean, *Catherine de' Medici*, Harlow, Addison Wesley Longman Limited, 1998.
Solnon, Jean-François, *Catherine de Médicis*, Paris, Perrin, 2003, coll. «Tempus», 2007.
Wanegffelen, Thierry, *Catherine de Médicis. Le pouvoir au féminin*, Paris, Payot, 2005.

〈注〉

1　一一巻をくだらない *Lettres de Catherine de Médicis*（カトリーヌ・メディシスの手紙）が一八八〇年か

ら一九〇九年のあいだに出版された。

2　カトリーヌ・メディシスの三人の子ども、ルイ、ヴィクトワール、ジャンヌはほとんど生まれてすぐに死んでいる。

3　選出された王をいただく貴族共和制のポーランドは、一五七三年、前年七月七日のヤギェウォ朝のジグムント二世アウグストの死後、当時ラ・ロッシェルを占拠していたアンリ・ド・ヴァロワを指名していた。パリでポーランド大使の訪問を受けたあと、カトリーヌの息子はクラクフへ向けて出発し、一五七四年二月一八日に到着し、三日後に即位した。六月一四日に兄シャルル九世の死を知らされると、彼はすぐにフランスの王冠を手にするためにポーランドの首都を逃げ出し、ウィーンとヴェネツィアを経由して、フランスへもどった。

4　不平党は一五七四年のアンリの即位からすぐのころ、カトリック貴族（たとえばフランスの元帥でラングドックの総督アンリ・ド・モンモランシー＝ダンヴィル）とプロテスタント（アンリ・ド・コンデあるいはアンリ・ド・ナヴァール）の、王の政治に反対で、権力が王と大貴族の議会全国三部会とに分けあたえられる混合君主制を良しとする「宗教を超えた正しく適法なフランス人」をうたったグループ。ムッシューとよばれていた国王の弟フランソワが、そのリーダーだった。

5　プロテスタントと対立するカトリック擁護の連合として、同盟には二つの顔があった。一つは、パリの有産者の秘密の顔、もう一つはギーズ公の提唱で生まれた王族の公的な顔である。

6　「寵臣、お気に入り〈ミニョン〉」とよばれた王だけに帰属する側近あるいは寵臣の中で、とくにアンリ三世に近く、優遇を受けていたジョワイユーズ公爵やエペルノン公爵は、軽蔑の意味をこめて「最高の寵臣、いちばんのお気に入り〈アルシミニョン〉」とよばれた。

7　マイヨンヌ公シャルル・ド・ロレーヌ（一五五四―一六一一年）は、兄ギーズ公アンリを継いでカトリック同盟の最高指導者となった。アンリ三世が暗殺された後、王座についたアンリ四世と戦ったが、アルク、イヴリー、フォンテーヌ・フランセーズの戦いで敗北。ブルボン朝の最初の王アンリ四世と和解するにいたり、一五九六年一月にはそれを確認。イル＝ド＝フランスの統治権をあたえられた。［狂言的なカトリック教徒］ラヴァイヤックによるアンリ四世暗殺の後は、［二番目の王妃で幼い王ルイ一三世の摂政となった］マリー・ド・メディシスの私的諮問機関に籍を置いた。

8 かくも長き臨終の苦しみ

アンヌ・ドートリッシュ

パリ、一六六六年一月二〇日

息子のルイ一四世が結婚し、マザランが死去したあと、アンヌ・ドートリッシュは、宮廷と自身が設立したヴァル＝ド＝グラース修道院とを行き来して時間をすごし、なかば隠居の身ながら政《まつりごと》に目を配りつづけることを夢見た。しかし、若い王はだれの輔弼《ほひつ》も受けずに思うがままに統治する意思を固め、母親の道徳倫理についての説教を疎《うと》んだ。ゆえに、アンヌの最晩年は失望と苦々しい思いに沈む日々となった。親しかったニコラ・フーケを初めとする友人も失ってしまった。やがて、仮借なく体を蝕《むしば》む病におかされた。息子は、ヴァル＝ド＝グラースで死を迎えたいという希望をかなえてくれるどころか、自分が住むルーヴル宮に残ることを強要した。そこでは、何カ月にもおよぶ苦しみと医師による無意味な治療が待っていた。アンヌはこれを、自分自身を愛しすぎたことに対する罰、あの世における魂の救済の約束と受けとめた。一六六六年一月二〇日、アンヌはキリスト教徒らしく心穏やかに息を引きとった。

マザランは一六六一年四月九日に亡くなったばかりであった。国葬がとり行なわれ、宮廷は喪に服した。マザランは、死の床のルイ一三世に約束したことを実現して期待以上の成果を上げた。後見役となって育てたルイ一四世に、和平が実現したヨーロッパにおいて大国への道を歩むフランス王国を遺して瞑目《めいもく》したからである。アンヌ・ドートリッシュは、一つの時代の終わりを実感した。彼女はもっとも幸福な王妃であり、彼女ほどわが子から愛される母親はいなかった。彼女の望みはすべてかなえられた。貴族たちの反乱はいまや遠い昔の悪い思い出であり、息子は王権をあますところなく掌握するにいたった。フランスとスペインの紛争はおさまり、フランスは凋落したスペインの体面を傷つけない余裕を見せて講和条約（ピレネー条約）を結んだ。実家であるスペイン王家と嫁ぎ先のフランス王家の和解を以前から望んでいたアンヌの望みがかない、一世紀におよぶ対立が終焉した。息子のルイ一四世が、二重の意味で従妹であるスペイン王女マリー＝テレーズ［スペイン名はマリア・テレサ。母親はルイ一三世の妹、父親はアンヌ・ドーリッシュの弟であった］と結婚したのである。娘がほしかったアンヌは、姪であるマリー＝テレーズを可愛がった。次男のフィリップは、父方の従妹であるアンリエット・ダングルテール［イングランド王女］との結婚をひかえていた。これらの幸福が一度に訪れたことに彼女は神意を感じとったが、一一月一日に王太子となる孫息子が誕生したことでこれは確信に変わった。「神は、彼女が求めたすべての恵みを彼女にすでにおあたえになっていた。彼女がこれ以上望むものといえば自身の魂の救済しかなかった[1]」。現世でなすべきことは、もはや何もなかった。ところが、死に先立って彼女を待っていたのは、しだいに除《の》け者にされるのを悲痛な思いで耐えしのぶ日々であった。

表舞台を離れる苦しみ

　アンヌ・ドートリッシュは、一線をしりぞく心の準備がまったく整っていなかったので、これまでの特権が少しずつ奪われていくのは辛い試練であった。齢《よわい》六〇になんなんとしていたが、きわめて健康であった。彼女は長年、最高権力をにぎっていた。その肝要な部分をマザランに委託していたものの、彼女の意見はいつでも尊重されていた。自分は権力の行使を好んだことは一度もない、実権を手放して肩の荷が下りた、とは言いつつも、権力がもたらすものを自分がいかに楽しんでいたかを悟る昨今であった。彼女は、病にやつれたマザランが以前のように自分に気遣わなくなり、自分がないがしろにされるようになってようやく、権力の価値がいかなるものであるかを知った。「彼女が提言しても耳をかす者はおらず、早く実行に移すように迫ると、枢機卿［マザラン］にうかがわなくてはなりませんので（との答えが返ってきた）」。アンヌ・ドートリッシュにとって辛いことであった。

　息子ルイ一四世の代となると、状況はもっと悪くなった。彼が、「自分には首相は不要であり、親政を敷く」と宣言したとき、アンヌは皆と同じく半年ももたないだろうと高《たか》をくくった。しかし、ほどなくして現実を認めざるをえなくなった。親政を実施しようとする息子の意志は固かった。母親のためのポストは一つも用意されなかった。母親だけをしめ出そうとしたのではない。国務会議から王族や面倒な大貴族を遠ざけ、能力が高くて従順な司法官に置き換えるつもりであった。しかし、事実上排除されたアンヌは、これを受け入れがたいと感じた。そのうえ、息子から〝命令は受けつけない〟と言われ、自分にはもはやなんの重みもない、と気づかされた。だれかを引き立てたり、恩恵をあたえたりする仲介役も終わりとなった。だれもが彼女をとおさずに直にルイ一四世にお願いごとをするようになっていた。こうして政治の表舞台から降ろされても打つ手はなかった。

アンヌ・ドートリッシュはそこで、家族生活のなかに自分の存在意義を見出せないかと考えた。息子の若い嫁にフランス宮廷のしきたりを教える役目をまかされたが、居心地の悪いものであった。伝統により、王太后よりも王妃が上位に立つとされていたからである。ゆずることを知らない姑マリー・ド・メディシスに苦労した経験があるアンヌ・ドートリッシュは、喜んで嫁に主導権をゆずり渡す心づもりでいた。そこで、前もってルーヴル宮の二階を去り、一階のセーヌ川沿いに自分の居室を用意させた。しかし、ほどなくして、宮廷の女主人としての役目を嫁のマリー＝テレーズに奪われる心配はないと理解した。マドリードの宮廷で女官に監督されて育ったマリー＝テレーズはフランス語を一言も話せなかった。アンヌはやがて、保護者として何くれとなく嫁の世話を焼く役割に満足するようになったが、これには、ルイ一四世によって抜本的に刷新された宮廷生活において王太后と王妃の二人が孤立するという副作用がともなった。しかし、アンヌは、こうした母親代わりの世話焼きは一時的なものであるべきで、そのほうが若い嫁にとっても望ましい、とわかっていた。

反宗教改革の気運に満ちていたこの時代、自分が無用だと感じ、未来が空疎に思えると、死を迎える準備として俗世を離れて黙想生活を送りたいと考えるようになる。心の底から敬虔であったものの、アンヌはまだそうした段階にはいたっていなかった。この世にまだ未練があったのだ。直接的な影響力を殺《そ》がれていても、自分は道徳上のお目付け役として子どもたちと宮廷全体を実効的に支配し、「徳と信仰心」が廃《すた》れないように尽力できると思っていた。しかし、いざとなった場合の用意は整っていた。以前より、困難な状況におちいったときは、自分が設立したヴァル＝ド＝グラース修道院が避難所となっていた。一六一九年、彼女はサンジャック通りに、小さな家屋付きの広大な土地を買い求めていた。のちのち整備するのに適した地所であった。一六二一年、彼女はここに女子修道院を設立し、キリスト降誕へのオマージュとしてヴァル＝ド＝グラース・ド・ノートルダム・ド・ラ・クレーシュとよばれる小修道院［クレーシュは、幼子キリストが寝かされた飼い葉桶を意味する］からベネディクト会修道女を引き抜いて院長に任命した。建設は一六二四年にはじまったが、アンヌと夫のルイ一三世の衝突があったために工事は中断され、修道女たちは当初、質素な建物で暮らした。それでもアンヌは、自分に友好的な修道女たちがいるここに簡素な住まいをもち、自分を監視するスパイたちの目をのがれることができた。ヴァル＝ド＝グラースは彼女にとって、実家であるスペイン王家との秘密の手紙のやりとりの中継基地となった。その結果、ヴァル＝ド＝グラースに行くことを固く禁じられてしまったこともあった。それだけに、この修道院は彼女にとって懐かしい場所であった。何年もの不妊時期をへてついに妊娠したとき、アンヌは誓いを立てた。もし神が男児をあたえてくださるのであるなら、ヴァル＝ド＝グラースの修道院を建て替えますと。幼い息子の摂政となったアンヌは、今日ではヴァル＝ド＝グラース教会の至宝とたたえられている美しい礼拝堂の建設にとりかかることができた（完成したのはアンヌの死後である）。

ゆえに、彼女は強い絆でこの修道院と結ばれており、ここに来ると、深く愛されていると感じ、わが家に戻ったような寛《くつろ》ぎを覚えた。夫の死後は、定期的な来訪と、大きな宗教行事にともなう黙想のための滞在を再開した。ルイ一四世によって活動的な生活からしめ出されて以来、彼女はここでだれにも奪われない優位を満喫した。以前と変わらず王妃として扱われ、彼女が望むことは命令として実行されたからだ。ここにいるとき、アンヌは幸せであった。彼女にとって敬虔な信仰とは心地よいものであった。同時代の人々は死後に創造主である神の裁きを受けることをおそれたが、彼女はそうした恐怖とは無縁だった。過去の過ちを悔やんで許しを乞うためにポールロワイヤル修道院を訪れる高位の貴婦人たちとは違い、アンヌがヴァル＝ド＝グラースに通うのは、多くの恵みをあたえてくれた神に感謝するためであった。自分がこれほど恩恵に浴することができたのは、自分がそれに値すると神が判断されたからではないか。そうである以上、神の掟《おきて》にこれからも忠実に従うのが自分の義務である、と彼女は考えた。ヴァル＝ド＝グラースに隠棲して俗世に戻らぬ可能性は？　まだ健康な彼女がこの可能性を口にするのは、万策つきて、息子のルイ一四世に圧力をかける方法がほかにない場合だけであった。息子が修道院隠棲に反対である、とわかっていたからだ。しかし、ヴァル＝ド＝グラースで死を迎えたい、と彼女が願っていることに疑いの余地はなかった。それまでのあいだ、ときどきここに足を運んで修道女たちと祈ってすごすことはアンヌの心を平安で満たし、俗世で自分を待ちうける試練に立ち向かう力をあたえてくれた。

積み重なる失望

平和の到来とマザランの死は、長いあいだ抑えられていた力を一気に解き放った。一六六一年、この二五年間は夏が来るごとに武器をとっていた［夏が戦争の季節であり、冬になると休戦となった］貴族たちは軍務をまぬがれた。この夏は、戦争ではなく恋の季節となった。宮廷はフォンテヌブローに移って長い夏季休暇を楽しむことになった。心をとらえる美しい自然環境のおかげで、伝統的な楽しみ事――舞踏会、バレエ、劇――にくわえ、森への遠足やセーヌ川での水浴に興じることもできた。若人《わこうど》は自由に酔いしれ、生きる喜びを存分に味わった。アンヌ・ドートリッシュは、それまで認めることをこばんできた真実をつきつけられたと感じた。自分の時代は終わったのだ。彼女は高齢出産で母となった[2]ために、息子たちが親しく交わる男女は孫とよべるほど若く、世代間の溝は大きくて理解しあうことはむずかしかった。理想の家庭を長年夢見て、ルイ一四世とマリー・テレーズが仲睦まじい夫婦となって臣下や国民に幸せな結婚のお手本となることを願っていたアンヌは、突如としてこれがむなしい夢想であると悟った。マザランは、自身の姪であるマリー・マンチーニに本気で恋をしたルイ一四世に対して〝国家の利益を考えてスペイン王家のマリー・テレーズと結婚せねばならない〟と説き伏せるにあたり、〝政略結婚を余儀なくされる君主はその代償として愛妾をもってもよい〟と匂わせたのだが、アンヌはこれを理解していなかったようだ。彼女は、――自分でも望み薄だとわかっていたが――スペインからお輿入れした姪のマリー・テレーズが宮廷の女主人となれるようにしこもうとした。むだ骨であった。妊娠したマリー・テレーズが自室にこもりがちであったころ、ルイ一四世は弟フィリップの妻であるアンリエットとの恋愛遊戯に興じていた。フィリップに同性愛の傾向があるのは周知の事実であったが、それでも兄と妻の情事に嫉妬した。理想の家族の夢は完全に崩壊した。

アンヌは軽はずみなルイ一四世とアンリエットを叱責したが、その結果として二人は注意を逸らすためにルイ一四世には別の愛人がいると見せかけることにした。やがて、この見せかけの愛人に選ばれた優しくおとなしいルイーズ・ド・ラ・ヴァリエールをルイ一四世が本気で愛するようになり、宮廷は口論や噂話で蜂の巣をつついたような騒ぎとなった。びっくり仰天したアンヌは当人に意見したがまったく耳をかしてもらえず、自分は息子に対する影響力をすっかり失ったと早い時点で気づいた。

フォンテヌブロー滞在のころから、母親の予測に反して、ルイ一四世は実際に親政を敷くようになった。若い国王はコルベールの懇願を聞き入れ、国庫の慢性的な赤字を解消しようと動き出した。財政改革の手はじめとなる最初の重要な決断は、大蔵卿フーケの逮捕であった。このフーケにとってアンヌは長年の庇護者であった。フーケの敬虔な母とアンヌとは慈善事業を通じて親しい関係となったからである。ルイ一三世も、次いでマザランも、アンヌに支給される歳費の多くが信心でこり固まった人々が運営する慈善事業に寄付されるのを苦々しく思い、財布のひもをきつくしぼった。そのときに、目立たぬ形でルイ一三世やマザランに代わってアンヌに資金援助をおしまなかったのがニコラ・フーケであった。彼はアンヌが慈善事業に寄付できるように、年金の形で支援金を提供した。名義を貸してくれる人物を立てて、秘密の基金をアンヌのために用意したのである。アンヌの侍女頭が女主人の求める正確な金額を伝えると、共通の友人を通じて直接資金が手渡された。

アンヌはフーケに好意をいだいており、彼がマザランの後継者となればよいと願っていた。フーケはアンヌの信奉者であった。彼は、恩を忘れることなくつねにアンヌに礼をつくした。だからアンヌはフーケの逮捕に断固として反対し、自分との関係には一言もふれずに彼を弁護した。だが無念なことに、ルイ一四世の口から、フーケは自分の信頼に値しない男であり、自分を裏切っていたことを知らされた。〝ヴァル＝ド＝グラース修道院の建設に必要な資金援助を王太后から内密に要求されました〟とルイ一四世に告げ口していたのである。「母上は、ご自身の関心事にあの男が忠実に尽力しているとお考えですが、彼には邪心があることを納得していただきたく思います。最近、母上は二〇万リーヴルをフーケに要求し、この大盤ぶるまいを息子であるわたしに隠すよう命じたそうですね。そのようにフーケはわたしに打ち明けたのですよ。母上はご存知でしょう、わたしが母上の求めを何一つこばまないこと、わたしがたびたび、母上が何を必要としているかを察知して先まわりしてかなえてさしあげていることを。母上は今回の隠し事から、ご自身に対する大蔵卿の誠意と忠誠がいかなるものであったかを判断されるべきです[3]」と息子に言われたアンヌは沈黙を守ることを決め、逮捕が迫っていることをフーケに知らせなかった。フーケ逮捕ののち、彼の「手箱」に入っていた文書が押収され、その内容がわかると、アンヌがいだいていたフーケのイメージはすっかりくつがえされた。何百通もの手紙が証拠となり、特別な待遇や政治的支援といった見返りをあてにして、フーケが数多くの男女に金銭的援助をあたえていたことが明らかになったのだ。そうしただれもがフーケの富に額《ぬか》づいたのである。「彼は、宮廷のほぼ全員を買収していた」。フーケの正体がわかったとはいえ、彼の失脚によってアンヌは、かけがえのない資金提供者、旧友を失ったうえ、人間の本性にまたしても失望を味わった。

束縛から解放された国王

翌年、アンヌは真正面から痛手をこうむることになる。ルイーズ・ド・ラ・ヴァリエールに国王があたえた寵愛は嫉妬をひき起こし、彼女に対抗馬を立てるための陰謀が練られた。裏で糸を引いていたのは、マザランの姪の一人で、オランプ・マンチーニとよばれていた娘時代にルイ一四世と浮名を流し、やがて妹のマリー・マンチーニにその座を奪われたソワソン伯爵夫人であった。マリー・テレーズ王妃の女官長となった彼女は、アンヌ・ドートリッシュの庇護のおかげで王妃付き女官となったナヴァイユ公爵夫人とつねに反目しあっていた。ナヴァイユ公爵夫人がアンヌから仰せつかった任務は、独身の魅力的な王妃付き女官が住む居室の扉をきっちりと閉じておくことであった。国王が、そうした若い女官の一人、アンヌ＝リュシー・ド・ラ・モット＝ウダンクールの流し目にまんざらでもないようすを示すと、公爵夫人は国王を非難し、国王陛下は王宮にも藁葺《わらぶき》小屋にも通じるルールに従い、「お楽しみの対象」を家の外でお求めになるべきです、と諫言《かんげん》した。国王は立腹したが、母親の前では怒りをおさめたふりをした。しかし、腹をたてたルイ一四世は、アンヌ＝リュシー・ド・ラ・モット＝ウダンクールと密会するために正攻法ではないやり方を探った。すでに、仕切り壁に開けた穴をとおして王はアンヌ＝リュシーと小声で言葉をかわしていた国王は、雨樋を伝って屋根越しに彼女の部屋に通おうとした。「自分の任務を富に優先させた」ナヴァイユ夫人は、すべての開口部にこうしをとりつけさせる、という思いきった手に出た。宮廷人たちはこの騒動の一から一〇までを知っていて、大笑いした。ルイ一四世はことを荒立てまいと決め、さほど未練もなくアンヌ＝リュシーをあきらめたが、公爵夫人には根深い恨みをいだき、やがて夫人は夫ともども宮廷から追放される憂き目にあった。

この事件そのものはたいしたことがなかった。しかし、自分の欲望を抑えこもうとする禁止事に対するルイ一四世の今回の反抗の動きからは、道徳的なお説教はもう御免だ、という若い国王の意思が読みとれた。周囲の人は隠そうとしたが夫の不行跡を知ってしまったマリー・テレーズ王妃は大泣きに泣いたが、ルイ一四世がこれに心を動かされることはなかった。アンヌ・ドートリッシュは四旬節の際に宮廷司祭ボシュエに依頼し、悔悛した罪深い女、マグダラのマリアをテーマとする説教を行なってもらったが、逆効果であった。ルイ一四世は、それまで影の存在であったルイーズ・ド・ラ・ヴァリエールを、有無を言わさず公妾として認めさせることにした。第一子の出産のために宮廷を下がっていたルイーズは一六六四年五月、『魔法の島の歓楽』と題された祝祭の際にふたたび姿を現した。一週間も続いたこの伝説的な祝祭の舞台はヴェルサイユ宮殿の庭であり、演劇や音楽やバレエの分野の最高の専門家たちの豊饒な想像力の産物が宮廷人の目と耳を奪った。公式にはマリー・テレーズ王妃とアンヌ・ドートリッシュ王太后に捧げられていたこの行事のほんとうのヒロインは、王の宮殿に住まいをあたえられ、主賓のテーブルに席をあたえられたルイーズであった。君主の恋をたたえるバレエ劇『エリードの姫君』の韻文は、間接的ながらルイーズへのオマージュであることはだれの目にも明らかだった。

こうなると、宮廷で高い地位をもつ貴婦人たちも自問しはじめた。闖入者だと見做していたルイーズにすげない態度をとりつづけるべきか？　それとも逆に、同席するときは辞を低くし、お相手をつとめるべきか？　こんなことを考えるだけでアンヌ・ドートリッシュは憤激した。なぜ息子はこんな破廉恥なまねができるのだろうか？　親子は何度か話しあいをもった。ナヴァイユ公爵夫妻の宮廷からの追放後にもたれた話し合いは、これまでにない激しいやりとりの場となり、その後の数日間、ルイ一四世は母に話しかけようとしなかった。アンヌは次男のフィリップに「わたしがどんな扱いを受けているか知っているでしょう」と言って嘆いた。彼女に仕えていたスペイン人の女中は、専用の礼拝室で女主人が泣いているのを目撃した。するとアンヌはスペイン語で「あー、モリーナや、あの子たちはわたしたちをどれほど苦しめることか」ともらした。アンヌはヴァル＝ド＝グラースに隠棲すると言って息子に圧力をかけた。ルイ一四世は悔悟し、跪《ひざまず》いて許しを請い、母とともに涙を流し、息子のもとを去らないと約束させた。しかし同時に、神の怒りをかわないために自分にできることはやったが、自分は自身の激しい感情に抗《あらが》うことはできないし、罪深い恋についてもノヴァイユ夫妻への復讐心についても、抑えることはできない、と母に伝えた。つまるところ、母の友人であるノヴァイユ夫妻の追放は撤回せず、高位の貴婦人たちにはラ・ヴァリエール嬢を大公夫人と同等に丁重に遇することを命じる、というのが結論である。そして、国王は母后に反対しないでほしい、と求めた。それは命令であった。母は降参した。

もっと悲しいことに、アンヌはこの事件でマリー・テレーズの信頼と愛を失ってしまった。愚かどころか賢かったマリー・テレーズ王妃は、伯母がいかに無力であるかを悟り、伯母の一派と見られたら自分の勢力を伸ばす可能性を金輪際失ってしまうと理解した。アンヌ・ドートリッシュに最後まで深く誠実で強い愛を捧げたのは次男のフィリップであり、母が辛い思いをしているときにそばにいてくれた。しかし、次男は長男の代用とはなれず、長男は魂を失いつつあるかと思われた。その証拠に、厚顔無恥な淫乱に身をまかせつつ、破廉恥な喜劇に喝采したではないか。祝祭『魔法の島』に劇作家として参加したモリエールは、バレエ劇『エリードの姫君』のなかで「恋せずに生きるとしたら、ほんとうの意味で生きているとはいえない[4]」という台詞を書いたのみならず、祝祭の終わりに上演された喜劇『タルチュフ』では不敬虔の罪を犯していた。これは、信心深いと見せかけた偽善者が、宗教指導者の仮面をかぶり、自分を客人として扱ってくれる善良な男を破産させ、その妻を誘惑しようとする、という内容の喜劇である。たしかに、この主人公の信心は偽であるが、そのふるまいは本物の信者におそろしく似ている。道徳と宗教を毀損《きそん》するこのような劇に息子は喝采をおくったのである。パリ大司教が先導する、この劇の上演禁止を求める運動にアンヌはもてる最後の力を投入した。これについては彼女の主張が通ったが、それは短期間の勝利であった。アンヌの命を奪うことになる病がしのびよると、タルチュフは修正され書き足されて再登場し、再演されるたびにその評判は高まった。

病も見世物に

しばらく前より、アンヌ・ドートリッシュには疲労の兆候が見られ、生きることへの執着が失われるのを自分でも感じるようになっていた。一六六三年の春、深刻な病を疑わせる症状が現れた。脚の痛み、吐き気、頭痛、高熱である。瀉血が行なわれたが、アンヌは気分が悪くなって次男フィリップの腕に倒れこんだ。若い王妃は姑が亡くなったものを思いこみ、あわてて夫をよびに走った。ルイ一四世が助け起こすと、母は目を開いた。二人は長いあいだ話しあったが、そのほとんどは、自分がてっきり死ぬものと思ったアンヌからの〝最後の〟忠言であった。ルイ一四世は数日、母の枕辺を離れず、夜は寝台の足もとに敷かせたマットレスに服を着たまま寝た。フィリップも同様で、母に縋《すが》りついていた。交代で病人を看る医師らはさまざまな治療法を提案した。吐剤を服用するようながされたアンヌは、「(わたしの)苦しみは続いているし、(わたしとわたしの)健康のために国中で祈りが捧げられても効果がなかったところを見ると、この病は神の思召しです。通常の治療を受けることには同意しますが、その他の治療はいっさい望みません。(わたしは)神が望むだけの苦しみを喜んで受け入れます」と言って拒絶した。そこで医師たちはクサリヘビの粉の使用を諦《あきら》め、キナ皮[5]を用いた。これによってアンヌの熱は下がったが、二週間ほどうとうとして意識が低下する状態が続いた。下剤が投与されたが、ふたたび容体が悪くなり、懺悔聴聞僧の懇願に応じて吐剤の服用に同意した。そのおかげでアンヌは「全快」した。吐剤は関係なく、もともとの頑強な体質が病気に打ち勝ったと思われる。

モットヴィル夫人の回想は、軽症ではなかったことは確かだが、ドラマティックでもなければ、それ自体は命の危険を心配させるようなものでもなかった病気を意図的に誇張して伝えている。アンヌが床についていたのは瀉血のためであろうし、その後に具合が悪くなったのも瀉血で説明できる。モットヴィル夫人の話の狙いは、アンヌの子どもたちの母を気遣うふるまいを強調することである。

非常に古い伝統に従い、死にゆく者の看病は肉親の義務であった。王家も庶民と同じくこの伝統に従うことで、謙虚の徳を実践していた。死を前にしては、すべての人間は平等なのだ。悲しみをあらわにすることで、王家も人間的な感情の持ち主であることを示し、国民全員に親近感をいだかせるためであった。しかも国王や王妃の場合、誕生、病、死は原則として公開されるものであり、スペクタクルと化し、これを王家の年代記が善良なる国民に伝え広めることで相当な政治的効果を上げていた。死に行く当人がどう感じているかを忖度《そんたく》する者は一人もいなかったようだし、あれよあれよという間にことが進めば、忖度する暇もなかった。ただし、アンヌ・ドートリッシュはもともと丈夫であったために、多くの人が見守るなかで長期間、病を耐えしのぶことになる。

一六六四年の五月、アンヌは左の乳房に結節があるのに気づいたが、痛みが出ない間はだれにも話さないことに決めた。ついに痛みが出てくると、昨年と同じく医師たちが交代で診察に訪れ、モリエールの劇さながらであった[6]。瀉血を有効と考える王太后付き侍医スガンと、化学と薬草の知識があるとの評判をとっていた国王付き侍医ヴァロとのあいだで激しい論争がまきおこった。二人の意見が一致したのは、二人とは別の医師が処方した毒人参の服用を止めさせる、という一点だけにおいてであった。一二月に入ると、アンヌの病気は進行した乳癌であることがだれの目にも明らかになった。彼女は、自分に真実を告げるというやっかいな仕事を医師たちに免除してやった。ヴァル＝ド＝グラースの医務室で修道女たちの看病にあたったことがあるので、自分を待ち受けている運命を悟ったのだ。ほどなくして、スガンもヴァロも病気の進行を止められないことが明らかになり、偽医者たちがよばれ、彼らが奇跡の治療薬と称するものを試したがむだであった。翌年は、「（苦しみの）倍加」とよばれ、彼らが交互に訪れることになる。一六六五年の春、宮廷がサン＝ジェルマン＝アン＝レ城に移るとき、同行を望んだアンヌは駕籠に乗せられ、途中で何度も休憩しながら目的地にたどり着いた。おそろしい苦痛に襲われるようになっていた。秋には、往路と同じ方法でパリに戻り、ヴァル＝ド＝グラース修道院まで送ってもらった。アンヌはベッドに横たわる際に修道院長に「ここに来ることができて満足です。神のご意思にわが身をまかせます」と言った。そして、ここで最期を迎えたい、とくりかえし述べた。

この最後の願いは聞き入れられなかった。ルーヴル宮とサンジャック通りが離れており、国王がひんぱんに行き来するのに適していない、というのが理由であった。また、修道院は快適ではないうえ、俗世と隔絶した「禁域」である女子修道院の内部で王太后の治療にあたるのは医師にとって障害が多い、との理屈ももち出された。しかし、アンヌはまだ治療を望んでいたのだろうか？　モットヴィル夫人はルイ一四世に対する非難を封じるため、「もし王太后があの隠棲の地を去ることをどれほど悲しんでいるかを――実際に悲しんでおられた――ご存知だったら、（国王は）あのように**ひどいこと**[7]をなさらなかったであろう」と記している。そして、医師たちが、ルーヴル宮に王太后をつれ帰れば国王のおぼし召しにかなうと考え、宮殿に戻る必要性を誇張して説いた、と批判している。その結果として、以前からの希望どおりに修道院で最期を迎えることで得られたであろう魂の安らぎをアンヌから奪ってしまったからだ。

しかしほんとうのところ、医師たちの判断はそれほどまちがっていたわけではない。ルイ一四世は、母をルーヴル宮で死なせることに固執していた。ルーヴルであれば、母親に存分に最後の親孝行ができるからだろうか？　それは確かである。ただし、それだけではない。彼自身が練り上げて強制する途上であった君主制度のしきたりが、王太后の宮殿での死を求めていたからである。ルイ一四世は、自分個人と国王の役割は一体化していて切り離すことができないと考え、可能なかぎり国王の役割を体現しようと決意し、自分の周囲に王国の神髄を集中させることを夢見ていた。だから、家族は自分のそばにいて、つねに人目にさらされる存在であるべきなのだ。のちにルイ一四世は、息子の妻であるマリー・アンヌ・ド・バヴィエール王太子妃が引っこみ思案で自室に引きこもりがちなのを難じて、「われわれには公衆に姿を見せる義務がある」と述べている。アンヌ・ドートリッシュにどこで死んでもらうかにかんしては、以上の原則にくわえてもう一つの動機があった。母子の確執は広く知れわたっていた。アンヌは息子に不満があると、ヴァル＝ド＝グラースに隠棲する、としばしば脅していたので、ヴァル＝ド＝グラースで死にたいという彼女の望みは、ルイ一四世に対する非難、母親をないがしろにしたことの告発と受けとめられる可能性があった。ルイ一四世の統治手法を認めない者たち、神に仕えることを王に仕えることよりも重視する者たちに、アンヌはお墨付きをあたえかねなかった。このためルイ一四世は母に、自分と心を一つにして、できれば人々の目にさらされて、臨終を迎えることを強いた。

ルーヴルにつれもどされたアンヌは、自分が大切にしていたこと、生きがいとなっていたことのすべてを奪われ、現世では死んだも同然であると感じ、すべてを諦めて神の意思に身をまかせた。床から離れることもできず、病気そのものよりも治療のためにおそろしい苦痛に苛《さいな》まれた。壊疽《えそ》の発生によって治療法が変更された。アリオという名前の外科医が、砒素を成分とする薬剤を使って病巣を壊死させ、その後に「剃刀《かみそり》で一片ずつ」組織を切りとった。来る日も来る日も、アンヌは衆人環視のなかで殉教者のごとき苦しみをなめた。この処置は、朝と夕方に家族が見守るなかで行なわれた。彼女は果敢にも、「ふつうの人は、死後に腐る、しかし（わたしは違う、）神は生きているうちに腐る運命を（わたしに）授けた」と冗談めかして述べた。見かけとは異なり、いちばんの苦痛をあたえたのは、事前に塗布される軟膏であった。その後の切除が耐えがたく痛くなるのは、壊死していない部分の組織に近づくときだけであった。そこで、この手法は断念せざるをえなくなった。その当時に医師が処方していた薬には鎮痛効果があるものがほとんどなく、わずかに存在する鎮痛剤を使うことにも躊躇《ためら》いがあった。苦痛には贖罪の効果があると、人々が心から信じていたためである。しかし最後には、身の毛のよだつような苦しみに神が認める価値をそこなうことになるかもしれないがやむをえない、との判断で、「罌粟《けし》の液」でアンヌの苦痛をやわらげることが決定された。

死と直面して

一六六五年九月二七日、スペインから弟フェリペ四世の死の知らせがとどいた。これを聞かされると、アンヌは涙を流し、「自分もすぐ後に続く」とだけ述べた」。そして、フェリペ四世の娘であるマリー・テレーズ王妃と抱きあって泣いたが、そのあいだにルイ一四世はさっそく、フェリペ四世の病弱な後継者[8]が生きのびるチャンスはどれくらいかと思いめぐらしていた。アンヌ自身は死にそうでいて死ねず、こういった場合に起こりがちなことであるが、周囲の人間は焦《じ》れてきた。「王太后様の長い患いのために以前と比べて悲しみに敏感でなくなった国王陛下は楽しみごとに心を惹かれ、やすやすと快楽に身をまかせた」。一六六六年の公現祭［嬰児《みどりご》キリストを礼拝するために東方の三博士がやってきたことを記念する日］の前夜、王太后も王妃も参加しない晩餐とその後の舞踏会で、ルイ一四世と王弟フィリップ夫妻は宝石をちりばめた服で贅《ぜい》を競った。

ところがアンヌの容態が急変し、臨終が近いと思われるほどだったため、ルイ一四世らの楽しみは中断された。「（王太后は）ご自分の命にまったく無関心であったので、固い意志をもっているようには見受けられなかった。［…］すべてを神のおぼし召しに委ねていたため、すべてにおいて人々の意思に身をゆだねていた」。あらためて治療が試みられたが、逆効果であった。そのころ、癌の患部は耐えがたい悪臭を放っていたが、アンヌはこれを「自尊心が強すぎ、（自分）の体の美しさ（や薄手の麻布、上質の白麻布のシーツ）を愛しすぎた」ことに対する神罰だと信じた。日中は我慢したが、夜になると痛みのあまり涙と叫び声をこらえることができなくなった。死に行く人の大半は、これから神の裁きを受けると思うと恐怖を覚えるというのに、アンヌはそうしたおそれから解放されたようであった。アンヌは毎日、聴聞僧に告解していた。忠実なモットヴィル夫人は、女主人の心の平安は、聴聞僧が「永遠の長い旅路」に向かう心がまえを整えるのを助けたおかげである、と考えた。実のところ、アンヌが心配していたのは自分の魂の救済ではなく、子どもたちの魂の救済であった。最後の聖体拝領を受ける前、彼女はルイ一四世とその妻マリー・テレーズ妃をよび、最初は一人ずつ、次に二人を同席させて会話をかわした。「（王太后は）二人のために、神をおそれつつ、神の豊かな祝福に浴しての、幸福で穏やかな結婚生活を祈念したと思われる」。彼女は厳かにルイ一四世を譴責《けんせき》しようと努めた。終油の儀式が終わると、アンヌは黙想し、息子をまっすぐと見つめ、王妃の威厳と母の権威をもって「わたしがあなたに言ったことを行ないなさい。聖体を唇に受けているいま、私はこのことを今一度命じます」と述べた。目に涙をいっぱいに溜めたルイ一四世は首をたれ、約束を守ります、答えた。母子のあいだにどのような約束がかわされたのかは、だれも知らない。

いよいよ臨終かと思われてもちなおすことをくりかえしてきたアンヌもついに亡くなるのであろうか？　彼女の体はあくまでも強かった。終油とは、その名が示すとおり命が終わるときに授けるものであるが、彼女は終油の儀式を受けたあとも死ななかった。そうなると、彼女が息を引きとるのをいまかいまかと見守っているほうもたまらなくなってきた。ある日の真夜中ごろ、アンヌは失神したが、やがて意識をとりもどした。すると今度は国王が気絶し、母の部屋から退出せざるをえなくなった。フィリップ一人が、大好きな母のかたわらに最後まで残ることになった。アンヌはついに臨終を迎えたが、それは「長く、苦しみに満ちた」臨終であり、アンヌはこれを神への捧げものとした。彼女は常日頃、死を正面から受けとめたいという願いを表明していた。「死について考えずに死んでしまうのが怖いので眠りたくない」と言うのが口癖だった。彼女の願いはかなった。息を引きとるまで意識は清明であり、一六六六年一月二〇日の朝の四時から五時のあいだに、つつしみ深く簡素な死を迎えることができた。親しい修道女たちのもとにとどまったら体験できたであろう死とほぼ同じような、虚飾とは無縁の死であった。生前の望みどおり、彼女の心臓はヴァル＝ド＝グラース修道院に納められた（ここには、最初の孫娘の心臓も彼女自身の手で運ばれて納められていた）。フランス革命期の修道院掠奪以来、アンヌの心臓は行方知れずである。

ルイ一四世は、兄弟のうちでもっとも母を愛していたのは自分だと主張したくて母の亡骸から離れようとしない弟フィリップを力づくで部屋から退去させる羽目になった。本人も自分の寝台で一晩中泣いた。そして翌日、「王太后は偉大な王妃であったのみならず、もっとも偉大な王たちと同列に扱われる価値があった」と述べた。この発言は正鵠《せいこく》を射ている。アンヌ・ドートリッシュがいなければ、彼女がゆらぐことなくマザランを支持しなかったとしたら、偉大な世紀とよばれるルイ一四世の時代は違ったものとなったであろう。しかし、自分の幼少期のトラウマとなったフロンドの乱を忘れたいと思ったルイ一四世がこれについて語ることを禁じたため、あの混乱期にアンヌ・ドートリッシュが息子と王国を守るために演じた重要な役割も同時に記憶から消されてしまった。これに対して、彼女の道徳や宗教にかんする教えは、毒殺事件[9]が起きるとルイ一四世の記憶によみがえり、これをきっかけに奔放な女性関係に終止符を打った。その後の治世におけるルイ一四世のイメージは、母が望んでいたところと合致するようになった。息子に大きな愛をそそいだ母が死後に得た勝利であった。

シモーヌ・ベルティエール

〈参考文献〉

おもな資料

Motteville, Mme de, *Mémoires*, Paris, Petitot, 1824; Paris, Michaud et Poujoulat, 1838.

書籍

Bertière, Simone, *Les Reines de France au temps des Bourbons*, t.1, *Les DeuxRégentes*, Paris, de Fallois, 1996.

Bertière, Simone, *Le Procès* Fouquet, Paris, de Fallois, 1996.

Dulong, Claude, *Anne d'Autriche, mère de Louis XIV*, Paris, Hachette, 1980.

Dulong, Claude, *Anne d'Autriche*, Paris, Perrin, 2008.

Kleinman, Ruth, *Anne of Austria*, Colombus, Ohio State University Press, 1985.

Petitfils, Jean-Christian, *Louis XIV*, Paris, Perrin, 1995.

〈注〉 ＊のついたものは訳注。

1　この引用は、（別の引用元が記されていないかぎり）これから先の引用と同様に、アンヌ・ドートリッシュの女官、信頼された話し相手として晩年の彼女を間近に見ていたモットヴィル夫人の『回想録』からのものである。

2　アンヌ・ドートリッシュは一六〇一年生まれ。一六一五年に結婚したが実際に夫婦関係をもったのは一六一九年であり、その後も長年妊娠することなく、ルイ一四世が誕生して母となる願いがかなったのは一六三八年であった。その後、一六四〇年に次男のフィリップが生まれた。

3　ミエ・ド・ジュールが回想録『一六三五年から一六六二年までのフランスの歴史』のなかで伝えている発言。この回想録の手稿は、エキサンプロヴァンスのメジャーヌ図書館に保存されている。

4　モリエール作の戯曲『エリードの姫君』、第三幕、第一場、詩句三六六。プレイヤード叢書モリエール全集（一九七一年刊）第一巻には、この劇の脚本とともに、『魔法の島』のスペクタクル全体の要約がおさめられている。
5　キナノキの樹皮からとられる薬（抗マラリア薬）。この頃、薬として認められたばかりであった。
6　＊当時の保守的な医学は、瀉血や浣腸といった無意味な手段しかもちあわせていなかった。モリエールは自作の戯曲のなかでしばしば、むずかしい理屈をふりまわすばかりで役に立たぬ医師を批判、風刺している。
7　太字としたのは、本章を担当したシモーヌ・ベルティエールである。
8　カルロス二世。近親結婚（母親は父親にとって姪であった）のためになかば廃人であったが一七〇〇年まで生きのびた。しかし子どもは作れなかったので、ルイ一四世の孫、フィリップ（フェリペ五世）が後継者となり、スペイン・ブルボン朝がはじまる。
9　＊一六七九年に毒殺事件の捜査でラ・ヴォワザンという女が逮捕され、彼女が作る毒薬や媚薬を貴婦人たちも買い求めていたことが判明。そのなかにはルイ一四世の寵姫であったモンテスパン夫人もふくまれていた。ルイ一四世は王家の権威にかかわる醜聞をおそれて捜査を打ちきらせた。

9　プロテスタントに生まれカトリックとして死す

スウェーデン女王クリスティーナ

ローマ、一六八九年四月一九日

豊かで軍事力にもすぐれていたプロテスタントの国、スウェーデンの女王クリスティーナは、二七歳のとき、王位をすててカトリック信仰を選んだ。この決断は一人の女性の自由で断固とした気質を十分に説明するが、この決断をしたため、彼女はその後、亡命生活を送ることになり、いくつかのヨーロッパの王位の得ようと試みたこともあったが、ことごとく失敗した。故国スウェーデンを発って、ローマで盛大に迎えられ、そこで最後の年月をすごした。威光に包まれて、彼女は永遠の都市ローマの重要人物となる。だが、他方で一生を通じて、生活態度や交友関係が中傷や攻撃文書の的となりつづけた。女王は型破りで、学識豊かで、あの雄弁家ボシュエ張りのフランス語をあやつるのと同じくらい、ののしり言葉も巧みにあやつることができた。サン＝ピエトロ大聖堂での壮大な葬儀に値する人物だった。

一六八九年二月一三日、三〇年以上も前から居住の地としていたローマのリアリオ宮殿（のちのコルシーニ宮）で、当時六二歳だった元スウェーデン女王クリスティーナは、イタリア南部の数週間の旅から帰って、突然の高熱に襲われ、床につかざるをえなくなった。数時間後、右脚に大きな赤斑が現れた。この病気を女王はすでに知っていた。はじめてこの病にかかったのは一六八六年の冬だった。医者たちもこの病気を知っていた。クリスティーナは丹毒をわずらっていたのだ。それは皮膚の感染症で、下半身に現れ、最初炎症が見られるが、それが広がって、浮腫に変わり、触ると非常に痛む。この突然の発症が一〇日以上続くことはまれで、いったん姿を消し、一年後同じ時期にまた現れる。ところが高齢者特有のこの病は、今回は「完全に治癒」しそうになかった。主治医によると、病の一部が「血液中」に残っていて、女王の体の別の部分を「攻撃し」、「失神をくりかえすほどの重大で危険な症状をひき起こす」おそれがあった。

病人の苦痛をやわらげるために、主治医たちはいつもの治療を行なった。悪血をとるための瀉血、炎症を抑えるための患部への湿布、熱を下げ水分を補給するためのスープの摂取…。治療は効き目があったようで、同じ月の二一日には苦しみから赦免されたように見えた。医者たちにもその兆候を告げる「大いなる下痢」が起こったのだろう。女王は危機を脱し、病後療養がはじまる。クリスティーナの望みでこの病気とめざましい回復について書きとめさせた記述によると、彼女はこれがあきらかに神の奇跡によると信じ、まもなく魂を返すことになることも認識していて、一人の完璧なカトリック信者として、果敢な心がまえをしていた。そのため二度も聖体を受け、その度に「非常に篤い信仰の特別な感情」を表明した。

王国対洗礼

　自分が人生の出口にたどり着いたことを悟り、ぜひとも熱心なカトリック教徒として世の記憶に残りたいと願っていたこの女性は、ローマカトリック教徒として生まれたのではなかった。父グスタフ・アドルフは当時絶頂期にあったスウェーデンの国王[1]で、国民と同様、国教となっていたルター主義を信奉していたので、当然クリスティーナもプロテスタント教育を受けて育った。母であるホーエンツォレルン家のマリア＝エレオノーラが生んだ子どものなかで、ただ一人の生育可能だった若い王女は、帝王学も授けられる。父は娘を後継者とするため、国の法律を変更した。父王が一六三二年、リュツェンの戦い[2]で命を落とし、彼女が王位を相続することになったが、まだ六歳になるかならないかの歳で、実際に統治するのは一六四四年の成人を待たなければならなかった。クリスティーナは二五年以上プロテスタント信仰をもちつづけた。それから疑念が起こった。そしてとうとうカトリックに改宗することを熱烈に願うようになった。だが、スウェーデンではカトリック信仰は禁止されていた。自分の生国では改宗が不可能であり、自由な信仰ができないため、クリスティーナは数カ月のうちに、生涯でもっとも重要な行為を遂行する。まず王位をすて、それからカトリックに改宗した。

　一六五三年末にはうすうすと感じとられていた退位の計画は、一六五四年初めになるとヨーロッパ中の宮廷すべてに知れわたった。しかし、王位継承と退位後の彼女の権利、生活費として彼女が要求した収入の問題を調整するには数カ月が必要だった。結局、クリスティーナの結婚相手の候補者でもあった従兄のカール・グスタフがカール一〇世として王位を継ぐことになった。女王の財産については、スウェーデンのノルヒェーピングの町、ゴトランド島、エーランド島、エストニアのエーゼル［サーレマー］島、［ドイツ北部にある］メクレンブルクのポールとノイクロスターの領地、ヴォルガストの町、そしてポメラニア［ポンメルン］の国王親族封土とで構成され、これらは女王の死とともに国に返還される。これにくわえて贈り物としてあるいは相続によって得た宝石類、メダルや彫刻、タピスリー、絵画を所有する権利が許された。これらには戦争の際の略奪品もあれば、寄付、外交的なあるいは好意による贈り物のほか自分で買ったものもあったが、それについては国の金についていちじるしく無遠慮だ、という評判がまたたくまに立った。一六五四年六月一六日、ウプサラ城で署名が行なわれたが、そのために廷臣たちは一月から準備にかかっていた。退位の際、クリスティーナはカトリックに改宗したいという願望をいっさい示していない。王位をしりぞく理由として、休息がほしいし、学問研究に打ちこみたいからだと説明した。

改宗のほうは、すぐには実行されなかった。クリスティーナは退位の数日後にスウェーデンを発ち、デンマークを通ってドイツを訪れた。一六五四年の年末になってやっと、当時スペイン領でカトリックを信奉していたフランドルの地にいたってはじめて、異端放棄の宣言を行なった。ブリュッセルのレオポルト大公の住居において、一二月二四日ドミニコ会神父ゲメスの手で行なわれた。列席者のなかには、女王に先立って数週間前からフランドルに来ていた在スウェーデン、スペイン大使ピメンテッリがいた。彼女はローマを訪問して教皇アレクサンデル七世に会いたい、と考えていたので、教皇庁を訪れる前に二度目の異端放棄の儀式、今回は公のものを受けなければならなかった。その儀式は一六五五年一一月三日インスブルックのホーフブルク教会で行なわれた。彼女はいまだにスウェーデン女王とよばれつづけたまま、それから数日後に永遠の都ローマに到着した。ごく内輪の歓迎会になるはずだったが、結局たいへん華やかなものとなった。プロテスタントの誤りを認め、洗礼によってローマカトリック教会に回帰した人物の来訪を、教皇庁が祝福しないわけがなかった。この教会の導き手である教皇アレクサンデル七世は、この滞在中にバチカンで行なわれた堅信の秘跡の名づけ親を引き受け、彼女に第二の名前として自分の名前、アレクサンドラをあたえた。

旅、旅

数カ月にわたったこのヨーロッパをめぐる旅のあいだ、ピメンテッリはクリスティーナのそばを離れなかった。これは多くの人々に、精神的な関係以上のものを思わせた。事実、退位に続いた改宗にはだれもが驚いていたからだ。彼女の即位のときから、さらに彼女がみずから統治をはじめた最初のときから、ドイツにおけるプロテスタンティズムを救った「北のライオン」の娘は、ヨーロッパのどのプロテスタント作家からも賞賛されていた。彼女が高名な父と同じ資質と大志をもっていて、福音の真実を擁護する彼女の力は明らかだと思われた。そこで彼らはそのことを証明しようと、彼女の輝かしい知性、家庭教師ヨハンネス・マティアと宰相アクセル・オクセンシェルナ指導のすばらしい教育、学識の深さ——彼女は八言語を、彼女自身の証言によると独学で、話せた——に言及し、さらにストックホルムで彼女をとりまく著述家たち——イサーク・ヴォシウスのようなオランダ人や、フランスのデカルトなど——あるいは文通の相手——スピノザや危ないスカロンや歴史家のフランソワ・メズレー——を引きあいに出した。反対に、カトリックを信じる人々は、彼女の長所を上まわる傲慢さと虚栄心、権力愛、領土拡張の野心を非難し、彼女がプロテスタントであるために、品行が堕落しているのだと揶揄《やゆ》した。さらに背が低く——女王の身長は一五二センチだった——不器量で、猫背だとしてからかい、また男っぽい物腰、低い声、露骨な発言、平気で悪態をつき、狩りや犬を好んでいることをあげつらって、クリスティーナは男性より女性の魅力のほうに感じやすいのでは、という噂を焚きつけた。この最後の点について、女王は決して本気で隠そうとしなかった。とくに「美しい公爵夫人」エッバ・スパッレとの暗黙の関係は八年間、王位を離れるまで続いた。

彼女の改宗が知られるようになった後も、この両側の発言は続いたが、陣地を変えた。プロテスタントは以後彼女を、弱い性ゆえに抵抗できなくて、あの呪われた偽善者たちの影響を受け、彼らの無知によって堕落させられた哀れな女と見た。そして彼女の恋愛やプライベートな行動に対して沈黙していた人々が、以後そして何十年にもわたって、勝手にさまざまな関係を捏造し、彼女のローマの住居がカトリック世界の淫乱の中心で、売春婦や聖職者や売春斡旋人やらが盛大な乱行パーティーをしているのだとふれまわった。カトリック側は、改宗者にはつねに警戒する習慣ではあったが、当然のことながら彼女に対してはもっと妥協的だった。とくに一六五六年女王が最初の滞在をしたときのフランスがそうだった。スウェーデンを出てから、入るはずの収入が部分的にしか支払われなかったので、クリスティーナはその問題を解決するため故国まで帰らないまでも、せめてハンブルクまで行きたいと思った。そこで彼女はほぼ随員なしでフランスを縦断した。スウェーデンを出て以来いつもそうしていたように、十分ではないにしろ身分を隠しての旅だった。フォンテヌブローから宮廷人たちがいるコンピエーニュまで彼女に同行し、この風変わりな人物を紹介することを、宮廷に前もって知らせたのはギーズ公だった。

女王の見かけは、彼女の即位以来彼女を好んでいない人々によって描かれた、まったくへつらいのない肖像とあまり違わなかっただろう。スウェーデンを出るとすぐから女物の服はやめ、頭髪は男性用のかつらと帽子をかぶるために剃っていた。服装も男性用胴衣プルポアンと兵隊用の膝丈コートを選んだので、短い裾の下から足と男物の靴が見えた。そして人並以下の体格や、大きな表情に富んだ青い目や、やはり大きい口はなるほどそのとおりだったが、反面、顔そのものは、皮膚に天然痘の跡が残っているにもかかわらず、感じの悪いものではなかった。いずれにせよ、「男まさり」を好んだこの女性を、フランスはあるがままに受け入れ、見かけをほめなかったにしろ、学識をたたえた。彼女がパリの王立アカデミーを訪れた際も、学問の分野においても芸術の分野においても、その造詣の深さに、居あわせた学者は皆、舌を巻いたようだ。コンピエーニュでは、モットヴィル夫人によると、身なりのせいで――曲がったかつら、「エジプト人のように」日に焼けた肌――最初に四輪馬車から降り立ったときの印象はよくなかったが、すぐに、低い声と率直な話し方――クリスティーナは完璧なフランス語が話せた――、ぶっきらぼうな態度、悪態、汚れた手、お供の貧しさにもかかわらず、自由闊達さと感じの良さで皆を魅了した。たしかに、彼女には当時フランス宮廷で考えられていたような女性的なものは何もなかったが、突飛さは魅力をさまたげるものではなかった。同じ頃ローマで彼女についての好意的な評判が広がっていたが、どれも真にほめたたえるものばかりだった。

亡命生活の謎

クリスティーナには未完に終わった回想録があり、そのなかで自分について、ビールと豚肉が大嫌いといい、生涯一度も美しかったことはなく、晩年には二重あごやつき出たお腹というときの痕跡をまとってさらにひどくなったことを認め、また性格について疑い深く、怒りっぽく、短気で、平気で人をばかにしたりからかったりするし、笑いすぎ、しかも笑う声が大きすぎる、ゆったりと歩くことができない、などとあからさまに書いているが、かなり早い時期から、祖国と政治活動が懐かしくなったらしいこともわかる。政治権力はむなしいことがわかった、と公言してしまった女王がなんの役に立てただろう。だが、彼女も一六四八年のウェストファリア平和条約によって、ヨーロッパを血で染めた三〇年にわたる戦争を終わらせるのに一役かった人物の一人だった。おそらくはある人々が主張するように、フランスとスペインの、つまりキリスト教徒のあいだの平和のメッセンジャーになり、カトリックとプロテスタントが団結して、新たにヨーロッパを脅かしているトルコ帝国に対して新たな十字軍を送れるようにすることを夢見ていたのではないだろうか。果たすべき役割といってもいまや意向でしかなかったが、彼女はその希望を頭から追いはらうことは決してなかった。そしておそらく新しいカトリックの王国の君主になることも考えていた。クリスティーナがはじめてフランスを訪れたとき、フランス政府は、彼女にナポリ王国の話をし、教皇から、その王座を得られるように援助することを約束した。ところが、一六五七年の二度目の滞在では、秘書のモナルデスキが殺されたことで、悲劇的に終わったのだが、その殺人に彼女が無関係ではなかったことから、以後フランスは彼女に背を向けた。

　スウェーデンに戻ってふたたび統治するという考えも、彼女の心をつかんで苦しめていた。したがって、一六六〇年にカール一〇世が死去すると、ストックホルムまで出かけていった。カールには息子が一人しかなく、それもまだ五歳だった。もしその子が死ぬようなことがあれば、ふたたび王座に戻りたい、と申し出るが、議会は断固として受け入れなかった。カトリックの信仰をすてないかぎり、祖国の君主に戻る望みはまったくない。七年後、彼女はスウェーデン人「クリスティーナ」として、もう一度故国でのチャンスを試すため、ハンブルクに向かった。しかし議員たちは前回よりさらに頑《かたく》なで、祖国に戻る前に合意書に署名せよ、と迫った。プロテスタントに戻る以外、国の政治へのかかわりを望むことはできず、異国の従僕は解雇しなければならず、議会が開かれる街に二度と足をふみいれることができなくなった。もしこれらの条項の一つにでも違反すれば、ただちに捕らえられる。クリスティーナは固執しなかった。

　ローマに戻って、彼女はポーランドの王座が空位となっていることを知る。ヤン二世カジメェシュが政治に嫌気がさして退位したところだった。ポーランドは公選制の王政だった。彼女もその血筋を引いているヴァーサ家は、この国に多くの名高い王を輩出していた。そこで申し出てみるが、よい結果は得られなかった。結局、最後の何年かは、国を離れた当初から彼女の母港となっていたローマを出ることを考えながら、遠い従兄弟であるマグデブルク選挙侯との関係を保ちつつ、ポメラニア地方あるいはブレーメンを自分の思いどおりの公領に変えることができたら、と思っていた。同じ時期、フランスやイングランドにおけるプロテスタントの迫害に対して、彼女は公然と反対を表明し、イングランドで起こった名誉革命を支持して、オラニエ公ウィレム（のちのウィリアム三世）の成功を心から願い、聞く耳をもつものにはオランダとイングランドの連合はかならず新しい国民をヨーロッパでもっとも偉大にするだろう、と語った。ローマでは、アレクサンデル七世の後継者を決める教皇の選定にもかかわり、ローマに来てからずっと彼女のそばにいたデチオ・アッゾリーノ枢機卿を推したが、落選してしまった。

それでもスウェーデン女王クリスティーナは永遠の都市における重要人物でありつづけた。ローマの「女ボス」を表敬訪問することは、外交官や貴族の旅行者のだれにとっても教皇、バチカン国務長官についで三番目に重要だった。その上、彼女のサロンはローマで人気のひとつだったし、ドイツや北方全般の問題について話せる数少ない場所のひとつだった。さらに、スウェーデンでしていたように、画家や彫刻家を館に招いたので、彼らの作品によって彼女のコレクションは豊かになり、作家たちもその作品で彼女の劇場や、やがて彼女が創設することになる学士院をにぎわせた。クリスティーナがみずからの知的野心にそむくことは決してなかったからだ。たしかに、彼女の文学上の試みは決定的なものを残していないし、なんといっても、何編かの詩以外はすべて未完である。神に捧げたという自伝も一六三五年より先には進んでいないし、アレクサンドロス大王とユリウス・カエサルの生涯についてのエッセイも数枚で終わっている。その上、彼女の箴言はその時代、独創的とは考えられていなかった。だが、芸術の偉大な擁護者であったことには争いの余地がない。

著述家にはなりそこねたが、学識豊かだった彼女は、科学者でもあったので、同時代の化学に情熱を燃やした偉人たちと同様、ローマの城館に実験室を作らせた。だがほかの人々と同様、金を造り出す方法を発見することはできなかった。芸術家たちや聖職者たちとの交際は、陰口の原因ともなった。とりわけ一六七四年には、彼女とその性生活をからかった印刷物が国中に出まわったので、それに対して彼女は公然と反論する。自分は純潔であり、流れているすべての噂、とくにデチオ・アッゾリーノとの関係については中傷でしかない、とはっきりと言った。のちに回顧録のなかで、自分は性の歓びを一度も経験したことがないが、もしあったなら、もっとさかんに行なっていたはずだ、と言っている。だがこの中傷は意味をふくんでいる。これによってわかるのは、政権の座から引退しているのにもかかわらず、彼女がある人々にとって危険でありつづけていたことである。カトリック世界のなかの独立のシンボルとして、また彼女が見せた女性の自由な姿で、周囲を波立たせていたのだ。こうした関心は彼女の死後も消えず、一六九七年、プロテスタントの地アムステルダムで、下品で際どい物語が出版されたが、そこには女王と従僕と高名な高位聖職者が登場し、おもな舞台はリアリオ宮殿、まるで女王が死の床にあっても情事が止まらなかったかのように書きたててある[3]。一六八九年二月の病が鎮静したのは、ほんのつかのまだったのだから。

つかのまの小康状態

病のあいだは、医者や外科医、薬剤師、館の使用人たちだけに囲まれて寂しい思いをしたが、回復したことがわかると皆が喜んだ。のちにアレクサンデル八世となるオットボーニ枢機卿は教皇が授けた祝福を運んできたし、教皇の甥、リヴィオ・オデスカルキ枢機卿や教皇庁の何人もの人々にくわえて、大勢の大使たちや王族、高位聖職者、それにローマの名だたる貴族たちが彼女をみまった。知らせはスウェーデンにもとどき、カール一一世は回復を祝う優しさに満ちた手紙を又従姉に送った。そしてそのときローマに滞在していた侍従のエリク・スパッレに、彼女が助かったことを知った喜びを直接会って伝えるよう命じた。この出来事を祝うために、いくつもの感謝の祈りが捧げられ、神への感謝の曲テ・デウムが三回、三コーラスで歌われた。アッゾリーノ枢機卿の館においても女王の廷臣の住居においても、数日間にわたってローマの人々が誰彼なく供応された。奇跡的に回復した女王自身は、財産の管理をまかせているオリヴェクランスに三月二〇日手紙を書き、体調がよくなったこと、神が彼女を死の腕から奪ってくれたこと、彼女の体が天の助けによって病を脱し「怪力のヘラクレスを二〇人くらい殺せるほどに」なったのを喜んだ。そして食事療法について不平を言ったのは、未来に十分な希望をもっていたからで、実際、今度の復活祭までにはふたたび自分の足で立てるだろう、と固く信じていた。

この同じ秘書官に宛てて、四月二日にふたたび書いている。それが最後になった。だれもが彼女の回復を信じていた四月一四日夜三時頃、丹毒のいつもの熱が、前と同じくらい激しくまたしても女王の体を襲った。どんな薬も効かず、おそらく前回の発作で衰弱していたからだろう、今回は医者たちもなすすべがなかった。もはや絶望的だった。彼女の死の公式の記述によると、女王はそのあいだずっとおちついたようすだったらしい。そして四月一九日朝六時頃、右脇を下に、左手を首にあて、声も出さずじっとしたまま、この世を去った。最期を見とどけたのは、周辺の教区の聖職者にくわえて、跣足カルメル会の司教総代理ボヘミアのスラヴァータ神父と長年の友アッゾリーノ枢機卿だった。

ローマへ逃げてきて亡命中にそこで死んだ女王は、クリスティーナがはじめてではなかった。ボスニアのカタリナ王妃はトルコ軍に国と夫を奪われ、ローマで一四七八年に死んだ。キプロス女王だったシャルロットも同じ頃、同様の理由でそこに隠れ場所を求め、数年後に死去した。だが、この二人は生まれたときからローマカトリックの真理に従っていたキリスト教徒だ。教皇庁の栄光は、これほど高名な改宗者を受け入れるのとは格段に異なる。その点で、スウェーデンのクリスティーナ女王ははじめての例だった。そのため、彼女がローマに身をおちつけて以来彼女を保護して来た教皇庁は、たんなるつつましいカトリック教徒のものではない葬儀を行ないたいと思った。それは一六八九年三月一日の遺言にまとめられた故人の最後の意志に反するものだった。彼女は同時代人がなんと言おうと、決して信心にこり固まった人物ではなく、ときとして教皇庁の政治にも強く反対したものだが――とくに彼女が愚かだと思っていたイノケンティウス一一世の時代――、自分の死の知らせがあったら、すぐに魂の休息のためにミサを二万回読誦してほしいと命じていた。君主らしく、彼女は自分の葬儀の仕方を指図し、埋葬時の服を選び、墓所として、もし事情が許せばと、ロトンド教会を選んでいた。アッゾリーノ枢機卿がすべての動産の相続人に指定され、彼女が望む華美でない埋葬をとりしきるよう託されていた。そして墓石には、カトリック教徒の女性としての名前と地上ですごした年数だけがきざまれることを望んでいた。だが上に述べたような理由で、クリスティーナの葬儀は公然と、贅をつくして行なわれ、遺体はサン＝ピエトロ寺院に迎えられた。

埋葬

死去の日、女王の遺体は外科医の手にゆだねられ、ローマで重要な人物の死の際に見られた習慣にしたがって、切り開かれ防腐処置がほどこされた。それから、女王がこのときのために数カ月前に作らせてあった金の刺繍のある白い衣装が着せられ、死者のドレスと同じ色の天蓋のある死の床の上に展示された。金曜の夜まで間断なく、女王の司祭たちがデッラ・スカラ教会のカルメル会修道者とともに、女王の魂の休息を祈った。四月二二日金曜日から二三日土曜日にかけての夜、遺体は宮殿外での最初の喪の儀式を行なうために、ヌオーヴァ教会に移された。遺体は四方の壁をとりはらった四輪馬車に乗せられ、四人の司祭がたいまつを手にそれにつきそった。教皇庁の槍隊と故女王の召使いも護衛の矛槍兵のもったいまつに照らされて、徒歩で従った。その他、喪服に身を包んだ従僕や侍従たちが九台の四輪馬車で随行した。路肩では、教皇庁の兵隊が群衆を制止していた。教会に着くと、遺体は祈祷室に朝まで安置され、教会はそのあいだ、典礼の準備を進めた。主扉の中央には二人のペーメー［名声の女神］に支えられた女王の紋章が、そのまわりには死の二つの姿が描かれていた。建物の壁には、金と銀の涙がちりばめられた黒い布が張られ、礼拝堂の祭壇と床には数百本の白いろうそくが燃えていた。遺体は、銀の大きなろうそくに囲まれた儀式のための遺体用寝台に安置された。遺体を守る天蓋は、故人の［庇護を受けていた］建築家フェリーチェ・デリーノの考案で、王冠の形をしていた。そこへ喪服姿の女王の従僕全員と枢機卿団が入ってくる。ミサが終わると、遺体はバチカンへ移された。長い行列には葬儀に出席した全員にくわえて、ローマの聖職者たち、故人の小教区の聖ドロテア教会、托鉢修道会の代表者たち、サン＝ピエトロ寺院の代表者、カメルレンゴといわれる教皇庁の財政を管理する枢機卿、司教座聖堂参事会員、それに寺院の演奏家たちもくわわり、今度は、王族の象徴とされるアーミンの縁飾りがついた立派な紫の外套で包まれた遺体を先導した。故女王の頭には王冠が乗せられ、腕には王杖が置かれた。天蓋は女王の従僕が支えた。周囲と後方をほかの家来たちが徒歩で、枢機卿たちがラバに乗って二列で進んだ。道沿いにはずっとローマの住民たちがおしよせたので、混乱を避けるために教皇庁はふたたび兵隊を使って葬列を保護しなければならなかった。サン＝ピエトロ寺院において遺体はふたたび赦免を受け、それから木と鉛の二重になった柩《ひつぎ》に納められ、故人の肖像が彫られたメダルが投げ入れられた後、蓋が閉じられた。

墓は、建築家カルロ・フォンターナの設計で、一七〇二年完成した。碧玉の墓碑にはメダルのような横顔の王女の肖像がある。その下にきざまれた碑文は、墓を訪れる人々に、スウェーデンの女王クリスティーナはみずからの意志によって、ルター派の異教からカトリックに改宗した、と語っている。だが、これはローマ教会が望むようにまとめた女王の生涯だ。スウェーデンの女王クリスティーナを一七世紀のヨーロッパでもっとも影響力のある女性の一人にしたのは、彼女の自由への渇望だった。碑文はそのことに沈黙している。

ディディエ・ル・フュール

〈参考文献〉

Ackerman,Susanna, *Queen Christiana of Sweden, and her Circle: the Transformation of a Seventeenth-Century Philosophical Libertine*, New York, Copenhague, Cologne, Brill Academic Pub, 1991.

Arckenholtz, J., *Mémoires concernant Christine de Suède pour servir d'éclaircissement à l'histoire de son règne et principalement de sa vie privée*, Amsterdam, 1751, 4 vol.

Beaussant, Philippe, *Christine de Suède et la musique*, Paris, Fayard, 2014.

Collectif, *Christine de Suède, une reine européemne, 1689-1989*, Naples, Prismi, 1991.

Franklin, Alfred, *Christine de Suède et l'assassinat de Monaldeschi au château de Fontainebleau*, Paris, E. Paul, 1912.

Heyden-Rynsch, Verena von der, *Christine de Suède, la souveraine énigmatique*, Paris, Gallimard, 2001.

〈注〉

1　一六一一年一〇月から一六三二年まで在位したスウェーデン王グスタフ〔二世〕アドルフは、卓越した戦略家で、宰相アクセル・オクセンシェルナの協力を得て、スウェーデン軍をおそれられる存在に育て、国家を豊かな強国へと導いた。

2　一六三二年一一月六日、スウェーデン軍はヴァレンシュタインの率いるカトリック同盟軍に勝利したが、グスタフ・アドルフが戦死したことで、スウェーデンと三十年戦争に参加していたプロテスタントの陣営は長期的に弱体化した。

3　「スウェーデン宮廷情事物語」と題されたこのパンフレットには、女王が壮大な乱闘場面を演じ——もちろんわいせつな——それが原因で瀕死の状態におちいったなどと書いてあった。

10 模範的な死

マリア＝テレジア

ウィーン、一七八〇年一一月二九日

マリア＝テレジアは一八世紀でもっとも偉大な君主と考えられている。広大な国土のほとんどを失うことなくプロシアの圧力とロシアの貪欲から守りとおし、ハプスブルク家による神聖ローマ帝国支配を維持した。巧みで粘り強い、ときに戦争もいとわない外交手腕を用いて、四〇年の在位でハプスブルク王朝を体現したマリア・テレジアは、彼女が「母」のような存在でありたいと願った臣民にとっても、彼女が強い影響力をおよぼしていたヨーロッパにとっても、傑出した君主だった。そしてその死は、彼女の人生と似て、悲痛であり模範的であった。

一七六五年八月一八日、夫の皇帝フランツ＝シュテファンがインスブルックにおいて急死。以後マリア＝テレジアは生涯喪に服したままだった。突然の思いがけない死に、彼女は茫然自失となった。「夫であり友人であって、わたしの愛情のただ一つの対象」だった人を失ったとき、彼女は書いている。「四二年来[1]、わたしたちの心と気持ちはたった一つの同じ目標をもっていました。わたしたちはいっしょに育ちました[2]。二五年前からの苦境も彼が支えてくれなければのりこえられなかったでしょう」

苦境というのは、在位後まもない頃の不運のことをいっている。一七四〇年一〇月彼女がまだ二三歳で父皇帝カール六世を継ぐと、すぐにオーストリア継承戦争がはじまり、それから八年も続いた。発端は、冬のさなかのフリードリヒ二世によるシュレジエン侵攻だった[3]。フリードリヒ自身、まだプロシアの王位についたばかりだったが、この経験のない哀れな女王には楽に勝てると思っていた。実際、プロシア軍は華々しい成功をおさめることになるが、マリア＝テレジアの固い決心まで砕くことはできなかった。しかし、この敗北の結果として、彼女はまもなく、フランス、プロシア、バイエルン、ザクセン、サヴォアそしてスペインという広範囲の連合軍に立ち向かわなければならなくなる。帝国の割譲はまぬがれないとだれもが考えたが、彼女はあっぱれなまでの気力で抵抗し、決してくじけることなく、ついには崩壊への歩みをくいとめることに成功した。なるほどプロシア相手の戦争の終わりには、一七四五年一二月のドレスデン条約で、もっとも豊かな地方シュレジエンをゆずらなければならなかったが、国の分裂という最悪の事態を避けることができたのだ。

マリア＝テレジアはそれからの年月、オーストリアを改革し、プロシアとふたたび戦ってシュレジエンをとりもどすための準備を整えた。努力は実を結んだ。一七五六年一〇月にふたたび攻めこんできたフリードリヒは、前の戦争と同じなりゆきになるだろうとふんでいた。ところが、オーストリアは、はるかにしたたかになっていた。彼はまたしてもめざましい勝利をとくにロスバッハとロイテンで納めて、伝説を作ったのだが[4]、今度はマリア＝テレジアの軍隊のほうも、負けてばかりはいなかった。たとえば、ダウン将軍伯は一七五七年六月一八日プラハ近郊のコリンで、さらにその二年後にはホッホキルヒで、フリードリヒの軍隊を打ち破った。コリンの勝利の後、狂喜したマリア＝テレジアはダウンに宛てて書いている。「一八日。王国の新生。あなたのおかげで国が救われ、わたしの存在も救われました」しかしながら、最後には交戦国が皆消耗して戦争から手を引いた七年戦争では、復讐を果たすにはいたらなかった。力が平衡していたため、勝ち負けのない平和条約が一七六三年二月一五日にフベルトゥスブルクで調印された。マリア＝テレジアのオーストリアは、シュレジエンをとりもどすことも、プロシアをくじくこともできなかったとはいえ、いまも偉大な強国であることを証明した。

未亡人女王

フランツ＝シュテファンの逝去は、戦火がやんで二年後のことだった。この突然の死の衝撃で、最初マリア＝テレジアは権力の座から降りて修道院に引退することを考えた。だが、長くはその考えにとどまらなかったのは、とくに首相であるカウニッツ伯爵が、そのようなことはオーストリアにとって致命的だ、と説得したからである。彼女が政権を掌握して以来なしとげたことが、水泡に帰すおそれがあると。そこで神にあたえられた任務を続けることにしたのだが、彼女の人生の一部は、一七六五年八月一八日で終わってしまった。描かせてあった死の床のフランツ＝シュテファンの肖像を、毎日見ることができるようにと祈祷書にはさんだ。それだけでなく、日常の暮らしにおいて彼女がとった覚悟や行動でも、この出来事がマリア＝テレジアにとってどんなに重大だったかがよくわかる。髪を切り、いっさいの化粧をやめ、宝飾品を娘たちや嫁にゆずり、以後喪服しか身につけなかった。さらに彼女の決意をはっきり表すのは、服を召使いの女性たちに分けあたえてしまったことだ。寝室の内装も、すべて灰色でおおわせた。女王の視野に、死がはっきりと姿を見せた。

マリア＝テレジアの決意には別の理由もあった。彼女は王位についてすぐから、夫が神聖ローマ帝国の皇帝に選ばれることをもくろんでいた。彼女自身が帝位を望むことはできなかったからだ。オーストリア継承問題で、帝国参事会内部の力関係がゆらいでいて、彼女には許可されなかった。一七四二年には票のほとんどが、フランスの裏外交による支援とフリードリヒ二世のうしろだてによって、バイエルンのカール＝アルブレヒトに流れた。だが、一七四五年のカール＝アルブレヒトの死によって情勢が逆転する。フランツ＝シュテファンが皇帝に選出され、マリア＝テレジアは恨みを晴らした[5]。以後、確立した慣習によって、フランツ＝シュテファンは一七六四年、長男のヨーゼフ大公を神聖ローマ帝国の皇帝に選ばせて、ヨーゼフが彼の死後、戦うことなく皇帝の座を引き継げることを考えた。そして実際そのとおりになるのだった。

反面、マリア＝テレジアは自分がハプスブルク家から相続している世襲領の統治については、ほかに手を出させなかった。彼女が、夫に共同統治者の称号を授けることに執着したのは確かだが、その名目のもとに権限を平等に分担していたわけではない。マリア＝テレジアはフランツ＝シュテファンが助言者の役割以上のことをしようとするのを決して許さなかった。最初の頃から夫は妻を説得していない。シュレジエンに侵攻する前、フリードリヒ二世はマリア＝テレジアに、かわりに彼が熱望しているこの地方をゆずるなら、同盟条約を結んでもよいと提案した。カール六世の時代からの助言者の大部分と同様、フランツ＝シュテファンもこの取引を受け入れるよう妻に勧めた。だが妻は即座に夫を黙らせた。戦争か平和かを決めるのは彼女だった。そして、彼女がプロシア王の脅しを拒否したので、ことはそう決まった。つまり、政権の責任、決断、国内・国外問題をどう動かすかはマリア＝テレジアにあり、そして彼女だけのものだったのだ。

フランツ＝シュテファンが亡くなってその地位は空になった。特別な状況にこたえるために、自分で創設したこのポストなのだから、ただたんに廃止を決めるだけでよかった。しかし、マリア・テレジアは息子のヨーゼフを、この共同統治者の地位にすえて彼女のそばに置くことにした。おそらく、帝国における若い皇帝の権威が、もし土地をもたない君主と見えればそこなわれると考えたのだろう。世襲領土の共同統治者の地位に上らせることで、この政治的要請は満たされた。この責務は、時が来たら母を継ぐ準備するための最良の学校であるという利点もあった。彼女はまた、やがて年齢によっておとろえたとき、彼の助けが必要になるであろうことも考えていた。しかしながら、彼女が自分の決断の結果がどうなるかということまで把握していたかどうかははっきりしない。マリア＝テレジアは先に見たように、政権を自分がコントロールしたいと思っていた。ところが、ヨーゼフがたんなる助言者の役割に甘んじているという保証はない。息子の成長を見守りながら、マリア＝テレジアは、彼が主役をつとめたくてうずうずしているのを感じたことだろう。

啓蒙主義の教育につちかわれた独自の見解から、ヨーゼフは人や物を管理するには、理性の基準に従うべきだ、と考えていた。教条主義的傾向にある彼は、先達者たちの行為に批判的な目を向けるようになり、躊躇なく書いている。「わたしが見るところ、これまでになされてきたことはインディアンのイロクォイ族の仕事のようだ」。要するに、未開の野蛮人のようだという意味だ。この言葉からはすくなくとも母に対するデリカシーのなさが見えるが、さらに重要なのは、マリア＝テレジアの政治力が彼にはわかっていないことである。オーストリア継承戦争から、彼女は、国の統一をよりいっそう強めるために、組織を改良する必要性を学んだ。そしてすぐにその仕事にとりかかったが、実際的な方法をとったため、障害を回避しながらめざした目標——ハプスブルク全体を構成する部分の個性を歪めることなく中央集権化を進めること——に向かって進むことができた。こうしたプラグマティズムがヨーゼフには完全に欠けていた。

ハンガリーとの関係は、その明らかな一例である。マリア＝テレジアが感じていたような愛着は、息子には無縁だった。この愛着は、オーストリア継承戦争が最悪の状況にあったときハンガリー国民が出しおしみせず差し伸べてくれた援助にさかのぼる。一七四一年六月、プレスブルクでのハンガリー女王としての戴冠式の機会に、彼女はハンガリー議会に援助を訴えたのだが、議会はそれに答えて、「ハンガリーの自由」の確認とひきかえに、「蜂起」つまり、国の境界を超えて軍事介入することが可能な歩兵と騎兵、合計四万人の動員を決議した。マリア＝テレジアはこの危機のときの、彼女とオーストリアへの援助を決して忘れなかった。また戴冠式の際ハンガリーの憲法典にした誓約を、誠実に守ろうとした。もっとも、それではウィーンと聖イシュトヴァーンの王国ハンガリーとの関係のすべての面を言いつくしてはいない。マリア＝テレジアは、誓約を破ることなく、束縛されていない部分を巧みに利用して、ハンガリーをオーストリアへ併合するための歩を進めた。ヨーゼフにはこうした抜け目のなさが欠けていて、彼にとってハンガリー憲法は偽善でしかなかった。自分が独断で決めることができるようになったら、この首かせを廃棄して、ハンガリーをハプスブルクのすべての立憲国と共通の規範に従わせるつもりだった。

母と息子の対立

このような状況下、母と息子の対立は避けがたく、続く何年かのあいだにたえず起こることになる。マリア＝テレジアは、いくつかの専門分野についてはヨーゼフにまかせることにし、彼が担当する分野、いまでいえば文化政策には口を出さなかった。そこでヨーゼフは、彼が「国立劇場」と名づけた宮廷の劇場を自分の責任下に置き、その勢いで、フランス語の芝居を禁じた。マリア＝テレジアはそのかわりに、ヨーロッパにおけるオーストリアの地位を左右する外交と軍事の統制権は渡さなかった。彼が小心すぎると思いがちな帝国の外交に、自分の影響を示そうと決めていたヨーゼフには、母のこのような意志は耐えがたい過保護だと感じられた。この対立は激しくなって、マリア＝テレジアは何度も退位をほのめかすようになる。そうすることで、またしてもすぐれた策士の才能を発揮した。ヨーゼフが母の言葉を真に受ける可能性もあっただろうが、彼女は彼が何も行動に移さないことがよくわかっていた。なぜなら彼が彼女の権威に逆らおうとするのは、彼が母を愛している分、母の影響を受けるからだ。彼は孤立することをもっともおそれていた。彼女が予想していたとおり、彼は自分の非を認めて謝った。短い小康状態のあとすぐに起こる次の危機までは…。もっともひどいときには、マリア＝テレジアが息子を「精神の浮気者」よばわりすることまであった。

マリア＝テレジアが勝負に勝つことはしばしばだったが、いつもというわけではなかった。彼女がポーランド分割について絶対的に反対の立場であることは知られていた。キリスト教倫理と相いれないと考えたからだ。だが、フリードリヒ二世とロシアの女帝エカチェリーナ二世はそんな倫理などものともしていなかった。そしてとくにヨーゼフ二世は、オーストリアも利益の分け前にあずかるものと理解していた。このときは、忠実なカウニッツもヨーゼフの意見に同調した。孤立をおそれて、マリア＝テレジアは屈した。一七七二年の最初の分割の際、オーストリアは東ガリツィア、ヴォルィーニ（ロドメリア）、西ポドリー（ポジーリャ）、クラクフ選帝侯領の半分、ザトルとアウシュヴィッツ公領を得た。この併合によって、マリア＝テレジアは二五〇万をくだらない臣民を新たに獲得した。この領土から、新しい存在、ガリツィア・ロドメリア王国が形成され、その首都はレンベルク（ルヴフ、ルヴィーヴ）［それぞれドイツ語、ウクライナ語、英語読み］に置かれた。

一七七七年末にはじまった危機は、バイエルンの王位継承にかんするもので、当初、ヨーゼフ二世にほほえみかけるかに見えた。オーストリアは長年、バイエルンを併合してわがものにすることを目標の一つにして来た。すでにオーストリア継承戦争の際、マリア＝テレジアもこれを考えたことがあった。だが、マキシミリアン＝ヨーゼフ公が一七七七年一二月三〇日に直系の後継者を残さずに亡くなった際、それを利用してヨーゼフがバイエルンをオーストリア統治下に移行するよう画策したときには、彼女はただちに慎重な態度を示した。フリードリヒ二世の反応をおそれたのだ。彼女が思うに、フリードリヒは、この併合がまちがいなくひき起こす、ドイツにおける力関係の変化に意義を申し立てるだろう。まだ終結からまもない七年戦争による荒廃のあと、新しい戦争ほど帝国にとって損害をおよぼすものはない。だが、老齢であるためにフリードリヒが新しい戦争に打って出ることはないだろうと確信していたヨーゼフは、この慎重な助言を気にかけない。それが悪い結果となった。いくら年老いたといっても、プロシア王は、この強引な行為に対し武器をとることを躊躇しなかった。いっそう悪いことには、相手の敵対心を見るが早いかヨーゼフは度を失って、母に泣きつき、破局を避けるための介入を頼んだ。なりゆきまかせの息子を前にして、この年来の敵への働きかけは非常に労力を要するものではあったが、マリア＝テレジアは直接フリードリヒ二世に向かい、話しあいで折りあう道を探ることにした。すぐには結果が出なかった。戦争は続いたが、実際奇妙な戦争だった。戦場では大きな兵力は投入されず、だれがほんとうの勝利者かわからない。だが、政治的領域では話は別だ。紛争の解決はフランスとロシアの仲介により、終結時、オーストリアはバイエルンからほぼ全面的に退去しなければならなくなった。最悪の事態を避けることはできたが、ヨーゼフ二世には不満が残った。

ゆらぐ健康

こうした困難にたびたび立ち向かわなければならなかったことや、バイエルンの未来をめぐるこの争いが、マリア＝テレジアの健康状態に響かないわけはなかった。ここ数年、彼女の健康状態が側近の心配の種となっていた。すでに一七六九年、親しい友人に宛てた手紙のなかで彼女は自分をこんな風に描写している。そこにはうぬぼれは少しもない。「わたしはとても太ってしまったわ、わたしの母よりもずっと。それに顔も赤いの、とくに天然痘にかかってからは。足も胸も目も情けない状態で、足はひどく腫れて、毎日破裂するんじゃないかと思うくらいです。目もひどく悪い。けれど困ったことにわたしは片眼鏡も眼鏡もかけられない。それに胸が苦しいし。呼吸がうまくできなくて、足を投げ出していても、寝た姿勢でも同じ。でも泣き言は言えません、人は皆いつか世を去るのだから。五〇年間ずっと健康でしたけれど」。マリア＝テレジアが若い頃のほっそりした体型を失ってからだいぶたっていた。一六回の妊娠の結果、体はかなり重くなり、この自画像に描いているような痕跡がきざまれた。彼女は自分のそうした欠点を一つも隠そうとしていない。

それからの年月、この手紙に書かれた状態が悪化する傾向にあったことは驚くにあたらない。肥満のせいでマリア＝テレジアは移動が苦痛になった。カプチン会の納骨堂へ降りていって、夫フランツ＝シュテファンの墓前で黙祷することがよくあったが、それがあまりに苦痛をともなうようになったため、昇降機を用意しなければならなかった。

健康のおとろえを自覚したマリア＝テレジアが、当初の選択に戻って、政治から引退することも考えられた。だがそうはしなかった。たしかにそうしたいと思うこともあっただろう。しかしその誘惑に負けなかった。働く力はおとろえたかもしれないが、困難に立ち向かうたくましさはまだあった。その上、禁欲的なまでの克己心をそなえた気骨が、彼女をもちこたえさせた。さらに、長く政権の座にあったため、その特徴がもう彼女の個性となっていて老境に入っても失われなかったということがある。またヨーゼフとのあいだに何度ももめごとがくりかえされたことも、彼に政権をまかせて引退することを思いとどまる原因となった。ヨーゼフは過激な行為に走る傾向にあったので、彼が自由にふるまえるようになると、国家にとって取り返しのつかない過ちを犯しかねないというおそれがどうしても消えなかった。彼女はたしかにバイエルンの危機の勃発を避けることはできなかったが、破局にいたるのを避けることはできた。もしヨーゼフ一人だったらおそらく避けられなかっただろう。そんなわけで、彼女は最後まで、神によって運命づけられた王座から降りなかったのだ。

バイエルン継承戦争もヨーゼフが自分のやり方の危険性を学ぶにはたりなかった。彼は不満を残した結果を、少しも自分の責任だと思わなかったからだ。彼の目には、責任は母の性急さにあった。だから、新たに主導権をにぎるのをひかえようとはしない。一七八〇年三月その具体化として、ロシアにおもむいて、エカチェリーナ二世と会見することにする。それぱかりか、そのことを母に伝えたのはことが決まってからだ。この旅が妥当かどうかについて、母にもカウニッツにも相談がなかった。彼は母のロシア皇后に対する反感を見事なまでに無視していた。マリア＝テレジアの反応にはまったく曖昧さがない。ヴェルサイユのオーストリア大使メルシー＝アルジェントー伯爵へ手紙を書いている。「わたしがこの計画をどれだけ評価していないか、ご想像いただけると思います。この会見がほかの列強にあたえる印象が懸念されますし、わたしがロシア女帝のような性格はどうしても好きになれず、嫌悪感すらもよおすからです」

マリア＝テレジアはとくに心配していたのは、この先走りが一七五六年に起こったヨーロッパにおける同盟関係の大転換以来、彼女の外交の礎石となっていたフランスとの同盟を危機にさらすことだった。オーストリア継承戦争中同盟国だったイギリスが、彼女にシュレジエンを手放すよう迫ったことを、彼女は決して許していなかったため、一七四八年のエクス・ラ・シャペル（アーヘン）の和約の直後から、カウニッツの巧みな補佐のもとに、彼女はフランスのほうを向く選択をした。この作戦は、フランスと敵対関係にあるイギリスに接近しつつフランスとも組もう、というフリードリヒ二世の二枚舌にうんざりしたルイ一五世が、オーストリアの申し入れに答えたとき成就した。だからといってそれに続いた七年戦争でマリア＝テレジアに彼女の愛するシュレジエンが回復されたわけではなかったが、同盟は維持された。さらにフランス王太子とうら若い皇女マリー＝アントワネットとの一七七〇年五月の結婚が、同盟を強化していた。それなのに、息子が指揮権をとることで、こうした努力のたまものがそこなわれる危険がある。マリア＝テレジアはそれを見すごすわけにはいかなかった。フランスはすでに、長年特別の関係を保ってきたポーランドの分割に腹をたてていた。ルイ一五世の亡くなった王妃マリー・レクザンスカはポーランドの王女ではなかったか？　だがその後、バイエルン継承戦争の際、フランス外交は当時ヴェルジェンヌがとりしきっていたが、同盟国オーストリアに対するフランスの支持はあまり熱心でなかった。これはフランスが対ドイツ政策の均衡回復を視野に入れたことを意味するのではないか。そしていま、ヨーゼフのこのロシア訪問はフランスから悪く思われる可能性しかない。フランスは、オーストリアとロシアの和解が自国と同盟関係にあるオスマン帝国の利益に反することをかならず危惧するだろう。

　続きを知る時間が、マリア＝テレジアにはなくなってきた。ヨーゼフがこの長い大旅行から戻った頃、母の体調がひどく悪化した。心臓は疲労の兆候をはっきりと見せた。肥満症といえるほど太ったマリア＝テレジアは、呼吸器の不具合をかかえていたし、動くことがだんだん困難になっていた。一七八〇年七月四日のカール・フォン・ロートリンゲンの死の知らせも、彼女を動揺させた。フランツ＝シュテファンの弟の死は、亡き夫との最後のつながりが失われたようなものだった。

模範的な死に方

自分の状態をまちがいなく把握していたマリア＝テレジアは、その秋の初め、忠実なフランス大使メルシー＝アルジェントーにもらした。「わたしの健康は急速におとろえています」。彼女は死の影がひそかに近づいているのを感じていた。遺言状を補充しようという決意にほかの理由が考えられるだろうか。一〇月一五日、彼女はそこに彼女の気前良さの恩恵を受ける人々を新たにくわえただけでなく、後継者たちに対する胸を打つよびかけをくわえた。彼らが「神への愛と畏れ、臣民への親としての愛、徳、正義」を実践するように。そして「わが国が祖先や己の使命にふさわしくない後継者に統治されるのを見るより、信仰が深く徳の高いよそ者に統治されるほうが」好ましいとまで言っている。もちろん名指しはしていないが、これがヨーゼフ二世のことをさしていると思わないわけにはいかない。このように、とわの旅立ちを前にして、彼女は自分をさいなんでいた不安を、もう隠しておくことができなかった。もうすぐ手渡されることになるこの国を、息子はどうするのだろう。哲学者皇帝を気どって、彼女が一生かけて得た成果を危険にさらすのではないだろうか。さらによきキリスト教徒として、信仰の真摯さが疑われる息子の魂の救済も心配だった。

死はすぐにまた新たな兆しを見せた。それは、カプチン会の納骨堂へ、いつものように夫の墓に祈りを捧げようと降りたときのこと、昇降機が上がる前にロープが切れた。マリア＝テレジアは地面に投げ出され、起き上がるのを助けてもらわなければならなかったが、「夫がわたしを引きとめようとしたのです」と、カプチン会の神父にもらしたのだった。

一一月八日、健康状態はよくなかったが、彼女は、最愛の娘マリア＝クリスティーナとその夫アルベルト・フォン・ザクセン＝テシェン公といっしょにシェーンブルンでの狩りを楽しむことにした。彼女には彼らに会えるのもこれが最後だとわかっていた。彼らは近々カール・フォン・ロートリンゲンの後を継いで、ネーデルラント総督として夫婦で共同統治するため当時の首都ブリュッセルに発つことになっていたからだ。この無謀が致命的だった。すぐに悪寒に襲われ、ホーフブルク宮殿に戻ってまもなく具合が悪くなった。体がゆれるほどの咳の発作と、高熱に襲われる。そのうちベッドに横になっているのも苦しくなり、夫の古い部屋着にくるまって夜を明かした。病状が進むにつれ、彼女は堅い信仰からくる克己心で戦った。苦痛に襲われながらも働きつづけ、書類を処理し、署名をした。長年の敵《ライバル》フリードリヒ二世がもうじきそうするように、もっと後でフランツ＝ヨーゼフがそうするように、マリア＝テレジアも仕事をしながら最期を迎える。

一一月二四日、マリー＝クリスティーナとアルベルト・フォン・ザクセン＝テシェンが老いた母の主治医からの知らせを受けて、プレスブルクから急遽戻った。翌日、マリア＝テレジアは告解し、その翌日、黒いベールをかぶって祈祷台に跪き、聖体を拝領した。母はこの戦いにもかならず打ち勝つ、と明言しつつヨーゼフはそばを離れなかった。つねにつきりというわけでなくても、近くにいて、母がよべばすぐに対応できるようにしていた。

しかしながら、一一月二七日から二八日にかけての夜、医者たちは、助かる望みはもうすべて失われた、と告げた。そのときを選んで、彼女は終油の秘跡を受けた。肘かけ椅子に座り、そのまわりをウィーンにいる子どもたち、ヨーゼフ二世、マキシミリアン＝フランツ大公、マリア＝アンネ、マリア＝エリザーベト、マリア＝クリスティーナとその夫がとり囲んで跪いて祈る。夜になると、咳が出た。横になって眠るよう勧められても拒否した。なぜなら「眠るのが怖い。そのあいだに死におそわれたくないから。わたしは死を正面から見たい」と言う。死を目前にして、マリア＝テレジアはキリスト教徒としての偉大な克己心を見せた。いままでも数多くの試練に対して、同じ勇気をもって立ち向かって来たのだ。たしかにこの最後の戦いには勝利できなかったが、すくなくとも最後の瞬間まで威厳を失うことはなかった。

夜明けに、子どもたち一人一人に最後の別れをした。これでおちついて死を迎えることができる。彼女の魂の平穏さを証拠立てるいくつかの言葉がある。「神の力があればなんでもできます」あるいは「一つの部屋から別の部屋へ移るようなものです」。この日も待つことですぎた。夜の九時頃、よびかけにこたえるように、マリア＝テレジアは椅子から立ち上がった。数歩歩いて長椅子の上に倒れこんだ。ヨーゼフがすぐに飛んできて、「お倒れになりましたね」と言ったが、マリア＝テレジアはまだ答える力があった。「ええ、でも死ぬにはちょうどいい」。まもなく、息を引きとった。

マリア＝テレジアは君主として没した。一二月三日に最後の段階があった。ホーフブルク宮殿の礼拝堂で行なわれた葬儀の後、葬列が前世紀からハプスブルク家の亡骸が安置されているカプチン会の教会へ向かった。入り口でハプスブルク家の最後の住居への入ることに先立つ、大臣と修道院長の儀式的な対話がなされた。入り口の扉の後ろで、院長が質問する。「おまえはだれだ？　だれがここへ入ろうとしている？」

大臣は故人の肩書きをすべて列挙する。それに答えて「わたしはおまえを知らない。だれがここは入ろうとしている？」

大臣はもう一度肩書きを述べて、同じ答えを引き出す。そして跪いて「わたしはマリア＝テレジア、貧しい罪人、神の許しを乞い願います」と言ったとき、扉の向こうの声は拒絶を解く。「では、入りなさい」

重い扉がついに開くと、カプチン会の神父一二人にかつがれた柩《ひつぎ》が、ウィーン大司教区のミガッツィ枢機卿ほか、何人かの高官につきそわれて納骨堂まで進む。枢機卿による最後の祝福の後、柩が開かれる。これによって故人がカプチン会の保護にゆだねられたことを示す所作である。ふたたび閉じられた柩は、マリア＝テレジアの依頼で一七五三年に完成した、彫刻家バルタザール・フェルディナント・モルの手になるバロック美術の傑作である石棺のなかに降ろされた。望んでいたとおり、一五年という長い別れの後、いまや彼女は夫のそばにいる。石棺の上の皇帝夫妻の彫像は、永遠に若さと幸福で輝いている。

ジャン＝ポール・ブレド

〈参考文献〉

Bled, Jean-Paul, *Marie-Thérèse d'Autriche*, Paris, Fayard, 2001; Paris, Perrin, coll. «Tempus», 2011.
Ferri, Edgarda, *Maria Teresa. Una donna al potere*, Milan, Mondadori, 1996.
Guglia, Eugen, *Maria Theresia. Ihr Leben und ihre Regierung*, Munich, Oldenbourg, 1917.
Mraz, Gerda et Gottfried, *Maria Theresia. Ihr Leben und ihre Zeit in Bildern und Dokumenten*, Munich, SüddeutscherVerlag, 1979.
Vallotton, Henry, *Marie-Thérèse impératrice*, Paris, Fayard, 1963.

〈注〉

1 一七二四年、まだわずか七歳だったマリア＝テレジアは、プラハでカール六世のボヘミア王としての戴冠式の際、八歳年上のフランツ＝シュテファンにはじめて会う。彼らの結婚はそのとき、双方の親同士であるカール六世とロートリンゲン公レオポルトによって決められた。

2 カール六世とレオポルトの合意によって、結婚はフランツ＝シュテファンがウィーンでの学業を終えてからということになった。

3 カール六世の崩御の直後、フリードリヒはヴォルテールに手紙を書いている。「この死はわたしの平和な思考をかき乱します。これからは女優やバレーや演劇より、大砲の火薬や兵隊や塹壕のことを考えるようになるでしょう」。自分が戦争をはじめたことを正当化するため、シュレジエンについてのホーエンツォレルン家の古くからの要求を引きあいに出したが、それは口実にすぎなかった。

4 一七五七年一一月七日、一二月五日とあいついでロスバッハ、ロイテンでの戦果は華々しかった。フリードリヒ二世はロスバッハでスービーズ元帥率いるフランス兵を壊滅させ、ロイテンではロートリンゲン公カールのオーストラリア軍を粉砕したのだ。どちらの場合も敵は人数においてはるかに上まわっていたが、彼は軍事の才能を遺憾なく発揮して、それを補った。その迅速さと大胆さによる勝利で、彼はナポレオンの無条件の尊敬を勝ちとった

5　皇帝の配偶者だったのにもかかわらず、マリア＝テレジアは皇后という称号を用いない。それを拒否しさえする。オーストリア女大公、ハンガリー女王、ボヘミア女王などの資格で継承した領土を統治することになる。

6　フリードリヒ二世は彼女の死の六年後まで生きた。

7　ハプスブルク家の死者の心臓はホーフブルクに近いアウグスティーナー教会に、その他の臓器はシュテファン大聖堂に保管されている。

執筆者一覧

エリック・アンソー（第18章）

メリメ賞の審査員長、議会・政治にかんする歴史委員会副会長。ソルボンヌ大学およびパリ政治学院で近現代のフランス史を教える。一二冊の著書のうち、フランス学士院から賞を受けているものも複数ある。とくに『ナポレオン三世——騎馬のサン＝シモン』（二〇〇八年）は、「モラルと政治学アカデミー」のドルアン・ド・リュイ賞とアジャクシオ市メモリアル賞を受賞した。

ジャン＝ルイ・ヴォワザン（第2章）

歴史の上級教員資格保持者。エコール・フランセーズ・ド・ロームの旧メンバー。カーン大学、ブルゴーニュ大学、パリ第一二大学で教鞭を執った。ローマ時代の第一人者として、『ローマ史』の共著、アレシア・パーク博物館構想への協力などで活躍。二〇一四年、歴史双書「テンプス」の一冊として『アレシア』を上梓。

マリー＝フランス・シュミット（第5章）

スペイン語の上級教員資格保持者、パリ第四大学ソルボンヌのスペイン学名誉助教授。『イグナチオ・デ・ロヨラ』、『アルバ公爵夫人』、『ゴヤ』、『イサベル二世』、『クリストファー・コロンブス』などの評伝を執筆。最新作は『カトリック王イサベル』。

ジャン・セヴィリア（まえがき、第11章）

「フィガロ」誌の副編集長、歴史雑誌「フィガロ・イストワール」の学術顧問のひとりで、伝記作品『ツィター――勇気ある皇后』、『オーストリア最後の皇帝――カール一世』や、歴史エッセイ『知的なテロリズム』、『歴史的に正しい』、『歴史的に正しくない』、『情熱のフランス史』などで多くの読者を得ている。最新刊は『カトリックのフランス』。

ジャン＝フランソワ・ソルノン（第7章）

歴史学で上級教員資格、国家博士号取得。大学名誉教授。アンシャン・レジームのスペシャリストとして高名である。著書に、『フランスの宮廷』、『ヴェルサイユの歴史』、『歴史における帝王夫婦――連弾で奏でる王権』、『王たちの趣味』など。最新刊は『ルイ一四世――真実と伝説』。

パスカル・ダイエズ＝ビュルジョン（第20章）

エコール・ノルマル・シュペリウールで歴史学上級教員資格を取得。国立行政学院（ＥＮＡ）の卒業生でもある。現在はフランス国立科学研究センター（ＣＮＲＳ）の欧州担当主任。ベルギー出身で、王妃アストリッドについての重要な伝記（「テンプス」双書）や『ベネルクスの歴史』、『ベルギーの秘密』は彼による貢献である。また、二〇〇一年から二〇〇六年外交官として滞在した朝鮮のスペシャリストとして『朝鮮の歴史』ほか多くの著書がある。『赤い王朝』は北朝鮮を扱ったものである。

ジャン＝ルイ・ティエリオ（第19章）

「フィガロ・イストワール」でコラム「歴史の学校で」の執筆を担当。『フランツ・フェルディナント・フォン・ハプスブルク、マイヤーリンクからサラエボまで』（NCU賞受賞）、『マーガレット・サッチャー、食料品店から貴族院まで』、『シュタウフェンベルク、ヒトラーを殺そうとした男』（闘う作家協会の二〇一〇年ロベール＝クリストフ賞受賞）、『フランスとドイツ、真実の時』の著者である。

ジャン・デ・カール（第14章）
歴史家。専門はヨーロッパの王朝とその著名な王や王妃たちで、『シシ——または運命』、『ロマノフ物語』、『ウィンザー物語』、『王妃列伝』、『愛妾列伝』、『王杖と血』などの著書で成功をおさめている。最新刊は『ニコライ二世とアレクサンドラ——帝国の悲劇』。

アルノー・テシエ（第15章）
エコール・ノルマル・シュペリウールおよび国立行政学院（ENA）卒業。あまりに硬直したイメージのある歴史的人物たちの深い個性に光をあてる多くの伝記作品（リヨテ、シャルル・ペギー、ルイ＝フィリップ、リシュリューなど）で、批評家たちにも高い評価を得ている。

ジャン・テュラール（第13章）
倫理政治科学アカデミー会員。ソルボンヌ大学でナポレオン史を教えた。ナポレオン時代にかんする複数の著作は高く評価されている。「フィガロ・イストワール」の学術審議会の議長をつとめている。

イリナ・ド・シコフ（第17章）

長年フィガロ紙の報道記者をつとめたジャーナリスト、作家。小説二作品（『サント・リューヌ』、『アドリアンまたはロシアの夢』）、そしてエッセイ『神のほほえみ』を著わしている。

グザヴィエ・ド・マルシス（第3章）

独立系書店経営者、ラジオやテレビで解説者としても活躍。パリで書店コントルタンを経営。

ロレーヌ・ド・モー（第12章）

歴史学の上級教員資格と博士号をもつ。ロシアの近代・現代史が専門で、『ロシアとオリエントの誘惑』や、カジミエシュ・ヴァリシェフスキ（一八四九―一九三五）の Roman d'une impératrice. Catherine II de Russie の校訂版である『女帝物語――エカチェリーナ二世』などの著書がある。

ジャン＝クリストフ・ビュイッソン（まえがき、第16章）

バルカンとスラヴ世界のスペシャリスト。「フィガロ」誌副編集長。『彼の名はヴラソフ』、『ミハイロヴィチ』、『ベルグラード史』、『暗殺された者たち』をふくむいくつもの作品の著者。『フランスを形作った重要な抗争』の監修者のひとりでもある。

ジャン＝ポール・ブレド（第10章）

パリ第四大学ソルボンヌの近代史学名誉教授。専門はドイツとハプスブルク・オーストリア。とくにフランツ＝ヨーゼフ、マリア＝テレジア、ビスマルクのすぐれた伝記があり、「テンプス」双書で入手可能。最新刊は『ヒトラーの部下たち』。

シモーヌ・ベルティエール（第8章）
女子エコール・ノルマル・シュペリウール・ド・ジョーヌ・フィーユ（ＥＮＳＪＦ）卒業。文学の上級教員資格取得。大学文学部で教鞭をとったのちに歴史研究家となり、近世フランスの王妃たちをとりあげた数多い著書、そしてなによりも名著として名高い評伝（『レス枢機卿の生涯』、『不服従のマリ＝アントワネット』、『ゲームマスター、マザラン』、『道を誤った英雄、コンデ公』）で数々の賞を獲得した。最新作は『フーケ裁判』。シモーヌ・ベルティエールは、「フィガロ・イストワール」の学術審議会のメンバーである。

ジョルジュ・ミノワ（第4章）
エコール・ノルマル・シュペリウール卒。歴史学博士、文学国家博士。文化史が専門で著書は四〇冊にのぼり、『ボシュエ』、『カール大帝』、『百年戦争』、『フィリップ端麗王』などは一五カ国語の翻訳がある。最近では『シャルル豪胆公』が出版された。

ディディエ・ル・フュール（第6、9章）
イタリア戦争時代におけるフランス国王のイメージにかんする論文で注目を集めた歴史研究者。専門分野である一五世紀と一六世紀を題材として、『一五〇〇年におけるフランス』、『マリニャンの戦い、一五一五年』を出版。また、批評家たちの評価が高い評伝、『ルイ一二世』、『シャルル八世』、『アンリ二世』の著者でもある。最新作は『フランソワ一世』。

ピエール・レヌッチ（**第1章**）

ユリウス＝クラウディウス朝のローマ皇帝のスペシャリスト、政治学博士。論文「ユリアヌス帝の政治思想と統治」を執筆したほか、『革命家アウグストゥス』、『不本意ながら帝位に就いたティベリウス』、『破廉恥なカリグラ』、『だれも予想していなかった皇帝、クラウディウス』を出版している。最新の著書は『マルクス・アントニウス』。

◆編者略歴◆

ジャン＝クリストフ・ビュイッソン（Jean-Christophe Buisson）

バルカンとスラヴ世界のスペシャリスト。「フィガロ」誌副編集長。『彼の名はヴラソフ』、『ミハイロヴィチ』、『ベルグラード史』、『暗殺された者たち』をふくむいくつもの作品の著者。『フランスを形作った重要な抗争』の監修者のひとりでもある。

ジャン・セヴィリア（Jean Sévillia）

「フィガロ」誌の副編集長、歴史雑誌「フィガロ・イストワール」の学術顧問のひとりで、伝記作品『ツィタ――勇気ある皇后』、『オーストリア最後の皇帝――カール１世』や、歴史エッセイ『知的なテロリズム』、『歴史的に正しい』、『歴史的に正しくない』、『情熱のフランス史』などで多くの読者を得ている。最新刊は『カトリックのフランス』。

◆訳者略歴◆

神田順子（かんだ・じゅんこ）…はじめに、１章、３章、５-６章、８章担当

フランス語通訳・翻訳家。上智大学外国語学部フランス語学科卒。訳書に、ラズロ『塩の博物誌』（東京書籍）、ペルニエ＝パリエス『ダライラマ 真実の肖像』（二玄社）、デュクレ『女と独裁者』（柏書房）、ヴァンサン『ルイ16世』、ドゥデ『チャーチル』（祥伝社）などがある。

土居佳代子（どい・かよこ）…４章、７章、９-10章担当

フランス語翻訳家。青山学院大学文学部卒業。訳書に、ミニエ『氷結』（ハーパーコリンズ・ジャパン）、レリス『ぼくは君たちを憎まないことにした』（ポプラ社）、バラトン『ヴェルサイユの女たち』（共訳、原書房）ほかがある。

谷口きみ子（たにぐち・きみこ）…２章担当

フランス語・イタリア語翻訳家。上智大学外国語学部フランス語学科卒業。ローマおよびジュネーヴに６年半在留。在学中より実務翻訳にたずさわる。訳書に、タナズ『チェーホフ』（共訳、祥伝社）、ルノワール『イエスはいかにして神となったか』（春秋社）がある。

王妃《おうひ》たちの最期《さいご》の日々《ひび》
上

2017年4月10日　第1刷
2018年5月20日　第2刷

編者………ジャン＝クリストフ・ビュイッソン
ジャン・セヴィリア
訳者………神田順子《かんだじゅんこ》
土居佳代子《どいかよこ》
谷口《たにぐち》きみ子《こ》

装幀………川島進デザイン室
本文組版・印刷………株式会社ディグ
カバー印刷………株式会社明光社
製本………東京美術紙工協業組合
発行者………成瀬雅人

発行所………株式会社原書房
〒160－0022　東京都新宿区新宿1－25－13
電話・代表　03(3354)0685
http://www.harashobo.co.jp
振替・00150－6－151594
ISBN978-4-562-05385-8